黄金のひもの中に横たわるものに
まさにわれは変わらんとす
わが体と魂を入れ替え
わが心を解き放つ

かつての姿のそのままに
再びわれがよみがえるため
今名を呼ぶものの姿にわれを変えたまえ
そのものをわが姿に変えたまえ

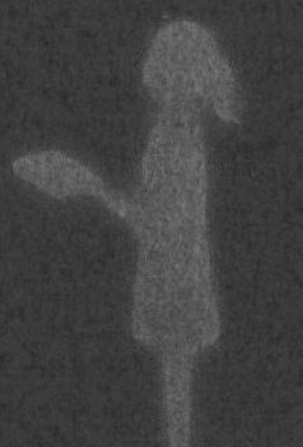

13カ月と13週と13日と満月の夜

アレックス・シアラー 著

金原瑞人 訳

わたしはいつもおばあちゃんってものに興味があった。自分にはいなかったから。おばあちゃんはふたりとも、わたしが生まれる前に死んじゃった。なんだか損をしたような気持ち。ひとりでもいてくれればよかったのに。それか、どっかから借りてこられればいいのに。大きな帽子にハンドバッグを抱えて、こざっぱりしたすてきなおばあちゃんを。

—カーリー・テイラー—

目次

1 最初からは話さない 11
だって、どこが最初なのかわからないんだもの。まずは、わたしのことを話すね。わたしがどんな女の子かわかってほしいから。

2 メレディス 18
わたしは親友のような女きょうだいがほしかった。そんなとき転校してきたのが、彼女。

3 内輪話 34
親たちが迎えにくると始めるのが〈内輪話〉。それが終わるのを待っている間に、わたしはメレディスのおばあちゃんに会った。

4 空を飛ぶ 48
おばあちゃんが話し始めた、びっくりしてひっくり返るような話。ひとりの少女の悪夢の話……。

5 わな 84
おばあちゃんが言った。善悪の判断は行動にある、その人が何をするかが大事だって。そうなの？

6 マーマレードとジャム 108
おばあちゃんは話し続けてる、あれからずっと。でもこんなとんでもない話ってある？ わたしは聞くしかできなかった。

7 カーリー 128
おばあちゃんの話はこれまでで一等賞。おばあちゃんが言ってたことをやってみたけど、わたしはわたしのままだった。

8 メレディスの説明 142
おばあちゃんの話についてメレディスは説明してくれたけど、でも、わたしは知ってしまった！ あの話は本当なんだ！

9 呪文 160
わたしはおばあちゃんの話を信じた。おばあちゃんを助けたいと思った。それにはあの〈呪文〉が必要だった。

10 眠り 184
メレディスに、お茶に招待された。とてものどがかわいて、ミルクを一気に飲み干した……。

11 目覚め 202
目が覚めると、すべてが夢だったってことはよくあるじゃない？ わたしはゆっくりと目覚めた。

12 置き去り 216
わたしは家に帰りたかった。母さんと父さんのところに帰りたかった。でも体が思うように動かないの。

13 家《ホーム》へ 235
こんなことってある？ 母さんも父さんも、わたしのことをわかってくれない。わたしの言うことを信じてくれない。

14 そして、老人ホームへ 257
わたしは老人ホームへ行くことになった。最後までがんばったけど、わたしは負けた。すべてが終わってしまった。

15 メリーサイド老人ホーム 279
老人ホームってどんなところか知ってる？ 一度行ってみたらいいと思う。ここでじゅうぶんにたっぷりあるのは、考える時間。

16 本物のメレディス 296
わたしは長い時間考えた。そして、メレディスを捜そうと思った。メレディスの心をもった本物のメレディスを。

17 雲なく澄みわたること 325
あれから十三カ月と十三週と十三日になる前の真夜中、わたしとメレディスの運命が変わる！ あとはもう、幸運を祈るだけ。

18 柵を越えて 336
わたしたちは協力して、窓からシーツを伝って下りて、柵を飛び越えて、そして走った！

19 それから 351
真夜中、鐘が鳴り響いた。きっちり十二回鳴り響いた。わたしはメレディスを見た。メレディスもわたしを見た。わたしたちは泣きじゃくった。

20 もどって 372
わたしは母さんに、本当のことを話すべきか迷ってたけど、話さないことにした。だってわたしはとっても幸せだから。

【登場人物】

カーリー・テイラー
赤毛でそばかすだらけの12歳の女の子。
おしゃべりが大好き。
親友のような女きょうだいがほしいと思っている。

シェリー・テイラー
カーリーの母さん。看護婦をしている。

ジョン・テイラー
カーリーの父さん。弁護士をしている。

マーシャ・テイラー
生まれてすぐに亡くなった、カーリーの小さな妹。

メレディス
カーリーの学校に転校してきた、背が高くてすらっとした女の子。
どこかほかの子と違うところがある。

グレース
メレディスのおばあちゃん。81歳。
弱々しく、老いた悲しげな目をしている。

ブライオニー
グレースの姉。85歳。

ミセス・P・ホーリントン
メリーサイド老人ホームの経営者。

13カ月と13週と13日と満月の夜

1　最初からは話さない

まず、わたしには、きょうだいがひとりもいない。気をつかう相手がいないから、自分で好きなようにできてうれしい。たいていはね。そりゃ、いやなときもあったけど、そんなにひどくはなかった。ほんのときたま、何もかもが味気なく思えたりするとき、まわりが大人たちばかりだと、同じくらいの年の子がそばにいたらいいなあって、考えたりしたことはある。

だれもがそんな気持ちになるのかどうかは知らない――タンスの中の防虫剤になったみたいなあの気持ち。太陽の光に照らされた小さなほこりを見つめながら、昼からの時間をもてあましているときの気持ち。まるで目の前に砂漠が広がっているみたい。することもないし、行くところもないし、来てくれる人もいない、そんな気持ち。

庭で遊べばって母さんに言われても、そんなの考えただけでうんざり。もし本当に出てテニスの壁打ちをしたって、ボールを隣の家の庭に打ちこむのがおち。で、お隣さんのドアをノックして、裏庭のイラクサに刺されながらボールを探す。気持ちを盛り上げる方法はたったひとつ。別の世界へ逃げこむこと。でも、そんな世界どこにある？　あったとしても、どうやったら行ける？ しょうがないから、ふっと夢を見る。そうすれば、心が魔法のカーペットに乗って体から離れ、体は遠い国に置いてきちゃったような感じになって、なんとか逃げ出すことができる。

わたしがこれから話したいのはそれ——逃げ出すこと。

自分で好きなようにできたせいで、わたしはちょっといい気になりすぎてたかもしれない。ちょっと自分勝手で、何もかも自分の思いどおりにきちんとするのが好きだった。たいていの子より物をたくさん持ってたくせに、半分も使ってなかった。ただ戸棚に入れて、だれにもさわらせないで、きれいに並べておいた。指一本、触れさすもんかって感じで。

わたしは、いわゆる変わり者だったと思う。この真っ赤な髪は目立つし、そばかすも、赤くはないけど、ものすごい数。夏にはもっとひどくなって、わたしはまるで帽子をかぶったコーンフレークのかたまりみたいに見える。

ときどき、女きょうだいがいたらいいなあって思うけど、いつもじゃない。女きょうだいのいる子たちを見ても、あまり仲がよさそうじゃない。いつも物の取り合いで、わたしの物を取らないでって騒いでる。だけど何かうまくいかないことがあったときには、そんなの気にしなくていいって言ってくれる相手がほしい。母さんや父さんでもいいけど、それじゃだめなときもある。だって、母さんたちがその原因だってこともあるから。自分と同じくらいの年の相手――つまり、わかってくれる人がいい。この年ごろのことを忘れちゃった人や、もう想像できなくなった人や、もともとわかってなかったりする人はだめ。大人やお年寄りとばかりじゃなくて、年の近い相手としゃべりたい。

子どもであること、子どもではないこと、とくに、本当は子どもなのに子どもじゃないってことについても話したい（これだけじゃ意味がわからないかもしれないけど、あとでわかってくると思う）。

一番ひどい盗みは、だれかの時間を盗むことだと思う。人の時間を盗んだり、無駄にしたり、死ぬほど退屈させたりするのは最低。自分の時間を無駄にするのはかまわない、それは自分のものなんだから。でも、他人の時間は違う。ほかのものなら、たいていは元にもどせる。たとえ全財産を盗まれたって、取りもどすことができるかもしれないし、もっとたくさん貯《た》めることもできるかもしれない。だけど、時間を盗まれたら、もうどうしようもない。時間は過ぎ去っていくもの。持っているものの中で、一番貴重なものなんだ。取り返すことはできないし、どこかから取ってくることもできないし、だれかから借りることもできない。あれをすれば別だけど——。

そう、それについても話そうと思ってる。


きょうだいがいなくて、しょっちゅうひとりでいたから、ちゃんとした話し相手がほしいときには、大人と話さなきゃならなかった。それに、いつも本ばかり読んでいた。だから、「大人びている」とか「子どもの体に大人の頭がついている」とか、ときどき言われた。変な言い方だって思ったけどね。それから、成長するのが早すぎるともよく言われた。成長の早さなんて、自転車のペダルを踏むように、好きに調節できることじゃないのに。

だけど、〈子どもの体に大人の頭〉っていう言葉も重要だ。だって、ある意味では、それもわたしの話の一部なんだから。世の中には単純な話なんてめったにない。いろんなことがからまって、複雑になっていく。少なくともわたしの経験では、そうだ。

次は、おばあちゃんの話。

わたしはいつもおばあちゃんってものに興味があった。自分にはいなかったから。おばあちゃんはふたりとも、わたしが生まれる前に死んじゃった。なんだか損をしたような気持ち。ひとりでもいてくれればよかったのに。それか、どっかから借りてこられればいいのに。大きな帽子にハンドバッグを抱えて、こざっぱりしたすてきなおばあちゃんを。

わたしの空想の中では、おばあちゃんは思いがけないところに連れていってくれて、体に悪いくらいたくさんのお菓子を買ってくれる。動物園に行くと、おばあちゃんは「ほら見てごらんよ」って何度もくり返す。わたしたちはヒヒの大きな赤いお尻《しり》を見る。そのあとアイスクリームも食べて、「こんなことは一生に一度だよ」と言う。そして家に帰り、翌週また同じことをくり返す。行く場所は変わるかもしれないけど。

おばあちゃんは白髪《しらが》を少しだけ青く染めている。ラベンダー色かも。わたしはその週のできごとを話し、おばあちゃんは熱心に聞いてくれて、「そうかい、そうかい」とあいづちを打つ。でもそんなとき、本当はいつも、おばあちゃんはただ座るベンチを探してるだけ。

よく考えるんだけど、どうして『ヴァーチャル・オバーチャン』ってパソコンゲームがないんだろう。マウスをクリックしたらいつでもおばあちゃんが出てくるゲーム。

とにかく、わたしにはおばあちゃんはいなかった。わたしはたいてい、ひとりでやってきた。でもさびしくはなかった。だいたいはね。だれでもときにはさびしくなることがある。たとえ友だちに囲まれているときでも。そういうさびしい瞬間は、ふらっとやって来る。自分ではどうしようもなくて、その瞬間が再び立ち去るのを待つしかない。さびしさってのはそんなものだって、ときどき思う。

わたしの話はごちゃまぜで、ぜんぜん筋がとおってないかもしれない。母さんはいつもわたしに言う。「最初から始めなさい、カーリー」って。「話をあちこち飛ばしちゃだめ！　最初から始めて！　起こったことだけを話すの」

わたしの名前は、本当はスカーレット《真っ赤》で、カーリーじゃない。でも、わざわざそんな名前で赤毛とそばかすを強調することはないんで、自分で名前を変えた。

チャドウィック先生も、わたしの作文を読んで、よく同じことを言う。話を飛ばすなって。でも正直言って、話を飛ばすのが好きなの。それに「最初から始めろ」って言われるけど、わたしが最初から始めないのは、どこが最初なのかわからないから。本当。とにかく、今まで一度も、ものごとの始まりなんか見たことがない。ものごとって、そんなふうには進まない。たいていは半分過ぎてからか、終わり近くになってから気づいて、そこから始まりまでたどっていくものだ。ほとんどがそう。

でも、これだけは約束する。始めはごちゃごちゃしているかもしれないけど、できるだけきちんとまとめて、最後には筋が通るようにする。ちゃんと最後までたどりつきさえすれば、始めの部分なんかどうでもよくなるはず。だから、まず読み始めてほしい。

最後に言っておきたいのは、今はひとりっ子だけど、昔、ちょっとだけ妹がいたことがあるってこと。

わたしが小さいころのことで、あの子はもっと小さかった。早く生まれすぎて、人形みたいに小さくて、保育器に入れて温められていた。名前はマーシャ。あまり体力がなくて、いつも眠っていた。しばらくすると、あの子は二度と目を開かなくなった。母さんと父さんは嘆き、わたしも悲しんだ。ずっと妹がほしくて、やっと生まれたというのに、あっという間に、妹はいなくなった。

大きくなれなかったあの子の夢を見るときがある。ケンカをしたり、仲良くしたり、でもわたしたちはいつもいっしょ。だれかが妹をいじめて悪口を言ったりしたら、わたしが悪口を言い返してやる。道路を渡るときは手をつなぎ、チョコレートは半分わけてあげる。世界についてわたしが知っていることはなんでも教えてあげる。わたしはお姉さんで、いろんなことを経験ずみだし、長いこと生きてきたんだから。わたしならだれよりもちゃんと面倒を見てあげられたし、わたしたちはきっとうまくやっていけたと思う。

2 メレディス

とにかく、これがわたし、そしてわたしは今ここにいる。あのころは本当に、少しでも、ほんのちょっぴりでも機会があれば、自分のことを一日じゅうだってしゃべれた。悪い癖だってわかってるし、そんなことはしちゃいけないと思う。あれは生まれつきのものだ。でもそれはもう以前のこと。今のわたしは違う。あんな経験をしたんだもの。そう、とてもいい経験だった。母さんはわたしの言葉をひと言だって信じないけど。わたしが話そうとすると「もう、カーリーったら！」と、怖い顔をして見せる。でも、そんなことしても意味ないよね。真実は真実で、いくら怖い顔をしたって変えられないんだから。

あのできごとの前は、休み時間のほとんどを、どこかすみっこで過ごしていた。たったひとりで、そばかすだけをお供にして、そばかすが広がらないよう日光を避けながら。そばかすってのは南国の植物みたいなもので、太陽の光を受けるとすごい勢いで広がる。そばかすが一個あったとするね。太陽の下に出る。すると、次に鏡を見たときにはそばかすだらけ。それからそばかすはお互いにくっつき始め、しまいに自分は、てっぺんに髪を生やした、大きな歩くそばかすそのものになってしまうんだ。

ひとりでいることが多かったけど、友だちはいた。だから、気の毒に思ってくれなくていい。同情してほしいわけじゃないから。でも、わたしには親友がいなかった。親友がいる子を見て、わたしにもひとりいるといいなあと思った。でもそう願いながらも、本当にそう思っているのかどうかはよくわからなかった。

「友だちというのはペットみたいなものよ」と母さんは言う。「掃除をしてレタスをやらないといけないという意味じゃないけど、ちゃんと面倒を見て気を配ってあげて、関心をもってあげて、ないがしろにされていると思われないようにしなくちゃね」って。ときどき、親友なんて責任が重大すぎて、ちゃんとつき合っていくのは無理みたいな気がする。だから、女きょうだいのほうがいいかな、と思う。だって、女きょうだいのいる子たちの話だと、好きなだけ自分のいやなところを出していいし、ときには相手をぶってもいいみたいだから。そうしたければってことだけど。女きょうだいに何をしたって、帰る家は同じ。お互い憎み合うことがあっても、ひとりぼっちじゃないし、言い争う相手はいつでもいる。血は水よりも濃いって言われてるとおり（ケチャップも水より濃いけど）。

わたしが本当にほしかったのは、そういう親友みたいな女きょうだいだった。わたしが不機嫌《ふきげん》なときも気にしたり怒ったりしなくて、わたしがいつもいつも優しくしなくても許してくれるような。もちろん、わたしのほうも、優しくしてくれなくたって許してあげる。いつも完璧でいられる人なんていやしないもの。わたしはそう思う。

だから、わたしはいつも、学期の途中や新学期の初めに来る新しい女の子に注意していた。親友になれるかもしれないと思って。学校にはいつも何人か転校生が来る。親が新しい仕事についた子や、前の学校でうまくいかなかった子が。理由はさまざま。

ともかく、あれは九月――★新学期、新しい学年の始まりのときだった。最初、わたしのクラスに新しい生徒は来なかったけど、数日後、メレディスがやって来た。おばあちゃんに連れられて。おばあちゃんはとても年を取っていて、のろのろした感じのお年寄り。元気なタイプじゃぜんぜんない。だれかの支えがほしいような、ひざに油をさす必要があるような歩き方だった。

先生はメレディスをみんなに紹介し、わたしたちは「ようこそ」とか、「大歓迎よ」とか言った――もしメレディスが来なくても、ぜんぜん困らなかっただろうけど。父さんがよく言うとおり、もともと持っていなければ、なくして困ることもないんだから。

とりあえず、授業中、わたしは自分の席からメレディスをながめていた。そして、あの子は、ずっと望んでいたような親友になってくれないかな、と考え始めた。メレディスには、そうなるんじゃないかなって思わせる何かがあった。わたしみたいなそばかすはなかったけど、どこかほかの子とちょっと違うところがあった。わたしが自分でもときどき感じるように。だれでも口に出しては言わないだけで、同じように、ちょっと違うって感じているのかもしれない。でも、口に出さなければ、何も伝わらない。

それはともかく、休み時間にはみんながメレディスに親切にしようとした。話しかけてみたり、ゲームに誘ったり。でもメレディスは、丁寧で感じのいい態度だったけど、どれも断った。

「ありがとう」という声が聞こえた。

「ご親切に。でも、せっかくだけど、今は遠慮するわ。読書がしたいから」

石けり遊びしましょうって誘ったローナ・ガスケットも、どろんこレスリングやらないかって聞いたデイヴ・ホッブズも、メレディスに断られて顔をしかめた。ひじ鉄砲を食らったような感じがしたんだろう。

でも、メレディスは無作法だったわけじゃない。はっきり断っただけ。

それにしても変なのは、彼女のしゃべり方だった。

「今は遠慮するわ」

★新学期、新しい学年の始まり＝イギリスやアメリカの学校は（多くが）、一学期が九月から始まる。

それって、普通のしゃべり方と違う。まるで――なんていうか――大人みたいだ。子どもっぽくない。もし「今は遠慮するわ」と言ったのがメレディスのおばあちゃんなら、自然に聞こえただろうけど。おばあちゃんの言い方がメレディスに移ったのかもしれない。たぶんそうなんだろうな。

こうして休み時間は終わった。だれもがメレディスと仲良くなろうとして、すぐにあきらめた。メレディスがひとりでいたいのなら、勝手にすればいい。仲間に入りたければ、お好きなように。でも、入りたくなければ、二度と誘わないし、説得する気もないし。

その日、校庭の遠くのすみっこからわたしが見つめていることを、メレディスが気づいていたかどうかはわからない。今から思えば、たぶん気づいていたんだろう。すべては前もって計画ずみで、ひとりぼっちのさびしいそばかすっ子に目をつけていたんだと思う。だけど違うかもしれない。チャドウィック先生の言う、〈あとで考えてわかったこと〉に過ぎないかも。あのことで賢くなったからそう思うだけかもしれない。

でも、はっきり言って、あの事件の前、わたしはあまり賢くなかった。

その朝、メレディスを見ていて、ほかの子たちとどこが違うのかわかった。背が高いことじゃない(学校一とまではいかないけど、たいていの子よりは大きかった)。きれいな顔でも、色白の肌でも、茶色の髪でもないし、とてもおしゃれな服装でもない。もっとほかのこと。そう、完全に退屈しているらしいってことだ。メレディスは数分ごとに本から目を上げ、腕時計を見て「まだこれだけしか時間がたってないの?」というように深いため息をつき、また本に目をもどした。

わたしもときどきは退屈する。だれでもそうだろう。だけど、わたしが退屈なのは授業中だけで、休み時間は違う。なのにメレディスは、授業よりも、休み時間よりも、長い車の旅よりも、何もすることのない夏休みの雨の日よりももっと、退屈しているように思えた。交通渋滞よりも、母さんがスーパーで数年ぶりに出会った相手と交わすおしゃべりよりも、退屈。何もかもに退屈しきっているようだった。メレディスは校庭を見まわし、サッカーや石けり遊びやほかのものを見て、軽蔑《けいべつ》するように、くちびるをゆがめた。そんなものに割く時間はない。ばかばかしい! 何もかもくだらない、と言っているみたいだった。

そして彼女はまた時計に目をやり、ため息をついた——牢獄《ろうごく》に閉じこめられた刑期の長い囚人が、自由の身になるまでの年月を思ってつくようなため息を。体を震わせて、どうか、まばたきひとつですべてが終わってくれ、と願うみたいに。

「こんにちは、わたし、カーリー」わたしは言った。

メレディスは本から顔を上げた。何の本だったかは覚えていないけど、知らない本だった。大人向けの思いきり退屈な本らしい（自分が大人になれば別なんだろうけど）。

「こんにちは、カーリー」

メレディスは愛想《あいそ》よく言い、笑みまで浮かべた。

「お元気？」

「ええ、あなたは？」と、わたし。

「元気よ」メレディスは答えた。

「おかげさまで」

彼女はまた本を見た。それは「もう行ってちょうだい。これで終わり」という意味だった。

だけどわたしはそんなに簡単に引き下がったりしない。

「転校生だよね？」

わたしは言った――とりあえず、会話を続けるためだけに。転校生だってことはお互いわかりきっているんだから、そんなことを言う必要はなかったんだけど。

「そう、転校生よ」メレディスはうなずいた。

「どこから来たの？」

（わたしはすごくせんさく好きってわけじゃないけど、ときどき好奇心はわく）

「イーストンから」とメレディス。

「ふーん」その地名に覚えはなかった。

「それってどこ？」

「何キロも向こう」メレディスは言った。

「何十キロもね。ずっと遠くよ」

そして本のページをめくったけど、わたしは立ち去らなかった。この子が親友になってくれるかもしれないという望みを捨てていなかったから。

「どうして引っ越したの？」

わたしはたずねた――ちょっとせんさくがましかったと思う。

「個人的な事情で」とメレディス。

「お父さんの仕事の都合？」わたしは食い下がった。

「父さんはいないわ」

メレディスは答えたけど、その口調は事務的でちっとも悲しそうではなかった。

「じゃあ、お母さんの仕事？」

「母さんもいないの、今はもう」

「どうして？」

「ふたりとも海の事故で亡くなったの」メレディスは答えた。

「まあ、それはお気の毒ね」

（本当にちょっとショックを受けて、ほかに返事のしようがなかった）

「ずっと昔のことよ」

メレディスは言い、悲しげに少しほほえんだ。

「もうそんなにつらくはないわ」

「親友はいるの？」わたしは聞いた。

「お父さんもお母さんもいないんなら、親友が必要なんじゃないかな。わたしには本当の親友がいないから、もしその気なら、親友になってあげられるよ。嘘《うそ》じゃない。そばかすとか赤毛とかぽっちゃりしてることとか、きらいじゃないよね？　わたしはぜんぜん気にしてないし、魅力的だと思ってるくらいなんだ。両親がいないなら、だれが面倒見てくれているの？　あの人はおばあちゃん？」

わたしたちは全員、メレディスを学校に連れてきたおばあさんの姿を目にしていた。今思えば、メレディスを連れてきたんじゃなくて、その反対だったんだ。メレディスのふるまいは、おばあちゃんに面倒を見てもらっているんじゃなくて、自分のほうが面倒を見て、仕切っているような感じだった。

わたしがメレディスのおばあちゃんのことを口にすると、メレディスはおかしな表情を浮かべた。なんだかいじわるそうな、勝ち誇ったような表情。まるで、おばあちゃんのことなんかちっとも好きじゃないみたい。おばあちゃんのお菓子か何かをだまし取って、得意になっているような感じだ。でもすぐに、わたしは見まちがいか、考えすぎだろうって思い直した。だって、メレディスのおばあちゃんは優しそうだ。午後には校庭で、メレディスを連れて帰ろうと、ほかの親たちにまじって、辛抱強く待っている。

「そうよ、あれはわたしのおばあちゃん」メレディスは言った。

ただ、その言い方ときたら、「そうよ、あれはわたしのゴミ箱」とか「そうよ、あれはわたしのじゃまもの」と言っているような感じ。自慢そうでもないし優しい気持ちも愛情も感じられなかった。まるで、踏んづけたあとどうしても靴からふきとれない汚れか何かみたいだ。

ふーん、あんたはおばあちゃんがいるってことがどんなに幸運かわかってないのね。両親がいなくて不幸なのはわかるけど。あのおばあちゃんなら、わたしのおばあちゃん役になってくれるかもしれない。もしメレディスがわたしの親友になってくれなくて、おばあちゃんもいらないんだったら、わたしのおばあちゃんになってもらえるかも……。

でもすぐに、そんな考えは勝手すぎると思った。だって、わたしには父さんも母さんもいる(女きょうだいはいないけど)。両親のいない子のおばあちゃんを奪い取るなんてひどすぎる。メレディスの面倒を見てくれるのは、世界中でおばあちゃんひとりだけなのに。

「そうね」

メレディスは遠くを見るような表情で続けた。まるで、孤児《こじ》になる前の幸せな日々を思い返しているように。

「今は、おばあちゃんがわたしの世話をしてくれているの」

「おばあちゃんの名前は?」

わたしは興味を引かれて聞いた。人の名前を聞くのは大好きなんだ。

「おばあちゃんの名前? グレースよ」とメレディス。

「グレース? 食前の?」

メレディスは、何言ってんのという目でこちらを見た。人はよくそんなふうにわたしを見る。

「食前のって? どういう意味?」

「この辺の人はね、とても信心深いの。食事の前にはいつもグレースをささげるんだ。ほら、こういうやつ『主よ、この賜物《たまもの》に感謝し……』」

「そのグレースとは違うわ」

メレディスは冷ややかに言った。ジョークは好きじゃないって感じ。少なくとも、わたしのジョークは。

「それで、どうしてこの学校に来たの？」

わたしは話題を変えようとしてたずねた。

「前の学校が好きじゃなかったの？　それとも、やめさせられたの？」

「違うわよ」

メレディスは怒ったように答えた。ただ聞いてみただけで、悪気はなかったのに。それに、学校をやめさせられたからって、悪い生徒に決まったわけじゃない。

「引っ越したのよ。すべてと離れるために」彼女は続けた。

「すべてって、たとえば？　牛乳代を払えないくらい困ってたの？」

メレディスは悲しそうに少し間をおいた。

「わたしたちが置いてきたかったのは――思い出よ」

メレディスはティッシュ（とても清潔に見えた）を取り出した。そして目に当てて見せたけど、わたしの立っているところからは、涙なんかぜんぜん見えなかった。

「どんな思い出？」

「母さんや父さんの思い出よ」

メレディスは言い、大きな音をたてて鼻をかんだ。それから鼻をすすり、また目をふいた。

「ああ、ごめんね」わたしは言った。

わたしも悲しくなった。みんなそうだと思うけど、だれかが悲しむのを見るとまいってしまう。でも、よく考えてみるとおかしい。もしわたしの両親が亡くなったとしたら、わたしは思い出の場所から離れたくない。ずっととどまりたいと思う。〈思い出の小径《こみち》〉をたどり、悲劇が起こる前のできごとを思い返して毎日を過ごすだろう。

だけど、メレディスとおばあちゃんにとっては違うのかもしれない。幸せな思い出に耐えられず、そこから逃げ出して新しく始めたいと思ったのかも。でないと永久に悲しみと不幸を抱えることになるから。

そういう事情なら、メレディスたちが逃げ出したいと思ったことを、責められないと思った。

でも同時に、じゃあメレディスはどうしておばあちゃんを好きじゃないんだろう、とも思った。結局、家族はおばあちゃんひとりみたいなのに。まあ、そのせいで逆に仲が悪くなることもあるのかもしれない。家族がひとりしかいなければ、ほかの人を失った悲しみをその人にぶつけてしまうのかも。頼れるのはいつもその人しかいないという状態が、つらいのかもしれない（もしそうなら、メレディスにはますます親友が必要なはず）。それとも、メレディスは子どもだし元気だから、年を取ってのろのろしたおばあちゃんとは水と油の関係なのかも。ちょうど、「ジャック・スプラット、脂身《あぶらみ》がきらい、ジャックの奥さん、赤身がきらい」っていう歌のふたりのように。

とっても年を取った人たちは、急ぐってことを忘れてしまって、ただのんびりやりたいんだと思う。人間って、残された時間が少なくなればなるほどのろのろして、たっぷり時間があるときのほうがさっさとやる。本当に変な話。どう考えても逆だと思うんだけど。

休み時間の終わりのベルが鳴ったけど、わたしの質問の答えはまだもらってなかった。わたしはもう一度聞いた。

「それでどう、メレディス？　親友になる？　それとも？」

メレディスは読み終わった場所を忘れないようにページの角を折り、本を閉じた。

「ご親切にありがとう、カーリー。でも、わたしはみんなと友だちになりたいの。そのほうがうまくいくから。親友はそんなに必要じゃない。わたしは、ただ一日が終わってくればそれでいいの。その次の日も、それから次の週も、そのあとも。ただ早く、大人になりたいの。あなたはそう思わない？　こういうのって、みんな……」

メレディスは石けりやジャングルジム、★ナンバー・スネークや、小さな子ども向けの小屋なんかで遊ぶ子たちのほうを指さした。

「すごく子どもっぽいんだもの」

そして、わたしが返事するより先に、メレディスは教室にもどり始めた。できるだけ早く次の授業を終わらせたいんだろう。

子どもっぽい！　子どもっぽい？　あたりまえじゃない。子どもが子どもっぽくなかったら変でしょ？　それが子どもなんだから。好きなことをしてふざけまわって、ゆっくり成長しながら、学んだり、いろんなことに興味をもったり、調べたりするのが子どもなんだから。

でも、メレディスはそんなことを全部すませたみたいな感じだった。それがほかの子と違うところだった。彼女には、「ああ、もうそこには行ったわ、やることはやって、おみやげのTシャツまで買ってきたの」というような雰囲気があった。

なんだか変。ひょろっと背の高いメレディスが、まわりのだれをも見下すように校庭を横切るのを見ながら、とっても変だな、とわたしは思った。

でも、大目に見てあげなきゃ。本心じゃないんだ。母さんも父さんも亡くして、おばあちゃんだけしかいないからね。そのせいで、そんなつもりじゃないのにひどい態度を取ってしまうんだ、きっと。ダンゴムシみたいに、よろいに身をかためて丸くなって、だれも近づけないようにしているんだ。でも、安全で守られているって気持ちにさせてあげれば、心を開いてくれるかもしれない。

だからわたしは、メレディスのことを完全にあきらめはしなかった。まだ早い。落ち着くまで待とう。一、二週間して、もう一度聞いてみればいい。親友をほしくなってるかもしれない。そのときなら、わたしが役に立ってあげられる。

★ナンバー・スネーク＝ヘビのようにつながった、数字を書いたます目を使ったゲーム。

3 内輪話

午後三時をまわると、校庭には親たち（とも限らないけど）が、わたしたちを迎えに集まってきた。授業終了は三時十五分なんだけど。

早目に来るのは、わたしたちのためではなく、自分たちのためなんだと思う。うわさ話をしたり、先生の悪口を言ったりするために。あるいは、母さんの言う〈内輪話〉をするため。母さんはほかの子の親と、年じゅう〈内輪話〉をしている。母さんはわたしを迎えにきたはずなのに、わたしはそのおしゃべりが終わるまで長いこと待たされるんだ。

帰るのが四時を過ぎる日もある。で、何の話をしていたのって聞くと、子どもには関係のないことよ、と言われる。でも、もし母さんが同じ質問をして、わたしが「ごめんなさい、でもそういった質問にはお答えできません、親愛なるお母様。個人的なことですから」って答えたら、母さんはかんかんに怒るだろう。

大人は、子どものことをなんでも知りたがる。でも、子どもは、本当に話したいこと以外は言わないように気をつけなくちゃいけない。そして話すときでも、親がびっくりするようなことは、ひかえめに言ったほうがいい。

メレディスが転入してから一週間ほどたったある日、わたしは校庭で、母さんの長いおしゃべりが終わるのを待っていた。するとメレディスのおばあちゃんがのろのろとあらわれ、門のそばの低い塀に腰をおろして、孫娘を待っているのに気づいた。

普通なら、そんなに長くは待たなくてすむ。メレディスはたいてい、少しでも早く学校を出て家に帰りたがっているから。ふたりで買い物に行くときもある。わたしは母さんといっしょに、メレディスが店にいるところを何度も見た。メレディスはおもちゃなんかではなく、大人ものの服や宝石や高価な香水とかを見ていた。その後ろではおばあちゃんが、メレディスのことをじっと待っていた。

「ああ、あれを見て、おばあちゃん」メレディスは何度も言った。

「あの生地！　あのデザイン！」

でも、それは彼女には大人っぽすぎた。女の子向けの品物じゃなかった。

その日、校庭にいたメレディスのおばあちゃんは、さびしそうだった。ほかの大人たちはおばあちゃんにいつも丁寧で、会釈《えしゃく》してあいさつし、体の具合をたずねた。でも、長く話そうとする人はいなかった。おばあちゃんは年上だから共通の話題もなく、近づきにくいんだと思う。それとも、みんなはおばあちゃんのことを怖がっていたのかもしれない。とっても年を取った人を見ると、ちょっと怖くなってしまう。そういうお年寄りを見ると、自分の未来の姿を、いつか自分たちも年を取るんだってことを考えてしまうから――その前に死んじゃったりしない限りは。でも、だれもそんなことを考えたくはないよ、とも思う。まるで、真夏にこがらしが吹き、太陽を雲がおおうような気分になっちゃうもの。

でも、ほかの大人の人たちのために言っておくと、もしほかの人たちがメレディスのおばあちゃんと話したいと思っても、ほとんどチャンスはなかったと思う。だれかが話を始めでもしたら、メレディスが教科書を振りまわしながら校庭を突っ走ってきて、「おばあちゃん、わたしよ！　さあ、帰ろう！」って言うから。

おばあちゃんは決して「ちょっと待って、メレディス」とか「いい子だから、あっちで少し遊んでて。おばあちゃんは今、お話しているの」などと言い返そうとはしなかった。そう、おばあちゃんはすぐさま相手に断りを入れ、話を切り上げて、メレディスを、家かどこか好きなところへ連れていった。まるで、メレディスのほうが大人みたいに、なんでも自分の好きなようにして、すべてのことを決めていた。

メレディスのおばあちゃんについては、ほかにも気がついたことがあった。それはわたしたちを見る目つき。

メレディスは、おばあちゃんが学校に早く来すぎないように言っていたんだと思う。少なくとも、三時十分になるまでは来ないようにと。おばあちゃんをしかりつけていたのを聞いたことがある。

その日、おばあちゃんが早く来て、わたしの母さんと校庭でしゃべっているのが教室から見えた。メレディスは、ベルが鳴るとすぐに飛んでいった。

「早すぎる！　そんなことするなって言っておいたのに！　今度そんなことをしたら――たいへんなことになるわよ」という声が聞こえた。

「ごめんなさい、メレディス」おばあちゃんが弱々しく答えた。

「時間を間違えたみたい。もう二度としないよう気をつけるわ。約束するよ」

それ以来、おばあちゃんが三時十分より前に姿を見せることはなかった。ときどき、おばあちゃんの白髪頭が塀の向こうに見えたけど、おばあちゃんは道で待っているだけで、校庭に入ってこようとしなかった。来る時間が早すぎると、またメレディスにしかられるからだろう。

校庭にひとりでいる数分間、おばあちゃんはわたしたちが教室から出てくるのを見ていた。みんなが走ったり遊んだり、大声をあげたりする様子を、食い入るように見つめていた。うらやましそうに、悲しそうに。

その様子は、普通じゃなかった。子どもを見ているおばあちゃんというものは、あんな感じじゃない。夢見るようにほほえんで、遠い昔のかすかな思い出を胸に思い浮かべてながめるものだ。そう、バラ色のすばらしい思い出を。たぶん、子どものころ同じ遊びをしていたときのことや、すべてがすっかり変わってしまったことなんかを考えているんだと思う。両方かもしれない。自分たちのおばあちゃんのことを思い出し、今では自分がおばあちゃんになっちゃったんだって考えているのかもしれない。幼い少女が年取ったおばあちゃんに変わってしまうのは、なんて悲しくて不思議なことだろう、その変化はあまりにも早かった、とか。そこには、幸せと悲しみが入りまじっている。

だけど、遊んでいる子たちを見るメレディスのおばあちゃんの目には、恐ろしいほどの切ない願いが込められていた。思い出にひたったり、温かい気持ちで昔をなつかしんだりしているようじゃない。まるで、自分も仲間に加わりたい――ジャングルジムに登ったり、芝生で逆立ちしたり、友だちと縄飛びをしたり、ゲームをしたりしたい、というような目つきだった。

そんなおばあちゃんを見るのはつらかった。年老いた悲しそうな目には、苦しみと切ない思いがある。まわりで遊ぶ子たちに向けたその目つきを見ると、わたしはまるで心臓をナイフで突き刺されるような気がした。ときどき、おばあちゃんは手をさし出した。

そばを走る子の手を取り、自分も子どもになって遊びたい、とでもいうように。おばあちゃんの手は震え、くちびるが泣き出しそうに少しゆがんだ。その手は鳥のかぎ爪《づめ》のように細く、腕はニワトリの脚のようにやせて細かった。それはおばあちゃんのせいじゃない。だれでも年を取るのはしかたがない。だけど、その様子を見ると、本当に背筋がぞっとした。恐ろしいものが次々に頭に浮かんできた。地下室や、たんすや、屋根裏にひそむもの。クモの巣におおわれたもの。だれも足を踏み入れようとしない地下《ちか》牢《ろう》。

だけど、何よりも悲しい気持ちにさせるのは、そのかわいそうなおばあちゃんが、手をさし出す様子を見ることだった。失った遠い子ども時代を取りもどしたいかのように。まるで、おばあちゃんはちゃんとした子ども時代を経験したことがないみたいだった。

その日の午後、わたしはおばあちゃんの様子や表情を観察するのに一生懸命で、おばあちゃんがわたしを見ていることに、なかなか気づかなかった。どのくらい見られていたのか、よくわからない。おばあちゃんたちがよくするように、弱々しくほほえみかけてきたので、わたしも礼儀正しくにっこりした。

その日メレディスが遅くなるのを思い出した。コンスタンチン先生が、学校行事に引っぱりこんだのだ。「背が高くてすらっとした女の子が主役に必要だ。メレディス、きみは歌えるかい？」と先生は聞き、メレディスは「歌えません」と答えた（わたしの見たところ、ただの言い逃れだと思う——学校劇の主役なんて、彼女にとっては〈退屈な〉ことのひとつに過ぎないんだから）。でも、コンスタンチン先生は、歌えなくてもかまわない、大事なのは背が高くてすらっとしていることだから、と言った。わたしは反対した。だって、そんな理由なら、背が低くてぽっちゃりした女の子は外されてしまうもの。とくに、赤毛でそばかすの子は。その子、歌は上手かもしれないのに。

でも、だめだった。コンスタンチン先生は、メレディスに歌い方を教えると言った。「音痴なんていうものは存在しないよ」というのが先生の言い分。練習さえすれば、だれでも音程が取れるようになるんだって。

先生がそう信じてるんなら、一度うちに来て、父さんがお風呂《ふろ》で歌うのを聞いてみるといい。ひどいものよ。しめ殺されそうな七面鳥みたいに聞こえる。父さんの音痴を直すには、口に大きなコルク栓《せん》をはめて、完全に音を消すしかないだろう。

正直言って、メレディスが学校劇の主役の座についたのには、むかついた。まだ転校してきて数週間だっていうのに。わたしは何年もいるのに、コンスタンチン先生は気にとめてくれたこともない。

わたしはずっと先生に、『アニー』っていうミュージカルをやりましょうって言い続けていた。アニーという名の孤児が主人公で、その子は赤毛でそばかすだらけ。だれかさんそっくり。数週間ごとに、先生にほのめかしては、わたしが興味をもっていることを知らせていたんだけど、先生は「アニーのような役には、とても演技の才能が必要なんだ」と答えた。わたしがせきばらいしてみせて、ここに赤毛でそばかすで演技力のある子がいるってアピールしても、わかってくれなかった。そして今の劇に決めちゃった。でも近ごろは、背が高くてすらっとした女の子だけが人気じゃないと思う。目先の変わった、たとえば背が低くてぽっちゃりした女の子にも、チャンスがあってもいいんじゃないかな。

コンスタンチン先生は、メレディスが主役の劇で、わたしにも役をくれた。でも、それは〈リスその3〉というちっぽけな役。役不足もいいとこ。せめて〈リスその1〉をさせてほしいと思った。でもだめだった。〈リスその3〉。先生は、ふさふさしたしっぽの衣装を着られるよ、と言ってくれた。それに、ほかのリスたちといっしょに、『木の実の隠し場所を忘れたよ』という歌を歌えるって。

わたしは先生に、「木の実の隠し場所を全員が忘れたということは、とってもおばかなリスってことですね?」と言ってやった。でも先生の返事は、「そうかもしれないな、カーリー」だけ。そして、本物のリスたちも、木の実の隠し場所をしょっちゅう忘れるんだって教えてくれた。じゃ、とにかく、事実に合っているってわけだ。先生は、リスについての本を読んだか、ペットにしていたことがあるのかも。

ともかく、わたしたちリスにはあんまり練習の必要はなかったから、あと何週間かは用なしだった。でもメレディスはさっそく、毎週水曜日の放課後に練習させられることになった。

たぶん、メレディスのおばあちゃんはそのことを知らないか、忘れちゃったんだろう。でなければ、メレディスがまだ出てこないというのに、こんなに早く来たりしないだろう。おばあちゃんが学校劇のことを知らなければ説明してあげようと思って、わたしはそばに行った。

「あの、メレディスのおばあちゃんですよね?」

おばあちゃんはにっこりした。お年寄りにしては、すてきな笑顔。長いのも短いのも、あらゆる種類のしわやカラスの足あとが数えきれないくらい。長生きしたらこんなにしわができるなんて、驚きだ。

「メレディスのおばあちゃん?」と、おばあちゃんはちょっと頼りなげにくり返した。そしてうなずいて言った。

「そう、それでいいわよ。そう見えるでしょうからね。ええ、今のわたしはそう見えるわね」

わたしはそれを聞いて不安になり、ちょっと頭が変になっちゃったのかな、と思った。あんまり年を取ると、そうなることがある。わたしのおばあちゃんも、年を取ってちょっと変になったと母さんが言ってた。ガウン姿で商店街に行って、美容院でフライドポテトを買おうとしたんだって。

でも、それからメレディスのおばあちゃんは、急に頭がはっきりして理解できたというようにほほえみ、こう言った。

「あなた、カーリーね？　メレディスから話を聞いているわ」

「そうです」わたしはうなずいた。

メレディスがわたしの話をしていたというのは、ちょっと驚き。そんなに気にとめていたようには思えないのに。

「メレディスに、親友になってもらえないか頼んだんです」わたしは説明した。

「今、わたしの親友の席は空いているからって。でも、丁寧に断られちゃいました」

「そうね、メレディスは友人がほしいと思うタイプの女の子じゃないから。友だちはほしくもないし、必要ともしないいんじゃないかしら。ただそれだけよ」

おばあちゃんは言った。

「メレディスはいつも、だれにでも感じよくふるまいますけど、なんというか——近づこうとしない感じなんです」

わたしはうなずいてそう言った。

おばあちゃんの目がきらっと光った。

「そう、あなたの言うとおりね。近づこうとしない。ただ——」

「ただ、何です？」とわたし。

「ただ、わたしはあなたに——そう、警告しなくちゃ」おばあちゃんは続けた。

「何を？」

「メレディスのこと」

「メレディスの？　メレディスの何を？」

「あの子は……見た目ほどいい子じゃないし、怖いところもあるのよ」

「え？」

わたしはショックを受けて、おばあちゃんをまじまじと見た。おばあちゃんってのは普通、自分の孫娘のことをそんなふうに言うもんじゃない。

「でも、これ以上は言えないわ」おばあちゃんは小声で言った。

「それは無理。あの子がすぐにでも出てくるかもしれないから。もしあなたと話しているところをあの子が見たら、かんかんに怒るわ――」

「どうして怒るんですか？　話しているだけなのに？」

「あなたはわかってないのよ。わかるわけないわ。わけを聞いても、信じられるわけない――」

「何を信じるんですか？　わかってないって、何が？」

いらいらがつのってきた。秘密や隠しごとは大きらいだ。とくに、わたしがちっともわからないことは。

「ああ、お願いだから、あっちへ行ってちょうだい。お友だちと遊んでいるのが一番よ。メレディスが出てきて、わたしたちが話しているのを見る前にね。見たら、怒るに決まっている。あの子は怒ったらいつもひどい仕打ちをするわ。その相手はたいていわたしなの。早く、今すぐ行ってちょうだい。わたしを困った目にあわせないで。あなた自身も困ることになるわ。あの子の力がわかってないのよ。わたしが何をされたか――何を盗まれたか」

そして、おばあちゃんはますますうろたえ混乱して、気を失うか泣き出すんじゃないかとわたしは心配になった。入れ歯を落っことすかもしれない。

「大丈夫」

おばあちゃんを安心させようとわたしは言った。

「心配しないで。メレディスはまだまだ出てきません。わたしはそれを言いにきたんです。たぶん言い忘れたんだと思うけど、今日、メレディスは遅くなると思います。学校劇の練習で。背が高くてほっそりとした、美人しかできない役を演じることになったから」

「まあ」

おばあちゃんは心から安心したような声を出した。そして「それなら――」と言いかけて、校庭を見まわした。だれかに聞かれてないか確かめるように。

「それなら、あなたに――相談できないかしら。時間があるなら。とても親切そうだし、いい子で親切で辛抱強くて、わかってくれそう。カーリー、もし話したら、聞いてくれる？　わたしの話が、どんなに変テコで信じられないものに思われても――信じようとしてくれる？」

「えーと」わたしはためらった。

「努力はします。なんでも信じますとは言えないけど。真実だけを信じるつもりなので」

「ええ、真実よ。絶対に本当なの」

わたしは、母さんがほかのお母さんたち三、四人といっしょにベンチに座っている様子をながめた。今、みんなが話しているのは〈内輪話〉ではなく、だれでも参加できるような話題らしい。話が終わるまでには、まだまだ時間がかかりそうに見えた。

「家に帰らなきゃいけない?」メレディスのおばあちゃんがたずねた。

「それなら——」

「いいえ、まだ、たぶん、三十分かそこらは大丈夫です」

「では、あそこの木陰の塀に座らない? 涼しくて静かよ」

わたしたちはそこに座った。

「ああ、カーリー。だれかに話ができるなんて、うれしいわ。手短にすませないといけないけど、何かを隠し続け、だれにも言えないことがどんなにつらいか、それを最初に言っておきたいの。とても孤独で、絶望的なものよ」

「わかりました。続けてください」わたしは言った。

おばあちゃんは、どう始めようか考えている様子で、わたしのほうを見た。そして、きっぱりうなずいた。まるで、思い切って飛びこむしかないと決めたかのように——。

「いいわ、カーリー。まずわかってもらいたいのは、わたしは、とっても年を取った、死期も近いおばあさんのように見えるけど——それは見かけだけだってこと。本当のわたしは違うの。わたしは女の子なのよ。本当は、カーリー、あなたと年は変わらないの」

4 空を飛ぶ

羽根一本でひっくり返っちゃうほどびっくりするって言い方は、聞いたことがあるけど、まさか自分がそうなるとは思ってもみなかった。でも、そのときのわたしは、本当に羽根で軽くつつかれただけで、ひっくり返りそうだった。

塀の上に居心地悪く座っていたわたしは、メレディスのおばあちゃんを見つめて、今聞いたことを理解しようとした。

わたしと年が変わらない？　でも、この人はものすごく年を取っている。たぶん、★ストーンヘンジよりも、ピラミッドよりも古いかもしれない。うちの物置きにある芝刈り機よりも年季が入っている。

千くらいの質問が頭に浮かんだ。わたしはそれを口にしようとしたけど、出てきたのは間の抜けた音だけ。お風呂の排水溝から、最後の水が流れ出すときにスポンジを半分吸いこんじゃったときのような音。

メレディスのおばあちゃんは、ただ片手をあげて、黙っているように注意した。わたしはおばあちゃんが正しいとわかったから、口をつぐんだ。話が始まる前にわたしが質問を始めてしまったら、おそらくこの話は最後までたどりつかないだろう。だから、わたしはなんとか口をつぐんで、おばあちゃんのじゃまをしないようにした。おばあちゃんの話はこんな具合だった。

「わたしがさっき言ったことを信じてもらうのは難しいわね」

おばあちゃんは言葉を続けた。

「それでも、本当のことなの。まさかと思うかもしれないけど。わたしが何百年も生きているようなおばあさんに見えるのは承知しているわ。でも本当は、おばあさんではないのよ。中身はね。大事なところは違うの。中身は、女の子。あなたと同じくらいの年のね。今はこんな年老いた体に閉じこめられているけれど。

わたしをここに閉じこめたのは、邪悪な魔術、一番卑劣《ひれつ》な悪魔。ひと目見ただけでは悪には見えない、善をよそおった悪。

第一、わたしの名前はグレースじゃないし、メレディスはわたしの孫じゃない。本当は、わたしがメレディスなの。あなたにも——だれにも——証明はできないけれど。信じてくれることを願うだけ。どうにかして、わたしを助けてちょうだい。わたしの体と若さ、わたしの人生のすべては盗まれたのよ、カーリー。わたしは、悲しみと不幸と孤独の中で、泣く以外には何もできないでいる。でも、泣いて何になる？　何も解決には

★ストーンヘンジ＝イギリス南部にある、紀元前に造られた、巨石の遺跡。

ならないわ」

わたしは塀の上で楽になるようもぞもぞ動きながら、耳を傾けていた。

「メレディスがあなたやほかの子になんて言ってるかはわかってる」

おばあちゃんは話を続けた。

「どうして孤児になったか、話したんでしょう？　メレディスはずるくて、賢くて、相手を信用させるのがうまいわ。真実にありとあらゆる嘘をまぜこんで、どれが真実かわからなくしてしまうの。それが魔女の手口。混乱させ、迷わせ、うろたえさせる。それが彼女の正体よ――そう、魔女。わたしの体を盗み、自分の体にわたしを閉じこめた。前にも同じことをやったんだと思うわ。それに、できればいつかまた同じことをやるに違いない。そんなふうにしていつまでも生き続けるのよ。だれかを、疑うことも何も知らない哀れな子どもたちを犠牲にしながらね。そして、その子どもたちの人生も盗むの」

「まさか！　メレディスが魔女？」

わたしは言ってから、口をはさんではいけないことを思い出した。

「まさか！」ともう一度言うと「続けてください」と言いたした。

おばあちゃんは話を続けた。

「メレディスの話の一部は本当のことだけど、ほかは嘘。自分の経験のように語ったことは、本当はわたしの身に起きたことなの。わたしの体を盗んだだけではなく、身の上話まで盗んだわけ。身の上話を盗むのも、同じくらいひどい仕打ちよ。だって、それはその人になりきるということだもの。わたしは、過去の自分も思い出も全部盗まれたの。いい？　ちょっとの間、わたしの外見のことは忘れて。このしわや白髪を見ないで、わたしのことを背が高くてほっそりしたメレディスだと思って——ああ、あの姿でいるのは楽しかったわ……あなただってそう思うでしょ？」

「そうね」わたしはうなずいた。

「ほら、わたしはそばかすだらけでぽっちゃりタイプだから。あんなに背が高くてすらっとしてたら、モデルにだってなれるでしょ」

「ええ」とおばあちゃんはうなずいた。

涙がこみあげてきたようだ。いや、涙じゃないかも。おばあちゃんは少し口をつぐみ、ハンカチを取り出した。わたしはそれまで目に入らなかったことに気づいてぞっとした——あごにひげが生えている！　たくさんじゃない。サンタクロースのあごひげみたいにふさふさとではないけれど、あごひげには違いなかった。わたしはちょっと身震いした。幽霊が横を通り過ぎ、冷蔵庫のドアを開けっ放しにしていったみたい。心は女の子なのに、体は老人、あごにひげの生えたおばあちゃんだなんて。

それってすごく不気味。

おばあちゃんはハンカチをコートのポケットにもどした。ぼーっとして、遠くを見るような目つきをしている。それから、話がどこまでいったかを思い出し、また話し始めた。

「背が高くてほっそり。そうだったのよ。そして幸せだった。未来のことを考えるとわくわくしたものよ。なんでも上手にこなしたし、友だちはたくさんいて、敵なんかひとりもいなかった。お庭に木が茂った大きな家に住んで、車庫には車が二台。リビングにはグランドピアノがあって、わたしはピアノのレッスンを受けていた。庭師が庭の手入れをしてくれ、毎週木曜日にはお掃除のおばさんが来ていたわ。そう、あのころのわたしたちはとてもいい暮らしをしていたの。自分ではそうは思っていなかった、というか考えてもなかったけどね。自分がどんなに幸せで幸運に恵まれていたかは、あとで振り返って初めてわかるものなのね。

わたしはひとりっ子だった――母さんも父さんも、弟か妹が生まれればいいと望んでいたけれど――」

「わたしも！」わたしは興奮して叫んだ。

「わたしもよ！　ただ、わたしの場合は、そう、前に妹が――」

そして、また口出ししたことに気づき、くちびるをかみしめた。

「あのころはすてきだったわ。いい学校に通い、週末にはいつもやることがあった。ポニーの乗馬、ダンスのレッスン、トレーニング、水泳、ちょっとした旅行――ああ、本当になんでもやれたの。わたしはひとりっ子だったけど、わがままでも甘やかされても自己中心的でもなかったし――」

「わたしだってそうよ」と言ってしまってから、黙ってなきゃいけないことをまた思い出した。

「――ぜんぜんそんなじゃなかったのよ。いつも、自分たちより恵まれない人たちのことを忘れずに、できることはしてあげていたわ。とくに、クリスマスなんかのときにはね。

でもね、あのころの生活は、文句のつけどころがないくらい、すばらしいものだったけれど、そんな生活を送りながらも、ときどき不吉な予感や、不安に襲われたわ。父さんは、窓から広い庭や停めてある車を見渡しながら、よくこう言っていた。

『メレディス、今あるものをすべて当然だと思ってはいけない。すべてが永久にこのままだなどと考えてはいけない。決して変わらないものなどないんだから。わたしがお前の年ごろだったとき、うちは貧乏で何もなかった。ひと部屋で四人が暮らし、ひとつのベッドをふたりで分け合った。食べるものでさえろくにないときも多かったんだ。ところが、今のわたしたちをごらん——驚くほどの違いようだ。しかし、明日何が起きるかはわからない。幸運というものは潮の流れのように変わる。われわれにできるのは、最善を祈ること、そして今、目の前にあるものを楽しむことだけだ。今のために生きるのではなく、今を生きるんだよ。確実なのは今だけなのだから』

たぶん、父さんの言葉のせいで、わたしは不安を抱いたんだと思う。頼りにしているものすべてが突然奪い去られることもある、と気づかされて。もともとそういう性格だったのかもしれないけど。でも正直言うと、ふだんは何も心配せずに過ごしていた。ただ楽しくやって、幸福を存分に味わうだけだったの。

でも、あの悲しいできごとが起きた。わたしが学校の旅行に参加している間、母さんと父さんは何日か船の旅に出ていたの——あのころ、わたしたちはヨットも持っていたのよ。すごく大きいヨットではなかったけど、フランスまで渡るにはじゅうぶんだったわ。でも、猛烈な嵐に巻きこまれて、舵《かじ》が取れなくなり、岩にぶつかって、救命ボートが助けにいったときにはもう遅かったの。母さんも父さんも、荒れた海にのまれて、おぼれてしまった」

おばあちゃんは話をやめ、両手を見下ろした。皮膚は紙のように薄く、血管がすけて見えた。指の関節は、関節炎でこぶのようにはれあがっている。あんまり長い間黙っているので、もう二度と口を開かないのかと思った。でもそれからおばあちゃんはきっぱりとうなずき、夢の中から現実へと無理やり自分を追いやるように話を続けた。

「そう、それから悪夢が始まった。父さんの仕事にトラブルがあって、お金をつくるため自宅を担保《たんぽ》にしていたことがわかったの。それは一時的なもので、数カ月後にはすべては丸くおさまるはずだったのよ。でも、こうなってしまっては、家を売って会社の借金を支払うしかなかった。つまり、わたしは突然孤児になっただけじゃなくて、貧乏にもなってしまったわけ。私立の学校も、ポニーも、グランドピアノも、ダンスのレッスンもさようなら。すべてを失ってしまったの。

　わたしは遠い親戚《しんせき》の家で暮らすことになった。でも、その人たちの生活も苦しかったから、わたしまで引き受けるのはたいへんだったのね。そこで、わたしは施設にやられた。大きらいだったわ。建物が汚いとか、みんながいじわるだったとかじゃないの。そうじゃなかった。施設の人はだいたい親切だったし、大事にされているって子どもたちに思わせようとしていた。でも、大事にされているとはだれも思わなかった。これっぽっちもね。

　一番ひどかったのは、〈美人コンテスト〉ね。そういう名前ではなかったけど、実際はそうだった。施設の人が、子どもたちに家庭を――いい家庭を見つけようとするときに開かれたの。〈いい〉家庭って強調するなんて、変でしょ。普通の人間なら、悪い家庭に行きたいなんて思うわけないのに。

『メレディス、あなたにいい家庭を見つけてあげるのは簡単よ』と施設の女の人はよく言ってた。『清潔でかわいらしいし、歯並びもきれい。ぜんぜん問題ないわ』って。

でも、問題はあった。

施設の人が『ぜんぜん問題ない』というのは、やっかい払いするのはとっても簡単、という意味。わたしはぞっとした。もちろんそれは、見かけがよければ、だれかが引き取ってくれるという意味だった。でも、わたしはそんな家庭はほしくなかった。それじゃまるで、子どもが家具とぴったりだとか、カーテンやカーペットとぴったりだとか言われているみたいじゃない。わたしがほしいのは、だれかがわたし自身を、本当のわたしを、わたしの中身を気にしてくれる家庭。もしわたしの外見がイボイノシシみたいでも、愛してくれる人がいる家庭。わたしがわたしだから愛してくれる人がほしかった。

で、わたしは〈気難しく〉なり〈お高くとまって〉みせた。養子を探し、引き取ろうとやって来る人たちが、『かわいい』とか『きれいな歯並び』とか口に出したら、もうそれで終わりだった。わたしはそんな人たちには用はない。わたし自身ではなく、わたしの見かけだけを気にしているのがわかったから。ということは、その人たちにとって、わたしはアクセサリーや家具と同じなんだもの」

おばあちゃんはそこまで話すと息をついた。長い間、こんなにしゃべったことがないのがはっきりわかった。おばあちゃんは疲れきっていた。でも、わたしはその〈かわいい〉のが問題かどうか疑問をもった。背が高くてすらっとして、歯並びのきれいな人たちの人生は楽ちんだって言うつもりはぜんぜんない。でも、冷静に判断しなくちゃ。もし〈背が高くてすらっとしている〉のがいやだって思うのなら、〈ちびで、赤毛で、そばかすだらけで、ぽっちゃりしている〉のがどんなものか試してみるといい。そうすればもう少し違うふうにものごとを見られると思う。

おばあちゃんはくちびるをぬらした。そのくちびるにもしわが寄っている。変なの、とわたしは思った。しわというものは、ほこりやクモの巣のようなもので、どこにでもやって来るらしい。おばあちゃんののどもしわだらけだった。まるでカメの首みたい。

おばあちゃんは話を続けた。

「そう、わたしはそんな感じだったの、カーリー。ひとりぼっちで、世界中のだれもわたしに会いにきてくれない。わたしをほしがるのは、買ったばかりのランプスタンドに似合うような、背が高くてほっそりした女の子を捜しにきた人たちだけ。わたしはほとんどあきらめていたわ。だれもわたしを理解してくれない。わたしは食事をし、眠り、学校へ行って、宿題をしたわ。でもそれは、わたしの中で他人が生活をしているようなものだった。わたしはただそれを見ているしかなかった。わたしはただ、見ているだけだった。背の高いほっそりした女の子が暮らしているのを見ていたけど、それが自分だとは、とても思えなかった。その子はわたしの名前が呼ばれると返事をしていたし、みんなはその子がわたしだと思っていたけれど。

そうして時は過ぎ、永久にそのままのはずだった。でも、そのときグレースがあらわれたの」

「グレース？」とわたし。

「そうよ」おばあちゃんは笑みを浮かべた。

「わたし！　というより、わたしが入っている体ね」

わたしはまじまじとおばあちゃんを見た。

「そう、この体よ」おばあちゃんはうなずき、「あなたの目の前のこの体――グレースよ。いい名前よね、そう思わない？　グレース《食前の祈り》。だれも一瞬だって疑わないわよね、魔女の名前だなんて」

「でも――」と言いかけてから、わたしはじゃましたり質問したりしないという約束を思い出したけど、聞いてみた。

「でも、どうやって？　つまり、どうして？　それって……どうやって……いったい……」

「説明するわ、カーリー。もうちょっとがまんして」おばあちゃんは言った。

そこでわたしはひざを両腕で抱え、しっかり抱きしめた。そしてがまんしようとしたけど、難しかった。

「グレースが初めてやって来たとき、あんまりすてきで信じられなかったわ。グレースは――つまり、今あなたの前にいるおばあちゃんは――とてもすてきだったの、とても優しいほほえみを浮かべて――ほらね」

そしておばあちゃんは、それを証明するようにほほえんだ。わたしはびっくりした。年取った顔がぱっと明るくなり、ずっとほしかった（そして得られなかった）大好きなおばあちゃんの姿に変身した。いきなり、わたしにもおばあちゃんができたみたい。それからおばあちゃんは、ほほえみを浮かべたときと同じくらいすばやく、その笑みを引っこめた。すると再び年取って、不幸な顔にもどった。

「わかった？　グレースにとっては簡単なことだったの。ほほえみというのは温かい気持ちがそのまま表れたものだって思うでしょ。でも、スイッチを切り替えるように簡単に、ほほえみを操作できる人もいるの。そういう人たちは、人をだまして、ほしいものを手に入れるためにそれを使うのよ。釣りをする人が、針にえさをつけて魚をおびきよせるようにね。そして糸をひっぱって、水の中から釣り上げるの。そして自分のものにする。でも最初は、グレースがすてきに思えた。とってもお金持ちのおばあさんだって聞いてたわ、ずっとオールドミスってなあに？」

「オールドミスってなあに？」

わたしはたずねた（言葉の意味を聞くだけなら、じゃまのうちに入らないと思ったから）。

「結婚したことも、子どもを産んだこともない女の人っていう意味だったわ。でもこのごろは、結婚しないで子どもを産む女の人もたくさんいるわよね。だからちょっと意味は変わってきているわね。グレースをオールドミスって言った人たちは、たぶん家族がだれもいないという意味で言ったんだと思う。まったくひとりぼっちのようだった。どこかに姉か妹がひとりいるとは聞いていたけど――それも、同じく年取ったオールドミスのね。

グレースはお金持ちで、子どもたちを助けたがっているようだったから、施設の人たちはみんな、気をつかってたし、彼女自身とても感じよくしていた。たぶんみんなは、グレースのお金に目をつけていて、死んだらそれを全部貧しい子どもたちにのこしてくれないかと思っていたのね。でもグレースは、死ぬことなどまったく考えていなかった。そんなことはこれっぽっちも望んでなかった。死なないためにならどんなことでもするつもりだった。それこそ死にものぐるいだったの。

グレースはほとんど毎週のように施設に姿を見せ、誕生日の子どもたちにプレゼントを渡したり、食事に連れていったりしたわ——もちろん、許可を得てから。でも、誕生日のためだけに来ていたわけじゃないの。子どもたちを調べに来ていたのよ。望みどおりの犠牲者が見つかるまでね。そして、その犠牲者はわたしだった。

最初の訪問では、わたしはまったく無視されていたわ。グレースはただ帰り際にわたしの名前を聞いて、にっこりほほえんだだけ。二度目に、わたしはプレゼントをもらった。今日は誕生日じゃないってわたしが言うと、いいから取っておきなさい、とグレースは答えた。三度目の訪問で、グレースは施設長の女の人に、わたしを含めた四人の子どもたちを食事に連れていってもいいかとたずねたの。必要な許可を受けると、わたしたちをタクシーに乗せて出かけ、まず映画を見てから、ピザとアイスクリームを食べた。母さんや父さんがまだ生きていたころの、なつかしい日々を思い出したわ。

そのあと、グレースは訪問のたびにわたしのところに来てくれるようになった。わたしたちはどんどん仲良くなり、そのうちわたしは、こんなに優しくてすてきなおばあさんはいないって思うようになった。そしてグレースに、うちに来ていっしょに暮らさないかとたずねられたとき、わたしは前のように幸せになれるんじゃないか、悲しい過去を乗り越えてやり直せるんじゃないかと思ったの。

でも、そう簡単にはいかなかった。施設の規制は厳しくて、養い親や保護者の資格、子どもを養子に引き取ることができる者の資格については何ページにもわたる規則が定められていたの。

最初は、わたしがグレースの家に行っていっしょに暮らすのは不可能に思えた。ずいぶん年を取っていたし、体が弱かったし、まったくのひとり暮らしだったので、わたしの面倒をちゃんと見るのは無理。緊急のときにはどうしようもないだろうと思われたから。でも、少しずつグレースは問題を解決していった。解決策を探して、障害をひとつひとつ取り除いていったの。

『手伝いの人を雇うつもりです』とグレースは言った。家政婦を雇い、運転手を雇ってどこにでもわたしを送れるようにします。ときどきは妹が手伝ってもくれるでしょう。若い子がいつもおおぜいまわりにいるよう気をつけ、友だちをお茶に呼びます。いい学校に通わせ、何ひとつ不足のないよう、さびしい思いをさせないようにします。その話はとてもすてきに聞こえた――すてきな姿のわたしにぴったりだと。

わたしはそう思ったの。

グレースは反対意見をひとつひとつ克服していって、ついにわたしの養い親と保護者になって、自分の家に連れていく許可を得た。グレースは人を思いのまま動かし、障害をすべて取り除くことができるみたいだった。まるで……魔法を使ったように。人が『だめだめ、あなたにはメレディスのような女の子の面倒は見られそうにありません。何しろそのお年ではね』と言うと、次の瞬間にはすべての障害物が消えうせ、道が平らになっている。そして『はい、グレース、もちろんですよ、困ったことは何もありません。大丈夫です。間違いありません。まったく問題ないです』と言われるの。

その人たちの目は、催眠術にかかったようにどんよりくもっていたわ。それにグレースにはお金があった。お金は固くなってギクシャクした部分や、きしむ車輪に油をさしてくれたの。

翌朝の出発に備えて荷物をつめていた夜のことを思い出すわ。施設で仲良くなった友だちと別れるのはさびしかったけど、立ち去ることは悲しくなかった。わたしの幸運をうらやんだ子もいたと思う。あの子たちは何も知らなかった。もしわたしが本当のことをわかっていたら、あんなに熱心に荷物をつめたりしていなかったわ。次の朝、わたしが施設を去るとき、見送ってくれた子たちの多くはこう願っていたと思うわ。『自分がメレディスだったらなあ！』って。

本当にそうだったらよかったのに。悪いけど、ちょっと失礼するわね。薬を飲む時間なの」

おばあちゃんはくすんだ色のやぼったいコートのポケットを探り、薬の容器を取り出した。

「ふたを取ってくれません、カーリー？」おばあちゃんは頼んだ。

「ときどき手がこわばってね、指がちゃんと動かないのよ」

わたしは容器のふたを開けた（薬のラベルには、子どもには開けられないようになっています、と書いてあったけど、わたしくらいの年になるとそれは通用しない）。おばあちゃんは赤と白のカプセルをふたつ、手のひらに出した。

「炎症《えんしょう》を抑える薬なの」おばあちゃんは説明した。「関節のね」

おばあちゃんはふたつのカプセルを飲むと、また別の容器を出してわたしに開けるよう頼んだ。

「これもお願い。こっちはかわいそうな心臓の薬」

わたしはそれを開け、おばあちゃんはまた薬をふたつ取り出した。

「お水はいらないの？」わたしは聞いた。

「大丈夫。慣れているから」おばあちゃんは薬の容器をポケットにもどした。

「さて、どこまで話したっけ？」

「グレースの家に引っ越したところまで」わたしは答えた。


ああ、そう、そうだったわね。引っ越したの。お家もとってもすてきだった。すべて約束どおり。少なくとも最初は。でもだんだん変わり始めた。たぶんそれは、グレースが見せかけほど裕福ではなかったからだと思う。ぜんぜん実現しなかった約束もあった。でも、わたしは気にしなかった。いつもいつもごちそうやプレゼントがなくてもよかった。本当にほしかったのは、わたしを愛してくれる人と、家庭だけだったから。

初めは何もかもうまくいっていた。邪悪な計画が進んでいるなんてこれっぽっちも思わなかった。そして、引っ越してから三、四週間たったある夜、わたしが部屋でちょうど宿題をやり終えようとしていたときに、ドアにノックの音がして、グレースが入ってきた。そして、奇妙なことを口にした。奇妙で、ずいぶん変で、よくわからないことを。まずこう言った。

「かわいいメレディス、宿題は全部すんだ？」

「ええ」わたしはにっこりした。

「全部できたわ。ごらんになる？」

「はいはい、あとでね、かわいいメレディス。ちゃんとできているに決まってますけどね。でもその前に、ちょっと外に出ない？」

わたしは窓のほうを見た。外は暗くて、とても寒そうだった。冬はすでにやって来ていて、毛布のように大地をおおっているところだった。その毛布は人を暖めるのではなく、凍えさせるものだったけど。時刻も遅かったし、もうすぐ寝る時間だった。どこへ行くというのかしら？

「外出するんですか、グレース？」とわたしは聞いた（グレースは自分のことを名前で呼ぶようにと言っていた）。

「どこに？」

グレースはいつもの温かく優しいほほえみを浮かべた。

「ちょっと飛んでみるのはどうかしら？」とグレースは言った。

わたしは一瞬、グレースは頭がおかしくなったんだと思った。それから、わたしの聞きまちがいかもと考え直した。それとも、おかしくなったのはわたしのほうかしら。もしかしたら、グレースは飛行機かヘリコプターか★ハンググライダーでも買ったのかもしれない。

「飛ぶって、どこに？　どこから？」とわたしは言った。

グレースは、週末にパリに飛んで、買い物や美術館めぐりでもしようと提案しているのかもって思った。でも、そうではなかった。

「ここから飛ぶのよ、メレディス」とグレースは答えた。

「ここから。自分の力でね。飛行機なんかいらないわ。この部屋の中を飛びまわってみない？　そして、コツをつかんだら、外へだって出られるわよ」

わたしは年のせいにした。あんまり年を取ると、ちょっとおかしくなることもあるって聞いていたから、それで説明がつくと考えたの。でも、グレースがおかしくなったと思うと、心配になった。もしグレースの頭がおかしくなりすぎて施設に入れられることになったら、わたしも施設に逆もどりだ。それだけはごめんだった。そこでわたしは、グレースに調子を合わせることにした。部屋を飛びまわるなんて、いつもやってることじゃないとでもいうように。

「ベッドに横になるのよ、かわいいメレディス」とグレースは言った。

「わたしはここのいすに座ってゆったりするから、いっしょにリラックスしましょう。そうしたらやり方を教えてあげる。そうそう、心配してるといけないから言っておくけ

★ハンググライダー＝体を乗せて飛ぶことができる、大型の凧《たこ》。

ど、これは体を使って飛ぶことではないのよ。精神的な飛行なの。霊的なもの。★〈幽体離脱〉と呼ばれるものよ。精神を集中させればだれでもできるわ。精神的な筋肉をきたえるようなもの。ジムで重量あげをするときと同じで、最初から重いおもりを持ち上げることはできないでしょ。でも練習を続け、軽いおもりからしだいに重いものに変えていくと、最後には、持ち上げられるようになるわよ。一番重いおもりでも」

そう言われてもわたしにはちっともわからなかった。でも、グレースを喜ばせようと思って、言われたようにベッドに横になって頭を枕《まくら》に乗せ、リラックスしようとした。

「それでいいのよ、メレディス」とグレースは続けた。

「さあ、想像してみて。自分の体がしだいに重くなってくるのを。手足も関節も、何もかもが重くなってくるのを。つま先から始めて、頭のてっぺんまでリラックスさせて。髪の毛まで。わたしも同じようにするから」

わたしは言われたとおりにした。すべてを手放すような感じだったわ。わかる？　つま先から順番に、頭の中で体の各部分と対話をしていくの。

「左足の小指よ、力を抜いて！　次に、親指も」

左のつま先を終えると、右のつま先。それからまた左の足首にもどり、次は右の足首。そして脚、ひざ、胸、腕、ひじ、指、肩、首、耳、目、そして最後に――グレースの言ったとおり——髪の毛まで力を抜いた。

でも、眠ってはいなかったし、はっきり目は覚めていた。けれども、自分の体がわたしから離れていったような感じがしたの。わたしはもうその体の中にいないような、その体はもうわたしのものではないような、でもそれでもちっともかまわないような感じ。

「リラックスした?」とたずねるグレースの声が聞こえ、「はい」とだれかが答える声が聞こえた。それは自分の声だったけれど、わたしはしゃべった覚えはなかった。

「よかった」とグレースは言った。

「では、集中して。頭の上、天井のあたりの一点を想像するの。できるだけ意識をそこに集中して、ほかのことは何も考えないように。頭の上の、想像した一点に集中するの。その点があなたになり、あなたがその点になるように。心の中は完全にその点だけにするの。そして、それができたら何が見えたか教えて」

わたしはグレースに教わったとおりにした。好奇心がわいてきた。何が起きるか知りたかったの。そのときには目は閉じていたけれど、眠ってはいなかった。よく言う夢遊《むゆう》状態だったの。頭の上の天井が見え、そこの一点が頭に浮かんでいた。たいまつの光ほどの、小さな赤い円。その想像上の円のことしか考えていなかった。わたしのすべての思いを吸いこませ、わたしはそこに流れこんだ。まるで水がかわいたスポンジに吸いと

★幽体離脱=魂(精神、心)が、無意識に、あるいは意識的に、自分の肉体から抜け出す現象。

られていくかのように。

どのくらいそうやって横になっていたのかはわからない。数分間かもしれないし、数時間だったかもしれない。よくわからなかったし、気にもならなかったわ。しだいに、意識がうすれて、体や鼻のムズムズした感覚がなくなっていった。そのうち何かが見え始めた。目はまだ閉じていたのに、見えたの。最初は何かわからなかった。ぼんやりぼやけていたから。それからまるで霧が晴れたようにはっきりしてきて、見えていたものがゆっくり形をとり始めた。わたしは上から見下ろしていたの。それはこんなものだった。

下のほうに、部屋が、寝室が見えた。女の子の寝室らしくて、女の子好みの色合いの部屋で、女の子の持ち物がいっぱいあった。スケッチブック、洋服、ぬいぐるみ、フラフープ、本、クレヨン、絵の具。作りかけの★ミサンガがベッドの隣のテーブルに置いてある。

部屋のすみにはやなぎ細工のいすがあり、そこにはひとりのおばあさんが座っている。両手をひざの上に重ね、眠っているよう。ほとんど息をしているように見えなくて、とても静かでぴくりとも動かなかった。こっそりあの世へ旅立ってしまったのかもしれない。でもそのときやっと、呼吸をしているのがわかった。胸がゆっくり持ち上がって、くちびるからかすかな息がもれた。

わたしは部屋をもっとよく見た。今度は、ちょうど真下にベッドが目に入った。その上には、茶色い髪の、ほっそりした女の子がいる。その子も眠っているようだったけど、やはりかすかに呼吸をしていた。そしてわたしはその子の顔を見て、ぎょっとしたの。まさか！

その子はわたしだった。

わたしは自分自身の体を見下ろしていたの。わたしの意識、魂、心――なんと呼んでもいいけど、そういうものが体を離れていたのね。わたしは自分の上に浮かんで、部屋の天井あたりを小さな雲のようにただよっていた。羽根のように――それよりもっと――軽く、重さも形もまったくなかった。思うように動きまわることもできた。部屋のすみからすみまで行って、好きなところを見ることができた。ベッドの上にいたかと思うと、次には――ただそうしたいと思うだけで――窓の上にいた。ランプのそばに。次にはあのおばあさんを見下ろしていて――そして――。

声が聞こえた。耳ではなく、心で聞いたの。夢を見ているときに聞いたみたいに。その声は、わたしの名を呼んでいた。

「メレディス、あなたなの？　何もかもうまくいってる？」

それはグレースの声だった。わたしはグレースの体を見下ろした。それはやなぎ細工

★ミサンガ＝ビーズや刺《し》しゅう糸で作った、願掛けのブレスレット。

のいすに力なく座ったままだ。

「大丈夫です」とわたしは答えた――というより、心で思った。

でも、思うだけでじゅうぶんだとわかっていた。グレースがどこにいようと、わたしにその声が聞こえるように、わたしの声も伝わるのだろう。ただ、グレースはどこにいるの？　そんなわたしの考えを読んだかのように、グレースの声が答えた。

「わたしもここにいるのよ。部屋のすみに。ちょうど、テーブルの上のあたり。ベッドの横のランプの真上ね。ランプの傘《かさ》の上の穴から電球が見えるわ」

わたしはグレースの言ったほうを見たけど、もちろん何も見えなかった。体は目に見えるけど、心は見えないでしょ？

「見えない。いすで眠っている姿は見えるけど、声のほうは見えないわ」

「わたしにもあなたは見えませんよ」とグレースの声がした。

「でも、あなたがそこにいるのはわかる。で、どう、メレディス？　どんな感じ？　飛ぶのは楽しい？」

もちろん楽しい。楽しくない人がいるかしら？　これほどすばらしい体験はない。こんなことができるなんて考えたことさえなかった。夢の中ではだれでも飛んだことがあると思う、逃げ出すときに。でも追いかけてくるものからは逃れられない。脚の動きがだんだんゆっくりになって、結局は追いつかれてしまう。そして、脚をばたばたさせて叫びながら目が覚め、だれか来て！　と大声をあげる。

来てくれる人がいればいいけど、だれにも来てもらえない子たちもいるわ。本当の悪夢が始まったときに助けが来ない。ちょうど、わたしのときがそうだった。

たぶん、自分で自分の身を守るべきだったの。おかしいと気づくべきだった。どうしてこのおばあさんが、こんなことをわたしに教えてくれるのか、自分自身に問いかけてみるべきだったのね。なぜ、自分の体から脱け出す方法を教えてくれたんだろう？　どうして？　と。

でもわたしはグレースがいい人だと信じていた。優しくて親切で、わたしを貧しさと孤独から救ってくれたんだって。こんなにすばらしいことができて、しかもそのやり方を教えてくれるような、賢いおばあさんと知り合えたわたしは、なんて幸運なんだろう、としか思わなかったの。

「外にも行けるの、グレース？」とわたしはたずねた。

「そう言ってたわよね？　庭を飛びまわり、通りを飛べる？　家並みや畑や道路の上を？　町じゅうを飛んで、そこにあるすべての人やものを見ることができるの？　どうなの？」

かすかな笑い声が聞こえたような気がした。ばかにしたいじわるな笑いではなかった。興奮して何もかも一度にやりたがる子どもを見たときの、大人たちの笑い方。まだうまく歩けないのに走りたがったり、ちゃんとかめないくらいたくさん食べ物を口に入れたりしたときの。

「今日はもう、ちょっと遅いわね」というグレースの声が聞こえた。

「時計をごらんなさい」

わたしは言われたとおりにした。ベッドに横たわって深い眠りに入っている女の子を見て、そばのテーブルにある時計を見た。二時間がたっていた。グレースが最初に「さあ、自分の体がしだいに重くなる……」と言ってから、まるまる二時間。

寝る時間はとっくに過ぎていた。今ごろはぐっすり眠ってないといけない。パジャマを着て、歯をみがいて、顔を洗って、枕を好きな形に整えて、電気を消す。ベッドのそばには、夜中にのどがかわいたときのために、お水を一杯置いて。二時間？　こんなにあっという間に二時間が過ぎたなんて、信じられなかった。

「ほんのちょっとだけ外に行っちゃいけない？」わたしはねだった。

「ほんの一分か二分？」

「だめよ、また今度ね」とグレースの声はきっぱりと言った。

「今すぐ体にもどらなきゃ。体から抜け出すと、とても疲れるの。今は眠らなきゃだめ。でないと、明日の朝にはくたくたになっちゃうわよ」

わたしはベッドでじっとしている自分の体を見下ろした。

「でも、眠ってるんなら、体は動かしてないってことでしょう？　疲れるようなことはしてないじゃない」

「しているのよ、メレディス」とグレースは言った。

「そうは思えないかもしれないけど、しているの。さあ、行きましょう。もどるのよ」

「じゃあ、またやってもいい？」

わたしはたずねた。もう少しで、「二度とできないんだったら、もう、体にもどらなくてもいい」って言うところだったわ。なんにも知らなかったのよ。なんにも。

「もちろんよ」

「すぐに？」

「そうしたければね」

「明日にでも？」

「そう、明日はだめね」

「じゃあ、いつ？」

「週末。次の日、学校が休みで、あまり早起きしなくてすむときにね」

「約束してくれる？」

またあの笑い声が聞こえた。おもしろがっているような優しい笑い声。

「約束？　もちろんよ、そうしたいならね」

「今度は外に行ける？」

「どこでも行きたいところにね。どこでもいいのよ。さあ行きましょ、もどりましょう」

そのとき、わたしははっとした。財布か何か大事なものをなくしたことに気がついたときの気分。突然の恐怖。

もどり方がわからない。

「ああ、たいへん！　どうしたらいいの？　どうしたらいいの！」

自分の体にどうやってもどればいいのか、わからない。

わたしの体はそこのベッドに、のんびりと安らかに横たわっている。わたしはここで、それを見下ろしているだけで――もどり方がわからない！

あのとき、なぜグレースがあれをしなかったのか、わからない。でも何か理由があったんだと思う。まだグレースの力がじゅうぶんじゃなかったのかもしれない。わたしの力がどれくらいか、わからなかったのかもしれない。わたしのいる場所が近すぎたか、時間の余裕がなかったか、まだ手にあまると思ったのか。そこで、あきらめて次の機会を待つことにしたんだと思う。たぶん、そのときでもできたんでしょうけど。考えてみたのは間違いないと思うわ。

「グレース！」とわたしは叫んだ。

意識とか魂とか心とかが叫べるとしたら、そのときのわたしはまさに叫んだと言ってもいい。

「グレース！　わたし、もどれない。どうやってもどればいいのかわからないわ！　このまま……見て……わたしの体は……意識か心がないままで……目が覚めないわ――もどれないのよ！」

またあの笑い声。夏の雨のざわめきのよう。暑い日に降る雨。さわやかで心地いい、ひとときの夕立ち。そして青い空に虹《にじ》がかかる。

「いい子だから、心配しないで」

グレースの声が安心させるように呼びかけてきた。

「あわてる必要はないわ。もどったところを想像してごらんなさい」

「想像するって？」わたしは不安な声でたずねた。

「どうやって？　どういう意味？」

「以前のとおりだと思うの。自分の体にもどっているところを想像してごらん。どんな感じだったか思い出すのよ。指があったときのことを。脚を動かすのがどんな感じだったか。枕に頭を乗せている感じ、手首に腕時計をつけている感じを思い出すの。自分の体がどんな感じだったか。そうすれば、すぐに――」

「もどれた！」

わたしは叫んで起き上がった。自分の体にもどり、自分のベッドの上にいた。

「もどった、もどったわ。何年も離れていたような気がする。でも、ほんの一、二時間のことなのね。これがわたしの体、前と同じ、いい感じだわ」

わたしは立ち上がって、いすのほうに向かった。そこにあったおばあさんの体も、息をしていたわ。目を開き、わたしを見上げた。目じりのしわに笑いじわが加わり、くしゃくしゃになってた。

「わたしたち、もどってきたのね」とわたしは言った。

「ありがとう、ありがとう！　すばらしかったわ。あんなふうに飛べるなんて、最高。それに、もどってくるのも。そうでしょう？　自分自身の体にもどってくる――なんていうか、よく知ってる体なのに、新鮮に感じられる！　体があるってすてきなことね、グレース？　そう思わない？　息をして、動いて、見て聞いて、歩いて、しゃべったりできるのって。本当にすてきなことでしょ？　みんな、あたりまえのことみたいに思ってるけど」

グレースはわたしを見つめた。その目は、トカゲやヘビみたいに冷たく、古代エジプトの遺跡ほども古くみえた。

「そうね、みんなそう思っているわ、メレディス」とうなずき、「何もかもあたりまえのことみたいにね。若い人はとくにそういう傾向があるわ。若さを当然のことのように思っている。まるで永久に若く、ものごとは決して変化しないかのようにね。決して老いることがないかのように」

それからふだんの、感じのいい優しい態度にもどった。わたしはすぐにあのヘビのような冷たい目を忘れた。そのときは、興奮しすぎてたのね。わたしはグレースがいすから立ち上がるのを手伝った。かわいそうに、長い間座っていたおかげで、年取った骨がこわばってしまって、助けなしでは立ち上がれそうもなかったの。

「ありがとう、かわいいメレディス。あなたはとても若くて身が軽いわね。若くてしなやか。わたしのほうはもうこんなに年老いてよぼよぼで、逆立ちした記憶さえ消えかけているわ」

「でも、こんなにすばらしいおばあさんになったじゃないですか、グレース」

わたしはなぐさめようとして言った。グレースはいつもわたしに親切だったから。こんなにも長く、すばらしい人生を送ってきたんでしょう？　おもしろいこともいっぱい経験して。

「世界中を旅してきたって、そう言ってたでしょ？　それに、〈幽体離脱〉して、空を飛ぶ方法も知っているし——たいていの人はそんなことできないわ」

「そうね」とグレースは答えた。

「もちろん、あなたの言うとおりよ。愉快な人生を送ってきたわ。文句は言えない。これ以上は望めないわ。わたしだって、若さと楽しい時間を経験したんだもの。不平をこぼしてはいけない。そう、文句を言ったり、ほかの人の分まで望んだりしちゃいけないわよね」

わたしは、なんて言っていいかわからなかった。グレースの言葉には、何ひとつおかしなところはなかったけど、その口調があまりに不愉快そうだったから。それでも、グレースに対する疑いは浮かばなかった。見かけどおりの優しいおばあさんではないかもしれない、というような疑いは。だけどグレースはわたしの将来の幸福を考えるどころか、とんでもないことをたくらんでいたの。それで、わざわざわたしのようなひとりぼっちで友だちも家族もいない子どもを選んだのよ。もしいなくなっても、だれもなんとも思わないような子どもをね。

わたしは魔女なんかいないと思っていた。魔女はおとぎ話に出てくるもの。わたしはもうおとぎ話なんか信じていなかったもの。

だからわたしは無邪気にこんなことを聞いたくらい。

「こんな方法をどこで習ったんですか、グレース？　体から抜け出して、あんなふうに自分を見下ろしたりできるなんて？」

そのときグレースはこう答えたわ。

「前に教えてくれる人がいたのよ。選ばれた者だけが知っている方法なの」

それでもまだ、そんなことができるのは、わたしなんかが知るはずのない、怪しい力のせいだとは思いもしなかった。魔術のような力しかそんなことはできないのにね。

グレースは温かい飲み物を作りにキッチンに行き、わたしは寝る用意をした。グレースの言ったとおり、わたしは疲れきっていて、グレースが、水のはいったコップとお湯のポットを持ってきておやすみを言う前に、すぐに眠ってしまった。でもグレースがそうしてくれたことはわかった。翌朝起きたとき、コップがそのままベッドのそばに置いてあって、歩こうとしたらポットが足にぶつかったから。お湯はもう冷めてはいたけど、まだ冷たくはなっていなかったわ。

グレースはいつもと同じ時間に、朝食よと呼んだ。わたしは座ってコーンフレークを食べながら、昨夜のことを考えていた。すべては夢だったのかもしれない、あの飛行も何もかも。

「グレース、昨日の夜――こんな夢を見たの……」とわたしは言った。

グレースはにっこりした。

「そう、わたしも最初に経験したときは、夢だと思ったわ」

「じゃあ、夢じゃないのね？」

「そうよ」

「本当に起きたことなのね？」

「本当に起きたことよ」

「わたし、飛べるの？」

「そう、そうみたい」とグレースは笑い声をあげた。

その朝、登校途中で、その言葉が頭の中をぐるぐるまわっていた。目に入るすべての人に向かって、大声で言いたかった。友だちや先生、バスや電車に乗り合わせた人たち、通りや商店やレストランにいるすべての人たちに、言いたかった。

「わたし、飛べるの！」

叫びたかった。全世界に伝えたかった。

「心に羽根が生えた！　わたし、飛べるの！」と。

でも、わたしの言葉を信じてくれる人がいるかしら？　まさか。頭がおかしくなったと思われて、施設に逆もどりさせられるのがおち。悪くすれば、重い妄想癖《もうそうへき》のある子ども向けの施設に入れられるかも。だから、わたしは自分の胸にしまっておいた。でも、考えることは自由でしょ。わたしは一日じゅう、そのことだけをずっと考えていた。頭にこびりついて離れない歌のフレーズのように、頭の中でずっとくり返した。

わたし、飛べるの、わたし、飛べるの、わたし、飛べるの！

5 わな

カーリー、続きを話す前に、ひとつだけ言っておかなくちゃ。警告しておきたいことがあるの。邪悪な者のやり口よ。ゆがんでねじれた心をもつ者はいつも恐ろしいうなり声や醜い顔でやって来るわけではない。とても優しく親切に思われるものが、何よりも邪悪なことがあるの。邪悪な心は見かけからも、言葉からもわからないのよ。善良さも邪悪さも、その行動にあるの。何をするか、それがすべて。すてきな言葉や約束や、きれいな顔はいいものだけど、行動に比べれば何の意味もないの。

とびきりの笑顔や最高の約束や信じられないほど美しい顔が、何よりも邪悪になることもある。だから気をつけるのよ、カーリー、気をつけて。注意に注意を重ねて、いつも自分の身を守るように。

そう、初めて自分の心が体を離れ、部屋を飛びまわった翌日、わたしはひとつのことしか考えられなかった——家に帰ってもう一度やってみることしか。ただ、今度はもっと広く、遠くまで、目の届く限り、探検するつもりだった。

どの授業もまったく頭に入らず、ノートにとったのは、ペンが勝手に書いたことだけだった。だって、先生の言葉などひと言も聞いていなかったのだから。

家に帰るなり、わたしはグレースに言った――グレースはいつもの午後と同じように、日がいっぱいにさしているリビングのソファに横になって体を休めていた。年のせいと関節炎のせいで、とても疲れやすかったの。

「グレース、ただいま！　帰ったわ！　もう一度やれる？　できる？　あの飛行を、〈幽体離脱〉ってやつを！　もう一度できない？　いっしょに、今すぐ！　週末、学校が休みになってからって言われたのはわかってるけど、ほんのちょっとだけ飛べない？　だめ？」

グレースはただ笑っただけ。

「メレディスったら。ちょっと落ち着いて、ほら。あなた、まるで竜巻みたいよ。家に飛びこんできて、ドアを全部開けて、何もかも引っかきまわして。まったく、あなたを見ていると元気になるわ。こんなに若くて生命力にあふれていて、わたしの心まで明るくなる」

でも、わたしはそんな言葉を気にとめてなかった。ひとつのことしか頭になかった。

「やっていい？　グレース、やってもいい？」わたしはせがんだ。

「もしグレースがやりたくないなら、ひとりでやってもいい？」

そう、もちろんそんなことを頼む必要はさらさらなかったのよ。ひとりでやってみるのなら、グレースの許可もだれの許可も必要なかった。ただ二階に上がってベッドに横になり、前のように体をぐったりさせ、天井まで浮かび上がればよかった。おそらく今度は家々の庭の上を飛び、それから遠く宇宙まで。でもそうしなかったのはなぜかしら？　怖かった。それが本当の理由。何かまずいことが起きたときのために、グレースにそばにいてほしかったの。何が起きるかは想像もつかなかったけど、それでもいやな予感がしたの。だれかにそばにいてほしかった、いざというときにどうしたらいいかわかっている人に。

「もう一度飛びましょうよ、グレース？　いいでしょ？　あとでもいいから。夕ご飯のあととか。そんなに疲れてないでしょ？　きっといい効果があると思うわ。外に出ると気分がよくなるってみんなが言ってるし、わたしもそう思う。とくに、体からちょっと外に出てみるのはいいわ、そう思わない？」

　グレースはソファからほほえんでみせた。太陽がまぶしくて、ぎゅっと目《め》を細くしている。昼の日差しを浴びた肌は、紙のように薄く見えた。わたしはその様子を見て、美術館の古い絵を思い出した。光に包まれて天に召されようとする人々を描いた絵をね。

「夕ご飯と宿題が先よ」とグレースは言った。

「そのあとで、考えましょう」

わたしは「あとで考えましょう」という言い方が大きらいだった。だって、それはたいてい「だめ」ということだったから。人をごまかす言い方でしょ。でも、そのときは「いいわ」という意味になると感じたの。

それは正しかった。

夕飯のあと、わたしは宿題をしたけどあんまりちゃんとできなかった。だってその日の授業をほとんど聞いていなかったから。でもなんとかやり終えて、グレースを捜した。約束を忘れていたら、思い出してもらおうと思って。お年寄りはとても忘れっぽいときがあるから。若い人もだけど、それはお年寄りのほうが目立つ。それに、若い人は単に忘れっぽいだけだけど、お年寄りの場合は少しボケが始まっている場合がある。

でも、グレースは忘れてはいなかった。またリビングのソファに座って待っていたの。聖書のように大きな重い本を読みながら。でもそれは聖書じゃなかった。

グレースはいつもそんな大きい、重い本を読んでいた。本当に大きくて、本当に重い本。しっかり閉じられるよう、金属の留め金《とかね》がついているものまであった。もしその気なら、留め金に小さな錠前《じょうまえ》をつけて、だれにも読まれないよう、鍵《かぎ》をかけることもできたわ。

でもグレースは、自分の本に鍵はかけなかった。ただ自分の部屋にしまっておいただけ。もしそのあたりに置いてあっても、わたしはわざわざ読もうとはしなかったでしょうけど。どれも古くさくて退屈そうだった。一度、本を広げて目次をながめたけど、おかしな斜め文字で書かれていてとても読みにくくて、一、二行でやめてしまったわ。【s】の文字が全部【f】みたいで、たとえば〈dress〉が〈dreff〉に見えた。とにかくわたしは本を閉じて、机の上に置いておいた。グレースはすぐに部屋に来て、本を持っていってしまった。

「本が傷《いた》むのがいやなのよ」とグレースは言った。

「どれもとても古くて貴重なものなの。収集家向けの品と言ってもいいわね」

その古い本の一冊を覚えているわ。大理石模様の紙、角にはしんちゅうの金具がはめてあって、革の背表紙に、色あせた金箔《きんぱく》で題名が書かれていた。その言葉は一度見たことがあったけど、意味はよく思い出せなかったわ。その言葉は『ネクロマンシー』。

それはともかく、わたしが部屋に入るとグレースは本を閉じ、ソファのそばの机に置いた。

「宿題はすんだの?」とグレースは聞いた。

「ええ」

「全部？」

「はい」

「何もかも？」

グレースはただわたしをじらして、始めるまでの時間を引きのばそうとしているだけだったのよ。

「そう言えばやりたいことがあったわね、そうでしょ？　何か予定していたことが？なんだったっけ？　わたしはますます忘れっぽくなってねえ」

「飛ぶ、飛ぶ、飛ぶのよ！」とわたしは叫んだ。

「わかっているくせに、グレース。わたしをからかっているだけね。覚えているんでしょ、本当は？」

「もちろんよ」グレースはにっこりした。

「さあ。あそこのひじかけいすに座って。わたしはこのソファにいるわ。さあ、始められるわね」

わたしたちはそのとおりにした。わたしは前と同じように力を抜いて、体をぐったり重くさせた。もっと重く。足の小指から始めて、徐々に上の部分へ上がり、耳たぶ、鼻の先、眉《まゆ》、そして髪まで。すべてを動かさないように、リラックスさせる。全身が重く、動かなくなる。わたしは体があることさえ忘れようとした。

次にわたしは、頭の上の、天井のあたりの一点に意識を集中した。ちょうど虫眼鏡で日光を一点に集め、紙を燃やしたり、枯れ葉をこがしてちりちりにしたりするほどの強い熱を生み出すように、焦点を合わせた。

そしてわたしは再び飛んでいた。部屋じゅうを。下では、わたしにそっくりの女の子がひじかけいすで眠っていた。わたしの体、わたしの残りの部分が。でも、わたしの心は鳥のように自由に飛びまわり、より高く、より遠くへ飛ぼうとしていた。

わたしはうれしくてうれしくて、笑ったり叫んだりしたくなった。そうするための肺はなく、息もしていなかったけれど。そういうものはいすに座っているあの女の子のところに置いてきていた。わたしは、笑いそのもの、喜びそのものだった。表現する必要はない。わたしは笑いや喜びそのものなのだから。

「そこにいるの、メレディス？　自由になった？」

グレースの声だった。声とは言えなかったけれど。それは心の中の心――わたしの心の中の、グレースの心だった。下を見ると、グレースの年取ってくたびれた体がソファにじっと横になっていた。でも、グレースの声は若々しく、年老いた体という不自由さから少しの間、解放されたことを喜んでいるようだった。

「どっちへ？」とわたしは聞いた。

「どこに行くの？」

「どこでも好きなところへ行きましょう。手始めに、まずは庭へ」

「でも、どうやって？」

「ただ、行けばいいの。自分がそこにいると考えてごらんなさい。わたしのあとについておいで」

あとについて。それはとても変な言い方。見えもしないものに、どうやってついていけっていうんだろう。でも、わたしはやってのけた。前のほうに、窓のほうにふんわり飛んでいくグレースを感じた。わたしもいっしょに飛んでいき、そして——。

——外へ出た。

庭が下に見える。わたしは柳の木よりも高く、かしの木よりも高いところにいた。

「そこにいるの、メレディス？　そこにいる？」

「ええ。ええ。わたしはここにいるわ。セコイアの木の上を飛んでいるの。鳥やリスが見える。ほら——ネコが枝に登っているわ。下のほうでは、ハリネズミが芝生を横切っている。だれにも見られていないと思っているのね。でも、わたしたちには見えているわ。何をしているか、見ているのよ！」

「さあメレディス、探検に行きましょう」

わたしは頭の中の声に――というより、心の中の声ね、わたしの頭は元のリビングのひじかけいすに力なくもたれかかっているのだから――従った。

「さあメレディス、こっちよ」

わたしたちは移動した。うちの庭を離れ、いくつもの庭の上を飛んだ。ジャングルジムの上では子どもたちが遊び、女の人たちがじょうろを持ち、男の人たちは芝刈り機で芝を刈っていた。木の枝から古いタイヤがぶらさがっている。公園にはテニスコートやクリケット用の芝生やクリケット場があった。

そのうち、家並みがまばらになり、庭は畑に変わった。トラクターが耕している。農夫たちが、乳しぼりのすんだ乳牛を連れていっている。馬や元気なポニーの牧場があり、羊の放牧場があり、兵舎か刑務所のような窓のない木造の小屋が立ち並ぶ農場があった。たぶん飼育場だろう。哀れな七面鳥やニワトリたちでいっぱいの。わたしはかわいそうになって、自由にしてあげられたらなあと願った。

それからわたしたちは、混んだ道路の上にさしかかった。それからものすごく渋滞した高速道路の上を越えた。車の列はちっとも動いていない。わたしたちは河口をめざしているようだった。遠くに黄色い砂浜がぼんやり見え、青い水のかがやきと、白い波が目に入った。ヨットの帆が風船のようにふくらんでいる。風を受けて走るヨットは、激流に浮かぶ流木のようだった。

「すてきね、グレース？」わたしは心で呼びかけた。

「そう思わない？　とってもすてきよね？　魔法のようだわ！」

でも、返事はなかった。

わたしはもう一度呼びかけた。

「グレース！　グレースったら！」

返事はない。どこからも。わたしの中からも、まわりからも、そして――。

「グレース！　グレース！　グレース！」

わたしはパニックになりかけていた。ぞっとする、どうしようもない恐怖。ここはどこ？　グレースはどこに行ってしまったの？　グレースに何かあったとしたら、どうしよう？　わたし、帰れなかったらどうしよう？　帰り道がわからなかったら？　グレースが死んでしまっていたら？　家のソファに横になったまま、心臓が止まっていたら？　そこにグレースの心ももどってしまっていたらどうなるのだろう？

わたしは途方にくれた。途方にくれて、おびえていた。雨雲《あまぐも》の影が海面に広がってきた。遠い水平線に、太陽が沈みかけている。空にはすじ雲が走り、太陽は赤と金の大きな泡のようだった。

体の感覚はないはずなのに、かみつかれるような寒さを感じた。一瞬のうちに、世界は光から闇へ、幸福から恐怖へと変わった。わたしはひとりぼっちで迷ってしまい、帰り道がわからなかった。

「グレース、グレース、グレース!」

こだまさえ返ってこない。カモメの鳴き声と、波の音が聞こえるだけ。

わたしは向きを変え、見覚えのある目印を探しながら来た道を逆に飛び、最後にグレースを〈見た〉場所を、つまり最後に、ついておいでという声を心の中で聞いた場所を思い出そうとした。

こっちよ、メレディス、こっち。教会の塔のところを左に。納屋を右に。あの村を真っ直ぐ飛び越えて、川の上に出るの。

「グレース! グレース!」

何もない。何ひとつ。目印は変わってしまった。薄明かりのもとでは、すべてが姿を変えてしまったように見える。

わたしは川をさかのぼっていった。夕闇《ゆうやみ》の中、川はインクを流したように黒い。わたしは飛び続けた。もどりすぎた？　いえ、そうではない。下にもうひとつの川が見えた――光の川が。渋滞の車がびっしり並んだ高速道路だ。家路を教えてくれるかのように、すべてのヘッドライトがついていた。

農場や畑を抜け、次々に庭を越え、納屋や生垣や尖塔《せんとう》を下に見て、わたしはもどってきた。テニスコートにはもうだれもいない。子どもたちはブランコをやめてしまった。家々の寝室に、浴室に明かりが灯っている。お風呂にお湯がわき、やかんのお湯が沸騰《ふっとう》し、ポットにお湯が入り、ココアが用意されている。

夜も、もうかなり遅い。寝る時間だ。ふとんにくるまる時間。寝る前の読書の時間。まだ明かりを消したくなくて、お水を一杯ちょうだいという時間。抱っことキスの時間。おやすみなさいの時間。いつの間にかすべてを忘れ、夢の世界へ旅立つ時間。

曲がる場所を間違えたに違いない。道路も、屋根も、家々も、まったく見覚えがなかった。あの商店街はなんだろう？　あの映画館は？　そう、道を間違ったんだ。

あれはわたしの学校だ。球技場と運動場が見える。ぼんやりとした月明かりを受けて、コートに引かれたラインが白い。

月は出ていた。それだけでもありがたい。なんとか道筋は見える。やっと、どう行けばいいかわかった。道路に沿っていくだけでいい。バスの道順どおり、左右に曲がりながら進んでいけばいいし、信号で止まる必要はない。

ただ飛ぶだけ。飛び続けるだけ。

そして、ほら。祈りが聞き届けられた。「神様、もし家へ帰る道を教えてくださったら、二度とむちゃはしません」という祈りがかなったの。

神様は教えてくれた。今度はわたしが約束を守る番だ。

でも、まずもどらなくちゃ。

わたしの家が、庭が見えた。リビングだ。出ていったときと同じ。カーテンが開いて、明かりがついていた。

わたしは下に下りて、窓と同じ高さまで来ると、中をのぞいてみた。大きな見晴らし窓。夏にはそこを開けて、そのまま庭に出ることができる。

すべてうまくいきそうに思えた。グレースに何が起きたとしても、わたしは大丈夫。そう、ずいぶん自分勝手だと思うでしょうけど、心ではそう思っていた。グレースのことも心配だった。心配で気になっていたし、助けてあげたいと思っていた。でも、自分のことをなんとかしないと助けてあげることもできないでしょ。自分の体にもどって、自分の危険を知らせ、グレースを見つけて、何が起こったか確かめなければ。

わたしは部屋に入る前に少しためらった。グレースの姿が見える。ソファで眠っている――少なくともそう見える。グレースが体を離れたときと同じだ。胸が上下している。息をしている。死んではいない。わたしはほっとした。なんとかグレースはまだ生きている、少なくとも――。

でも、そのとき部屋の何かが目にとまって、わたしはぞっとした。恐怖を感じるのに体は必要ないということを、わたしはそのとき知った。恐怖というのは心の真ん中を襲うものなのよ。

わたしが感じたのは、だれもが抱くに違いない怖れだった。闇への恐怖、得体の知れないものへの恐怖。暗がりの中に何かがいる。カーテンの陰に何かがひそんでいる。とがったかぎ爪をもった恐ろしい動物が、扉の向こうで待ち構えている。でも、じっとしているわけにはいかない。いつかは歩いていって、カーテンを引き、扉を開け、恐怖に立ち向かわなければならない。たとえ死と直面することになっても。

わたしは部屋をのぞきこんだ。グレースはまだソファでぐったりとしている。しかし、ひじかけいすに視線を移したとき、わたしの姿はそこになかった。わたしの体はいなくなっていた。深い催眠状態どころか、眠ってもいない。消えてしまっていた。わたしは必死にあたりを見まわした。どこにいるの？　わたしの体はどこへ行ったの？　そして見つけた。そう、わたしの体はそこにあった。でも、目を閉じ手を組んでいすに座ってはいなかった。

踊っていた。音楽はなかったが、踊っていた。

何かにとりつかれたように踊っている。

だれかの魂にとりつかれたように踊っている……。

踊り、くるくるまわり、金切り声をあげ、笑い、家具を飛び越えては喜びの叫びをあげている。元気で生き生きした若さを喜んでいる。生まれたばかりの子羊のように幸せにあふれ、悩みもなく、まるで突然若返った生き物のように。

その元気ではちきれそうな様子を見ていると、まるで自分の死を目にしているような気がした。逆立ち、側転、とんぼ返り、バック転（でもわたし自身はバック転はできなかった。そんなことをあの体はいつ覚えたのだろう？）それからまた側転。それから笑い出した。わたしは自分の笑い声を聞いた。わたしの声。わたしの笑い声。わたしの。でも違う。声の調子が違うし、くせも違う。

わたしがかん高い声で笑っている。悪意と、憎しみのこもった声で。そして、ソファでまだぐったりしているグレースのほうに歩み寄って、人差し指を突きつけた。その指はかぎ爪のように曲がっている。わたしはそんなしぐさは一度もしたことがない。

「さて、どっちが年寄りだい？」わたしの声がグレースをあざけった。

「どっちが老いぼれだよ！　のろのろした年寄りになるのはだれの番かね、メレディス？　お前の番だよ、お嬢さん、そうだろ。愚かで信じやすいとどういう目にあうか、いい教訓になったろう、たぶんね。つえをついて歩き、さえない服を着るのはだれの番かな、おばあちゃん！　そう、お前の番さ！　入れ歯をはめて、目はよく見えず、あごひげを生やしてる！　全部お前のことさ！　これがささやかなプレゼントだよ、せいぜい楽しんでおくれ！」

そして勝ち誇ったようにちょっと踊ってみせた。「メレディスはおばあちゃん！　メレディスはおばあちゃん！　いい教訓さ！　これでわかったろ！　メレディスはおばあちゃん！」と叫びながら。

外から、リビングにいる自分を見つめながら、わたしの心は凍りついていた。わたしのものだった体は向きを変え、見晴らし窓から外を見た。まるで魂だけになっているわたしが見えるかのように、真っ直ぐこっちを見ている。

「そこにいるのかい？」わたしの声がたずねた。

「やっと帰り道を見つけたんだね？　そこから？　窓から見ているのかい？　お前かい？　さあ、遠慮してないでお入り、お嬢さん。お入りなさいよ。それとも、もう〈おばあちゃん〉と言ったほうがいいかい？　もちろんお好きなように。だけど、入らなければ死んでしまうよ。体に入るか、永久に体のない魂としてさまようか。でもこの体には入れませんよ。この背が高くてほっそりした、若い体にはね。これは先約ずみ。ほかの人が入ってるからね。それにしても、これはとてもいい体だねえ？　そう思わないかい？　ちょっとまわってみせようか」

わたしの体は、バレリーナのようにくるくるまわってみせると、動きを止めてまた窓のほうを向いた。

「みごとだろう？　もう一度女の子にもどるっていうのは、なんともすばらしい。もう一度若さを味わう。お前さんにはもう決して味わえないものをね！　お前はもう年寄りになるしかない――今すぐに。なんてわたしは親切なんだろう。成長するなんて面倒なことを省いてやったんだよ！　お前はもう★ティーンエイジャーにはならない、試験も就職も恋愛も経験しない。自分の子どもを産んでその成長を見守り、孫が生まれるのを見るとか、そういうくだらないこととは全部おさらばさ。そう、どれにも関わり合わなくてすむんだよ、いいかい？　だって、このわたしが、お前の人生を代わりに生きてやるんだからね！　お前にはわたしの古い体をやるよ。わたしはお前の新しい体をもらう。いい取引だろう？　最高の条件じゃないか？　アラジンみたいに。古いランプの替わりに新しいランプを。ただ今回は、古い体の替わりに新しい体を、というわけだ。わたしは新しい体を手に入れた！　ありがたいねえ！」

わたしはただ見ているしかなかった。石のように、化石になった木のように。部屋にいる少女は、踊り、くるくるまわり、あざ笑い続けた。それはまだわたしの姿だったけれど、一秒ごとにわたしとは違うものになっていった。

そのときわたしは思い当たった。あの言葉の意味に。あの分厚い、重い本に金文字で書かれていた言葉、『ネクロマンシー』。やっと、思い出した。学校の授業で説明を聞いたことがある。記憶のどこかにうずもれていたものが、浮かび上がってきた。

『ネクロマンシー』は、魔術、魔法——呪術《じゅじゅつ》という意味だ。

グレースは魔女なんだ。年取った魔女。年を取りすぎて、まもなく死んでしまう。ただし、若者を見つけて、入れ替われば別だ。だれかをおとしいれる。無邪気で無防備で、人を信じやすくてだまされやすい者を。ひとりぼっちで、愛情と自分を守ってくれる家庭を心から望んでいる者を。

つまり、わたしを。

「そこにいるのかい、メレディス？　お前の体がお待ちかねだよ。お入り。その体を着るんだ。サイズを試してごらん。ちょっとばかり、そうだね、なんといったらいいか——最初は違和感があるかもしれないね。慣れていないから。少々くたびれていて、あまり

★ティーンエイジャー＝十三歳から十九歳。

調子はよくない。だけど、そのうち慣れるさ。保証するよ。どうしようもないことだしね。早く入ったほうがいいと思うよ。〈幽体離脱〉はあんまり長くは続けられない。言わなかったたっけ？　そう、魂なしで体を長い間放っておくと、力尽きて死んでしまうのさ。だから急いだほうがいい。今すぐ。でないと、お前の体はひとつもなくなってしまうよ。この、リサイクルショップで売ってるような中古の体すら手に入らなくなる」

わたしはリビングに入った。窓ガラスを通り抜けて。心に思うだけでそれができた。グレースの体は、脱ぎ捨てられた服のように、ソファにぐったりよりかかっている。わたしの若くて美しい〈服〉が奪われ、その代わりに、くしゃくしゃの古い〈服〉が残されたような気がした。

でも、魔女の言うことは正しかった。どうしようもない。その体に入るか、体のない孤独な霊のまま永遠に生きるか。わたしはその体を見つめた。震えが走った。本当にこの体に入らないといけないの？　この老いた体に？　これに？　わたしは自分がこのおばあさんの体に入っているところを思い描いた。必死に想像した。

「わたしはもう、そこにいる」と考える。「そこにいるの」

そして突然、そのとおりになった。

わたしは絶叫した。

目を開いてまわりを見たけど、何も見えない。再び恐怖がふくらんでいった。ゆっくりと焦点が合ってくる。そうだ、眼鏡をかけないといけなかったんだ。少しはっきり見えるようになる。

わたしの目に入ったのは、ニヤニヤ笑っている少女の顔だった。

「老いぼれ！」

そして、高笑い。

「さあ、どっちが老いぼれだい！」

こんな仕打ちを受けてはいられない。もうがまんできない。一秒だって。わたしは思い切り平手打ちしてやろうと手をあげた。けれども、手をあげようとしたとき――どちらの手も――すべての関節がズキズキ痛んだ。

あざ笑っていた顔がニヤッと歯を見せた。

「手が痛いだろう？　それは関節炎っていうんだよ、おばあちゃん。立ち上がってみな。ひざもそうだってわかるよ。いい調子じゃあないかもね。それどころか、すごい痛みだ。わかるよ。わたしもそうだったからね。でも今は違う。それはだいたい年寄りの病気なんだよ。わたしは、ほら、若い、若い、若いからね！」

そしてわたしの目の前で側転してみせた。それは、一文無しの飢えたホームレスの人の前で、分厚い札束を振りまわしてみせるようなことだった。

「へ、へ、へ、へ、へ！」と言いながら、腰をくねらせている。

「ばかなおばあちゃん。ばかな老いぼれ！」

目に涙が浮かんできた。

「なぜこんなことをするの、グレース？」とわたしはたずねた。

「なぜ？　なぜ？　こんな扱いを受けるようなこと、何かあなたにしたかしら？」

彼女は首をかしげてこちらを見た。

「何かしたかって？　わかってないねえ。何もしてないよ。何もしなかった。おりこうさんだったよ。さあ、わかったかい？　パパもママもいない、おりこうさんの女の子。それが悪かったのさ。お前はわたしのたくらみにはまった。ひっかかった。まんまとだまされ、身ぐるみはがされたのさ！　いいかい、魔女が力をふるうのは、相手に何かされたからとは限らない。そうじゃない！　ぜんぜん違う。ただおもしろいからやってるだけさ。邪悪な楽しみのため！　仕返しなんか関係ない。ただやりたくてやってるだけさ！」

「グレース、お願い、わたしの体を返して、わたし自身を、わたしの元気を。もう一度子どもになりたい。こんなの不公平だわ——」

「不公平だって!?」わたしの声がわめくように言った。

「なんだって公平にしなきゃいけないんだい? わたしはどうなんだ、年を取って関節炎になって入れ歯をはめ、二度と若くはなれない。それが公平かい? ええっ!」

「それは違うかもしれないけど」とわたしはおばあさんの声で答えた。

それが今のわたしの声だった。

「たぶんそれは公平じゃないわ、人が年を取って、死なないといけないのは。でも、それはだれでも同じでしょう。わたしだって成長して、年を取るわ。みんなと同じようにね。ひどいのは、あなたが成長を二回経験するのに、わたしは一度も経験できないということ。それはわかっているでしょう。お願い、グレース。元どおり交換しましょう。それが正しいのはわかるでしょう。わかっているはずよ。お願い」

「おやおや!」くっくっという笑い声。

「おばあちゃんが泣いているよ。かわいそうな年寄りが泣いている。ああ、哀れなおばあちゃん!」

「グレース!」わたしは頼みこんだ。

「わたしをこのまま放っておかないで! グレース!」

「心配しなさんな、長くはもたないよ。運がよければ、すぐにでも死んじゃうさ。そうでなきゃ、わたしだってもうちょっとそのままでいたかもしれない。だけど、だめだった。無難《ぶなん》に、まだ状態がいいうちに行動に移すことにしたんだ」

最後に一度側転をしてから、魔女はドアに向かった。

「死ぬほどおなかがすいてるよ。若いときはこんなにも腹がへるもんだということを忘れてた。ポテトチップでも食べようかね！　年寄りのときには食べられなかったから。だけど、今なら二袋でも平気だよ！」

「グレース、お願い、だめよ！　行かないで——行かないで、グレース！」

彼女は戸口で立ち止まって振り向き、憎しみのこもった目でにらんだ。

「二度とその名で呼ぶんじゃないよ。それはもうお前の名前だ。お前がグレースだ、いいね。そしてわたしがメレディス。それを忘れたらその耳をねじってやる。それと、わたしの言うとおりに動くのが身のためだ。見かけは子どもでも、すべてを決めるのはわたしだ。お前より若くて元気で強いからね。わたしを怒らせないように、言われたとおりにするほうがいいよ。わたしは若いだけでなく——心が醜いからねえ。お前が想像もできないような恐ろしいことをやってのける。どんなことかなんて知りたくないだろ、おばあちゃん。わたしの言うことに間違いはない。さあ、気がすむまで泣いたら、ベッドに入るんだ。言っておくが、階段はゆっくり上ったほうがいいよ。落っこちないように気をつけて。そうそう、眼鏡をはずして、入れ歯をコップの液につけないといけないよ。おばあちゃん用のダサいネグリジェを着るのを忘れないように。自分の体のたるみとしわに驚くだろうから、服を脱ぐ前に心の準備をしておきな。そのうち慣れるよ。ほかにはどうしようもないんだから。そうだろ？　じゃあ、おやすみ、おばあちゃん。体をありがとね。とってもすばらしい体だ。背が高くてほっそりして。具合は最高さ」

魔女は高笑いを響かせながら部屋を出て、ドアをバタンと閉めた。わたしはひとりになるとソファに座って、ズキズキするしわだらけの哀れな両手で頭を抱えた。手の皮膚は老人性の黒いシミが浮かび、枯れ葉のように薄くかさかさしている。

わたしは思いきり泣いた、悲しみが尽きることはなかった。わたしは自分に残された時間を思って泣いた。

だけど、その時間は、わたしにどのくらい残されているというのだろう？

6 マーマレードとジャム

その夜、階段を上ったときのことを覚えているわ。とっても時間がかかった。体は重く、思うように動かず息が切れた。いつもは二、三段飛ばしで駆け上がっていたのに、途中で休まなければならなかった。心臓がドキドキして、口の中で入れ歯がかちかち鳴った。眼鏡が鼻をすべって、また見えるようにするため元にもどさなきゃならなかった。耳もあまりよく聞こえなかったの。ときどき、音がこもったり遠くなったりした。でもなんとか自分をはげまして、よろよろしながら部屋まで行った。新しい自分の部屋にね。グレース――わたしの体を奪ったグレース――が、わたしのそれまでの部屋を使うと言い張っていったから、わたしは別の部屋に行くしかなかったの。

「部屋の雰囲気が若い子向けだからね、そう思わない？　お前みたいなおばあちゃんには、もっと暗い色が向いてるよ。趣味の悪い花柄の大きなカーペットや陰気な壁紙がね。お前の〈新しい〉部屋には、そういうのがそろっている。とにかく、トイレに近いほうがいいと思うだろうよ。夜中に起きたときなんかにね。ハ、ハ！」

そしてわたしはその部屋に移り、一家の年長者になった。わたしはお年寄りで大人だったけど実際には大人なんかじゃなかった。まだ、ただの子どもだった。家の中を仕切るのはグレース。グレースが指示をし、お金も小切手帳も何もかも、すべて管理していた。

「ただ普通に暮らせばいいんだよ。そうすればだれも疑うことはない。いつものように、お前は買い物や料理をし、家をきちんとして、近所の人に愛想よくする。わたしは学校に行って、何ひとつ知らないばかな女の子のふりをするつもりさ。だれひとりこれっぽっちも疑わないだろう。だれかに話そうなんてしないほうがいいよ。第一、信じてくれるわけがないからね。ただ頭のおかしい年寄りだと思われ、施設に放りこまれるだけさ。ぼろぼろで古ぼけた、老人向けの施設にね。自分のことが何もできなくなってしまったやつと同室だよ。そのうち、自分もそうなるのさ。そうしたら二度と外には出られない。だから、気をつけるんだよ」

それを聞いてわたしは震えあがった。本当に。

「そうさ、当分は普通に暮らす。今学期の終わりまではね。それから、何もかも売り払って、ほかの地方へ引っ越すんだ。だれもわたしたちのことを知らず、変だと思ったりしないところに。わたしはお前の体をもらいはしたけれど、お前のそのムカムカする、いい子ぶった弱虫の性格までもらってはいないからね。遅かれ早かれ学校のでしゃばり屋どもが、わたしのことをおかしいと思い始める。どうして急に態度が変わったのか、どうしてもう、あのうっとうしいいい子ちゃんじゃなくなったのかって、不思議に思うだろうよ。それは困る。おせっかいなやつらがやってきて質問をし、自分には関係ないことに首を突っこみ始めたら困るんだ。だから引っ越しをして、新しい学校に通う——そこではわたしがわたし自身でいられるし、『はい、先生。わたし、答えがわかりました！』なんていうような胸くそ悪い女の子のふりをしてなくていい。わかったかい？」

わたしはうなずいて、弱々しく答えるしかなかった。

「はい、グレース。おっしゃるとおりにします」

「それもだ」とグレースはぴしっと言った。

「だれかがいるところで、決してわたしをグレースと呼ぶんじゃない。二度とは言わないよ。わたしはもうメレディス。お前がグレースだ。お前がその老いぼれなんだ。忘れるんじゃないよ」

「はい、グレ……いえ、メレディス」とわたしは言った。

まるで自分に話しかけているような感じがした。ある意味では自分に違いないけど。

「よし」と言ってグレースはニヤッとした。

「それでいい。じゃあ、トーストをもう少し持ってきてくれ」

わたしたちは朝食のテーブルについていた。これまでは、グレースが朝食を用意して、わたしは登校の準備をしていた。でも今では逆。いや、違う、そうじゃない。外から見れば、以前とまったく変わったところはない。よその人には、何も変わったところがないように見えるだろう。女の子とおばあさんが、いつものようにしているだけ。だけど、見た目はまったく同じでも、わたしにとっては全世界がひっくり返ってしまった。

わたしはグレースのためにトーストを焼いた。彼女はむしゃむしゃ食べると、ニンマリし始めた。

「ブライオニーに話してやらなくちゃね」と言う。

わたしは首をかしげて彼女を見た。ブライオニーという名を耳にしたのは初めてだったから。

「わたしの姉さ。わたしみたいに――今じゃお前みたいに年寄りでね。ふたりで賭《か》けをしたんだよ。どちらが先に、ばかな女の子を見つけて体を盗めるかってね。わたしが勝ったようだねえ。ブライオニーに会うのを楽しみに待ってるといいよ。ひどくうらやましがるだろうよ。あいつは間違いなく八十五歳は超えてるはずだ。あとで電話して、このビッグニュースを聞かせてやらなきゃ。さあ、もっとオレンジジュースをついでおくれ。のろのろするんじゃないよ。でないとこのスプーンで頭をぶって、鼻にフォークを突き刺してねじってやるよ！」

グレースが弱いものいじめが大好きなのはすぐにわかった。たぶんこれまでもそうだったんだろうけど、それを実行しようにも体が弱くていうことをきかなかったのね。でも今、わたしのほうが年を取ってしまって、身を守るものがない。グレースは命令にさからうとどうなるか、次々に並べたててわたしを脅し続けた。

わたしは冷蔵庫に行き、ドアを開けてジュースを取ろうとかがんだ。

「あううう！」わたしは叫んだ。

「どうしたの、おばあちゃん？」グレースがニヤニヤした。

「腰が痛むのかい？　同情するねえ。どんな感じかよくわかるよ。わたしも腰痛《ようつう》には苦しんできたからねえ。だけど、その治療薬をなんとか見つけたのさ。それは〈ほかの人間の体〉。おすすめするよ。ただ医者の処方箋《しょほうせん》では手に入らないと思うけどね。自分で見つけなきゃ。一月のセールの時期が来たら探してみるといいさ。それとも、リサイクルショップか、フリーマーケットを当たるかい？　ひとつ売りに出ているかもしれないよ。もしそこになければ、墓地という手もある。ハ、ハ、ハ！　新しい死体を掘ればいい。今の体より、そう悪いもんじゃないだろうよ」

わたしは何も言わなかった。心がどんなに傷ついているか、知られたくなかった。わたしの体を盗むだけではじゅうぶんじゃないの？　それだけでじゅうぶんみじめなことでしょう？　なぜそんなにいやらしいことやひどいことを言わなくちゃいけないの？　そう、それはたぶん魔女だからだろう、とわたしは考えたわ。他人の不幸を喜ぶのは、魔女にとって自然なこと。いじわるにしかなれないんだ。

わたしはグレースのコップにオレンジジュースをつぎ足した。

「ありがと、おばあちゃん。じゃあ、トーストをもう一枚、用意して――バターをたっぷりのせて、はちみつをちゃんと塗って。それから教科書をつめて、体育の準備をして。学校に遅刻したくないからね。用意しながらちゃんと教えるんだよ。知っておかなきゃいけないことを全部ね。クラスの女の子の名前は？　わたしの席はどこ？　休み時間には何をして、どんなことを話すんだい？　女の子のばかげた話だろうけどね。まあいい、それは仕方がないさ。一度やったんだから、もう一度できるさ。それに学期が終わるまでのほんの一、二週間のことだ。引っ越しをすれば、新しい学校では自分らしくして、みんなを無視していればいいんだからね。

だけど大人になるまでは長くかかる。ばかばかしいほど長くね。学校の生徒になって、時が過ぎるのを待っているかと思うと、うんざりするよ。この体に入ってから十三カ月と十三週と十三日の間は待たないといけない。十三だよ、わかるかい――魔女の幸運の数字さ。そうしたらこの体は永遠にわたしのものになり、二度とお前に取り返されることはない。すべてのすばらしい力がよみがえり、お前はとても困ったことになる。お前をぬるぬるしたナメクジに変えて、塩をひとふくろかけてやろうか。それとも、ネズミに変えて、ネコのすみかに放りこんでやろうか」

わたしはじっと見つめた。そういうことなのね。十三カ月と十三週と十三日が過ぎないと、魔女の力をすべて取りもどすことはできない。それまでは——おそらく——わたしと同じで、魔女ではない。わたしにできないことは、グレースにもできないんだわ。だけどわたしの心を読んだかのように、グレースは、ずるそうな顔でさっとこちらを見た。その顔は悪意と敵意に満ちていた。

「変なことを考えるんじゃないよ、おばあちゃん。ちゃんとした魔術ができるようになるまでには、一年ほど待たないといけないが、ほかのことはいくらでもできるんだよ。いじわるをするのに、魔術は必要ないからね。とくに、相手が足元もおぼつかない年寄りの場合はね。まあ、わたしが本当にひどい人間だったら、今すぐにでもいじわるをするだろうよ。ちょっと賢くなってもらうために、こんなふうに——」

そして、朝食のテーブルの上を見まわして、ふたのあいたマーマレードのびんを見つけた。

「そう、こんなふうに――マーマレードを髪に塗りつける」

そしてわたしが止める間もなく――何をするつもりか気づく前に――グレースはそのマーマレードのびんをつかみ、手を突っこんで、マーマレードをたっぷりすくうと、わたしの頭のてっぺんにたたきつけてこすりつけた。

そして一歩下がると、自分の作品をながめるようにほれぼれと見た。

「まあ、よくなったわよ、おばあちゃん！」皮肉な声。

「ずっとよくなった！　これで髪に色がついたじゃない！　まあ、ほんと十歳は若返ったわよ。あと、頬《ほお》にもう少し色がほしいわね。ピンク色か――それとも赤かしら！」

そして、ラズベリージャムのびんをつかみ、たっぷりすくって両手にこすりつけて、わたしの両頬をパチンとはさんだ。

「よくなった！　とっても、とってもよくなったわ！」と、かん高い声をあげる。

「これで十五歳は若返ったよ！　まあ、その年にしてはびっくりよ、おばあちゃん。こんなに血色のいい頬、こんなに輝く黄色の髪！　とっても生き生きして、若々しくて、とってもきれい、とってもとってもべとべとしてるしね！」

わたしは泣き出しそうな気がした。でも、泣かなかった。涙を通り越して、寒気を感じていたから。凍りつくような怒りがあった。ここで仕返しをしようとしても、何の意味もないことはわかっている。今はだめ。年を取って体も弱くて、向こうのほうが強い、それだけの話。でもいつかそのうち、なんとかしたい。どこかで目にもの見せてやりたい、いつの日か、できれば。どうすればいいのかはわからないけど。もし方法があるなら、必ず見つける。数々の不幸を乗り越えて生きてきた人生を、今になってあんなやつにだいなしにされてたまるもんか！

だからわたしは泣かなかった。叫んだり、せがんだり、頼んだりもしなかった。黙って部屋を出た。グレースはひとりで朝食をとっていた。老いた脚でゆっくりと階段を上がり、バスルームに入ってシャワーを浴び、髪を洗った。

年老いた自分の体を見ると胸が痛んだ。やせて、か細い。骨も折れそう。手足に若さはなく、弱々しい。これが老いるということなの、とわたしは思った。自分のことをきれいだとかすてきだとか思えなくなるってこういうことなのね。

いいえ！　それは悪いことではない。悪いことだとは思わなかった。年を取るのはあたりまえ。外見がすべてじゃない。中身ってものがある。それに、わたしにはどうしようもなかった。この体か、死か、どちらかひとつだったから。

自分の人生を生きてからなら、老いることなんかちっとも気にしないのに……！　だからわたしはシャワーを浴びながら泣いた。やせてしわだらけの体に、涙とシャワーの水がまじって流れた。わたしは十代を経験できなかった。だれかの手を握り愛し合うこともできなかった。見ることのなかった世界、訪れることのなかった場所、会うことのなかった友だちのことを思って、わたしは泣いたわ。いつか自分の子どもを持つこともできただろうに。でももうだめ、だめ。わたしはその子どもたちのことも考えて泣いた。だけど、きれいになった体をふき、服を着たわたしは、涙のあとを残していなかった。グレースに気づかれたくなかったの。グレースを喜ばせるのはいやだった。白髪を整え、やぼったい古い服にはアイロンをかけた。その下にはぶかぶかで古くなってはいるけど清潔なブルマーをはき、血行をよくするのに効果のある医療用靴下をはいた。ぶかっこうだけど実用的な靴をはく。足には魚の目があり、巻き爪が食いこみ、足が変形して痛んだから、その靴が必要だった。足の爪は黄色くねじれ、でこぼこで、木の根に生えるキノコのようだと思った。

入れ歯をきちんとはめる（最初はやり方を間違え、上の歯と下の歯を間違えてしまった）。眼鏡をタオルでふいてから、階下に向かった。

グレースはわたしの制服を着ていた。学校用の靴をはき、かばんの用意をしている。

「ああ、ひとつだけ言っておくよ、先輩」とグレースが言った。

「お前はこれからもわたしの宿題をやるんだよ。子ども時代の楽しみをすべて奪うつもりはないからね。宿題はさせてやるよ、いいかい。じゃさっき言ったように、体育の用意をするんだ。今日はたしか★ネットボールの日だったね？　わたしに間違ったことをさせたり、嘘や間違ったことを教えたりしないようにするんだよ。そんなことがばれたら、帰ってきたとき、マーマレードひとさじくらいじゃすまないからね。ハチミツひとびんさ。髪にこすりつけるだけじゃなくて、その口に飲ませてやる。消毒薬ひとびんと、トイレ用洗剤ひとカップも加えてね。ちょっとでも嘘をついたらどうなるか、わかったね！」

わたしは、グレースがわたしのふりをうまくできるように、必要なことをすべて教えた。ふだんお昼に何を食べるかとか、ネットボールのチームのポジションはどこかとか。

そしてグレースは出かけたけど、その前にキッチンを見まわし、壁にかけてある絵に目をとめた。ずいぶん前にわたしがこの家と庭を描いた絵で、グレースは気に入ったふりをしていた――実際、そこに絵をかけたのはグレースだった。グレースはその絵に近づくと、ひきちぎってくしゃくしゃに丸め、ゴミ箱に放りこんだ。

「こんなくだらないものをもう見る必要はないんだよ！」とグレースは言った。

そしてドアをたたきつけるように閉めると、学校へ行った。大声でこう言ってから。

「きちんと家を片付けておくんだよ、おばあちゃん！　ちゃんとしたお茶の用意もしておくんだ！　フライドポテトもね！」

そしてわたしは家事をするため残された。醜い姉に命令された、年取ったシンデレラのように。ただ、その〈醜い姉〉が若くてきれいなだけ。醜くはない、中身以外は。

わたしはキッチンのテーブルに座った。手は震え、心臓は閉じこめられた小鳥のようにバタバタと鼓動《こどう》を打っていた。わたしは薬のことを思い出した。グレースが飲んでいた、高血圧の薬。引き出しから探し出してラベルを見た。「四時間ごとに二錠服用のこと」と書いてあった。

わたしはその容器のふたを開けようとしたが、開かなかった。指がこわばって、力が入らない。ナイフやフォークが入っている引き出しをひっかきまわし、グレースがときたま使っていた道具を見つけた。固いふたを開けるための特別な道具。

わたしは容器のふたをあけて、二錠のんだ。水はいらなかった。わたしはいつも薬を飲みこむのが上手だったし、年取った体になった今も、それは変わらなかった（体が覚えていると思っていることが、実は頭が覚えていたってことはけっこうあるのよ）。

わたしは紅茶を入れることにした。奇妙に聞こえるかもしれないけど、それまではお茶って入れたことがなくて、沸騰したやかんは怖かった。でもなんとかお湯をわかし、ティーバッグを取ってきて、こぼさずにお茶を入れることができた。

★ネットボール＝バスケットボールに似た球技。

座ってゆっくりとお茶をすすった。そして母さんや父さんのことを考えた。父さん。母さん。

涙がこみ上げてきたけど、わたしはこらえた。今は泣くときじゃない。今はわたしひとりでグレースはいないのだから、計画をたてなくちゃ。何が起きたのかを理解し、何ができるかを考えなくちゃ。

わたしはお茶を吹いて冷ました。ビスケットを缶から出して（おばあさんは好きなだけビスケットを食べていい――子どものように制限されてはいないの）、紅茶にひたした。入れ歯のためには、やわらかい食べ物のほうがいい。入れ歯を出して少しながめ、元にもどしてビスケットをもう一枚食べた。

どうしたらいい？　どうしてこんなことになったの？　グレースは最初から計画していたに違いない。信じやすくて家庭を求めている哀れな孤児を、じっくり捜していたんだわ。わたしのような子を。グレースはみんなをだますために、親切でお金持ちなお年寄りの役を演じていた。本当は親切でもない。お金持ちでもないのだろう。たぶんすべてはうわべだけで、借りたお金だったんだ。

そしてわたしの信頼をかち得ると、グレースは秘密を教えた。体から抜け出して部屋を飛びまわり、世界へ飛び出す秘密。だけどそれは、ただわたしの体を盗むためだった。

そしてグレースはわたしの体を手に入れた……。

でも、ちょっと待って。グレースはまだわたしを必要としているはずよ。グレースはまだ、ただの女の子。そばに大人がいないと人目をひいてしまう。そして施設に入れられてしまう。わたしのように施設に入れられるのは、いやに決まっている。

だから、そう。グレースは若くてたくましくて、わたしをいじめるだろうけど、まだわたしを必要としている。当分は。

また心臓がドキドキした。おかしな感じがした。まるでちゃんと鼓動できないみたい。しゃっくりの発作にかかった時計のように、脈が不規則だ。

そのときわかった。

この心臓。グレースの心臓。今ではわたしの心臓。

グレースが必死になって体を交換しようとしたのは、心臓が長くはもたないんじゃないかと心配していたからだ。交換する前に死んでしまうのではないかと、不安だったんだわ。

グレースは、自分が死んでしまうのではないかと不安だった。

でも今度死ぬかもしれないのは、わたし！

冷たい汗が額に浮かんだ。また両手が震え始める。落ち着こうとお茶のカップを取り上げたけど、震えがひどくてテーブル一面にお茶をこぼしてしまった。

どく、どく、どく、どく、ひくっひくっひくっひくっ――それからありがたいことにまた、どく、どく、どく、どく。

老いた心臓の鼓動は安定した。落ち着いているのが一番だ。興奮すればするほど、動悸《どうき》がして、ひくっひくっと動きが悪くなる。

わたしは死ぬんだわ！

どく、ひく、ひくっひくっひくっ――いや、死なない。何年も生きられる。それほど年取ってはいない。八十一歳かそこらだもの（わたしがバースデーカードをあげたとき、グレースはそう言ってなかったかしら？）。そう、まだそんな年じゃない。ぜんぜんそんな年じゃない。八十一歳がまだまだ若いうちに入るという地域もたくさんある（って、どこかで読んだのは間違いない。地理で習ったのかも）。百歳とか、百二十歳、百五十歳まで生きるおばあさんもいる。それでもまだ逆立ちしたり、ロバに乗ったりできるって。そう聞いたのはたしかだ。ヤギの乳やヨーグルトをいつも食べて。それなら大丈夫。わたしにはまだ何年も残されている。何年も、何年も。その間に、元の体にもどることができるだろう。

何が起きたかを通報するべきなのかも。警察やお役所に行ったり、子どもホットラインに電話したり。制服を着た人たちに話す。老人相談センターに行ってもいい。わたしの状況を全部説明したらどうかしら。

とくとくとく――。

解決するわ。間違いない。あっという間に解決するに決まってる。

どく、どく、どく――。

落ち着いた。よかった。だけどそのとき、真実に打ちのめされた。だれが信じてくれる？　自分。自分だけ。だれもわたしを信じようとはしないだろう。決して！　世界中で、いや、この広大な宇宙全体でも、信じてくれる人なんてひとりもいないわ。わたしは永久にこの体に閉じこめられた。死を迎える日まで。その日はすぐにでも来るだろう。今日、明日、あさってにでも。一時間以内にでも。

ひくっひくっひくっひくっとくとくとくぶるるるるるる！

わたしは気を失ったようだった。目が覚めたとき、テーブルにうつぶせになっていた。ティーカップがひっくり返ってお茶がこぼれ、床にしずくがたれていた。わたしはふきんを取ってきて、汚れをふいた。グレースは何と言ってたっけ？　そうだ。「きちんと家を片付けておくんだよ！　ちゃんとしたお茶の用意をしておくんだよ！」

そうしたほうがいい。さもないとまたグレースはひどいことをする。わたしはそんなことをする口実を与えたくなかった。

玄関に行って、掛けてあるグレースのコートを見つけた。やぼったい、おばあさん用のウールのコートで、形はくずれ、まるでポケットのついた袋のようだった。色はうんざりするようなくすんだ黄褐色《おうかっしょく》で、雨の庭のようなかびくさいにおいがした。

内ポケットに、お金の入った財布があった——お茶の材料を買うにはじゅうぶんだ。お金がなくなったら、グレースに頼んでもらわないといけないのだろう。お金をおろすにはキャッシュカードを使わないといけない。暗証番号を知っているのはグレースだけ。わたしは子どもだから、カードは持っていなかった。

ドアのそばに、おばあさん用のショッピングカーが置いてあった。赤いタータンチェックで、キーキー鳴る車輪がふたつついている。わたしはコートのポケットを探って、玄関の鍵を見つけた。それからコートのボタンをかけ、ウールの帽子——植木鉢のような形の——をかぶった。ショッピングカーを引いて外に出て、後ろ手にドアを閉めて、買い物に出かけた。

道を歩いていると、何人かがあいさつしてきた。

「おはようございます、グレンジフィールドさん」

グレース・グレンジフィールド。それが今のわたし。

「おはようございます」

わたしはあいさつを返し、ゆっくりと歩いていった。魚の目がズキズキし、足の痛みで顔がゆがんだ。つえを持ってきたらよかった。

「かわいそうなおばあさん」とだれかが言うのが耳に入った。

「本当にお年なのね」

交差点で渡る前には、信号が青になるのを待った。だけど歩くのがあまり遅いので、向こう側に着く前に、信号は再び赤になってしまった。

せっかちなドライバーがクラクションを鳴らし車の窓から大声でどなった。「早く渡れよ、ばあさん！」というように聞こえた。

わたしはそっちを向いて男をにらみつけた。

「失礼ね！」年取った声で、わたしは言った。

「ぶんなぐられたいの」

それはわたし、メレディスが言ったこと。そのドライバーは一瞬、びっくりしたみたいだった。こんな虫も殺さぬようなおばあさんが、ぶんなぐるっておどしたんだものね。

それから笑い出した。

「行きな、ばあさん」とドライバーは言った。

「事故にあって入れ歯をのみ込んじまう前に、道路を渡っちまいな」

そしてスピードを上げ、タイヤをきしらせてわたしのすぐそばを走っていった。もうちょっとでショッピングカーが吹っ飛ばされるところだった。

やっと歩道につくと、わたしは交差点の標識につかまって、縁石のそばで休憩した。幼い子どもたちを連れた若い女の人が通りかかった。

「わたし、見てました」と女の人が言った。

「本当に礼儀知らずですよね。大丈夫ですか?」

「大丈夫」とわたし。

「大丈夫ですよ。ありがとう」

その親子は立ち去った。

「あの人、どうしたの、ママ?」という子どもの声が聞こえた。

「道路を渡るのが間に合わなかったのよ。かわいそうなおばあちゃんね」と母親が教えた。

かわいそうなおばあちゃん。

昨日まで、わたしは若い女の子だった。若さと力と希望で生き生きしていた。

今では、ただのかわいそうなおばあちゃん。

かわいそうなおばあちゃん。

それがわたし。

昨日までのわたしは？　今では別人になって、わたしの代わりに学校に行っている。学期が終われば、グレースの言ったとおり、引っ越しをして新しい学校へ通う――今の学校のことね――そこではグレースは〈自分自身で〉いられるし、わたしの真似をする必要はない。そうして、わたしたちはここにいるの。これがわたしの話よ、カーリー。聞いてくれてありがとう。この話をしたのはあなたが初めて。ほかのだれにも話したことはないわ。だれかと秘密を分かち合うのっていいものね。たぶん助けてはもらえないとはわかっているけど。信じてもらうことさえ無理かもしれないもの。わたしがあなただったら、やっぱり信じられないと思う。それでも、これは本当のことよ。あなたの知っているメレディスは女の子ではなく魔女で、大きくなってまた悪いことをするつもりでいるの。そのときわたしがどうなるのかは見当もつかないわ。施設に入ってひとりぼっちでだれからも忘れ去られて、死ぬんだって言われてる。でも何年もそんなふうに生きているよりは死んだほうがましよね。

もしあなたが助けてくれたら、カーリー。もしあなたがそうしてくれたら。あなたにできるとは思わないけど。だれにもできないわね。でも、とにかくあなたは話を聞いてくれた。それは大切なこと。それだけでも助けになったわ。本当に。

7 カーリー

うん、またわたしは羽根一本でノックダウンって状態。羽根半分でもじゅうぶんなくらい。もしかしたら羽根なしでも。つまり、おしゃべりにかけてはわたしはちょっとしたものだし、必要なときには——緊急時とか生死にかかわるときとか——ノンストップで話し続けられる。たとえば映画館でだれかが倒れて、「お客さんの中に、お医者さんはいませんか？　あるいはおしゃべり上手はいませんか？」という声があがったら、わたしはすぐに立ち上がる。

でも、その日の午後、校庭でメレディスのおばあちゃんがしゃべった量にはまいった。こんなにちょっとの時間に、あんなにたくさんの言葉をつめこむことができるなんて信じられなかった。それも、話している間じゅう、不安そうにあたりを見まわしながら。まるで、何かが起きて話を最後まで続けられなくなるのを心配しているみたいに。

わたしはただただぼうぜんとしていて、おばあちゃんがやっと話し終わったときも、なんて言っていいのかわかんなかった。ただ座って全部聞いてるうちに、わたしの目はどんどん丸くなるし、くちびるはとがってきちゃうし——だれかのほら話を聞きながら

「そんなばかな！」って思ってるときみたいに。

わたしもこれまでずいぶんみごとな嘘を聞いてきたけど、こんなにすごい嘘には出くわしたことはない。しかもあんなにまじめな表情で、顔色ひとつ変えないで。

学校でもおもしろい作り話をする子はいたし、そういう子は、ポーカーフェイスでもっともらしいお話を作る。週末に宇宙船に乗って月まで行ってきた話とか、ずいぶん昔に亡くなったホレースおじさんが突然墓地から出てきてタクシーで家に帰ってきて、土曜の夜じゅう棺おけを脇に抱えて裏口のそばに立って、サッカーをテレビで見たいから中に入れてくれって言ってた話とか。

そういう話を聞いたことはあったけど、今回の話は一等賞。ここにメダルがあったら、金メダルを渡して「これはあなたのものです。あなたのお話が最高。さあ、どうぞ。メダルを全部差し上げてもいいくらいです」って言うと思う。

ときどき、みんながわたしにそういう話を聞かせるのは、赤い髪とそばかすのせいじゃないかって思うことがある。みんな、自分が楽しむために話しているんだから。わたしの姿を見ると、みんなはこう思う。

「ほらほら、赤毛でそばかすのいなか娘が来たぞ。お笑いタイムだ。思いつく限りの作り話をでっちあげて、この子がどれくらい信じるか見てみよう」

そういう苦い経験があるから、わたしは用心深くなっていた。前に一、二度はだまされたことがあるけど、今ではそういう嘘には敏感。やり返したこともある。たとえば、ローラ・スコットの「姉さんの恋人は、生まれたとき腕が三本あって、しっぽが生えていたのよ」って言葉を、わたしが信じこんじゃったとき。わたしは「ゾウはココナツの木の下に大きな巣を作って卵を産んで、六カ月あたためてかえすのよ」って教えて仕返しをした。

ローラはその話をまるごと生物の宿題に書いて出した（授業の間、ちゃんと聞いてなかったのがいけないんだよ）。もちろんいい点はもらえなかった。十点満点で、〇点ってとこかな、正確なところは覚えてないけど。

でもおばあちゃんの話の間、わたしはなんて言っていいのかわからなかった。クラスの子が作り話をして、信じさせようとしているのとはわけが違う。わたしのおばあちゃんでもおかしくないくらい年を取った、ちゃんとしたおばあちゃんがそういう話をするんだから。

「見えすいた話はやめて、おばあちゃん。もっと本当っぽい話をしたほうがいいよ」って、こんなふうに言うのも変だと思う。大人の人に。もっとうまくやらないといけないような気がする。眉間《みけん》にしわを寄せて真剣な表情を作って、「うーん、とてもおもしろいです。すごい話ですね」みたいなことを言って。でも、その間ずっと、「なんてとんでもない嘘つきガエルだ」って思いながら、なるべく失礼に思われずに急いで立ち去る口実を考えているんだ。

でも、わたしは甘いのかも。わたしはばかなのかも。それでも……。ううん！　信じられるもんか！　信じるだって？　無理！

それに——いろんな意味でなかなかいい話だったし時間つぶしにはなった。だけど、わたしがちょっとでも信じるとは、おばあちゃんだって思っていないだろう。

そう、もちろんそんなはずはない！　おばあちゃんはただ、からかっているだけだろう。だけど——そうじゃなかった。おばあちゃんの顔を見てわかった。わたしがおばあちゃんの話を信じようと信じまいと、それはどうでもいい。重要なのは、おばあちゃん自身がそれを信じているということだ。おばあちゃんがその話を信じているのなら、その理由はふたつのうちのどちらかだ。おばあちゃんの頭が、完全に疑いようもなく、イカレちゃってるのか。あるいは——。

「おばあちゃん！　待っている間に、カーリーにうるさく話し掛けたりしなかったでしょうね？　いったい何を話していたの？」

メレディスが突然あらわれて、わたしたちふたりはびっくりした。こっそり忍び足でやって来たみたいだ。わたしは振り向いた。メレディスはかばんと本を抱えて、わたしの後ろに立っていた。今までコンスタンチン先生と練習していた劇の台本を手に持っている。黄色いマーカーが引いてある行がある。それがメレディスのせりふに違いない。

わたしは答えた。

「ああ、メレディス。おばあちゃんは、ずっと楽しい話をしてくれてたのよ。練習はどうだった？　ねえ、わたしも劇に出るのよ。〈リスその3〉がわたしの役。コンスタンチン先生は、リスみたいに両手で木の実を食べる練習をしろって言ったよ。舞台でリスっぽく見えるようにね」

でも、メレディスは聞いていなかった。わたしのほうは見てもいなかった。グレースを、自分のおばあちゃんを見つめている。冷たい、鋭い目つきで。まるで心まで突き刺すような目つき。

「おばあちゃん、大丈夫？　わたしを見て驚いたの？　まるで幽霊でも見たような顔をしているわよ」

メレディスは言った。

わたしはおばあちゃんのほうを見た。メレディスの言葉は正しかった。おばあちゃんは青ざめ、固まっていた――そして、恐れていた。いったい何を怖がっているんだろう？

もちろん、メレディスじゃないよね？　メレディスを怖がる理由なんかないもの。でももし……もし、おばあちゃんの話が本当だったとしたら。

違う。

そんなこと、あるはずが……。


「ああ、お帰り、かわいいメレディス」おばあちゃんが言った。

「帰る用意はできたんだね？　びっくりしたよ。思ったより早かったから」

「でもおばあちゃん、わたしは四時までは来るなって言っておいたよね？　今日は遅くなるからって、言ったわよね？」

「そうだっけ？」おばあちゃんは口ごもった。

「じゃあ、忘れちゃったんだよ。わたしはいつもどおりに来て――」

「本当に？」とメレディス。

「かわいそうに。じゃあ、ずっと待ってたの？　関節炎なのに、この寒さの中を。ごめんなさい」

「寒くなんかないよ、メレディス」わたしは陽気に言った。

「だって、とってもあったかいもん」

メレディスはわたしをにらみつけた。

「年を取ると寒く感じるのよ、そうよね、おばあちゃん？」

おばあちゃんはうつむいて弱々しくうなずいた。

「そうだね、そう、そのとおりだよ、お前の言うとおり」

「じゃあ、今すぐ家に帰りたいでしょ、おばあちゃん」

「ああ、そんな気がするよ」

メレディスは手を伸ばしておばあちゃんの腕を取った。

「さあ。これからはもっと気をつけてね、おばあちゃん。わたしの言ったことを忘れないように。わたしの言った時間どおりに学校に来るようにしてね」

「ああ、もちろんよ。ごめんなさいね。間違いとか物忘れはだれにでも……」

わたしはメレディスの手を見た。おばあちゃんの腕をしっかりつかんでいる。とてもきつく、強すぎるくらいに。おばあちゃんはすくみ上がっていた。まるで、メレディスの爪が腕に食いこんでいるみたいに。

「おばあちゃんが人に迷惑をかけるのが、わたしはきらい。それは知っているでしょ？」

メレディスは言った。

「そのことは言ったわよね――」

「おばあちゃんは迷惑なんかかけてないよ、メレディス」わたしは言った。

「ぜんぜん。楽しくおしゃべりしてたんだ。ほかにすることもなかったし。わたしは母さんを待ってるんだよ。ほら、まだほかのお母さんとしゃべっている。大切な〈内輪話〉ってやつ」

メレディスは耳も貸さず、わたしを無視した。その冷たい目はおばあちゃんの顔をにらみつけたまま。おばあちゃんは、一秒ごとにしわしわになって縮んでいくように見えた。

「おばあちゃんが人に迷惑をかけるのが、わたしはきらいだって、知っているわよね」

メレディスは続けた。おばあちゃんの今にも折れそうな手首をつかんだ手に力が入ったように思えた。

「年寄りはむだ話ばかり。昔の話とか古きよき日々とか。ときどきごちゃごちゃにしてしまうこともあるし。ね、おばあちゃん？　頭の中であわてでっち上げているうちにわけがわからなくなってしまうから、たわごとばかり――そうよね？」

「そうだよ、お前」おばあちゃんは震える声でおずおずと言った。

「そのとおりよ！」とメレディス。

「ときには混乱しすぎて、現実と想像の区別、事実と作り話の区別がつかなくなる。そしてだらだらしゃべり続けて、話し相手をみんな退屈させるの。でもそういう人たちは礼儀正しくて、途中でやめろって言えないから、ばか話は止まらない」

「でもおばあちゃんの話はちっとも退屈じゃなかったよ、メレディス」わたしは言った。「すごくおもしろかったもの。いろんなことを話してくれたんだ――」

メレディスはその冷たい突き刺すような目をわたしに向けた。

「いろんなって、どんなことを？　カーリー」

わたしはこう言うつもりだった。「いろんなおもしろい話をね」

でもなぜか、そう言わなかった。何かに止められたかのように。わたしは急に不安になった。自分のことではなく――おばあちゃんのことが。見ると、メレディスはまだ腕をつかんでいる。メレディスの爪が――見まちがいかもしれないけど――腕に食いこんでいるように見えた。

「いろんな……ことだったよ」わたしはあいまいに答えた。

「本当に？　どんなこと？　おとぎ話？」

「いや、そうじゃなくて」わたしは嘘をついた。

「わたしに話してくれたのは……」

なんだろう？　なんて言えばいい？　わたしはふと思った、もしおばあちゃんが真実を話していたのだとしたら？　そんなことはありえないとわかってはいたけど。でもほら、メレディスが本当に体を盗んで、目の前に立っているこの女の子が魔女で、隣にいるおばあちゃんがわたしと同い年の女の子の心をもっているとしたら？

もしそれが本当だったら？　メレディスの質問にはどう答えればいい？　おばあちゃんがメレディスとふたりだけになったとき、ひどい仕打ちにあわないようにするためには。おばあちゃんを裏切ったりしないように答えられるだろうか？　あんまり長くためらっていると、間違った答えをしてるってばらしているのも同じだ。なんて言えばいいのだろう？

「サッカーのことよ！」わたしは心を決めた。

「サッカーの話をしていたの」

メレディスはまるで、わたしの頭がおかしくなったんじゃないかというような目をした。

「サッカーの話ですって？」疑わしそうな言い方だった。

「そうだよ」わたしはうなずいた。

「わたしが言い出したら、おばあちゃんは昔のことを教えてくれた。サッカー選手はとっても長いズボンをはいていたんだって」

　メレディスはいったん視線をわたしからおばあちゃんに移して、またわたしを見た。

「長いズボン？　長いズボンですって！」

　長ズボンうんぬんの話は、どんな年代の人でも知っていると思う。わたしは何かの本の写真で見て知っていた。あんまり上手な答えじゃなかったけど、うまくいくかもしれない。メレディスはまだ疑っているだろうか？　それが重要だ。

「カーリー！　帰る時間よ！」

　母さんが呼んでいる。ようやく、長いおしゃべりをやめたらしい。

「ぐずぐずしないで、カーリー！　早くしなさい。夕食の用意をしなきゃならないでしょ」

　よく言うよ。ぐずぐずしていたのはわたしじゃないのに。母さんのほうじゃない。とっくの昔に帰る用意はできていたのに、母さんたら、全部わたしのせいにして、遅くなったのはわたしのせいだって言うんだ。でも親というのはそういうもの。自分がしたことをいつも子どものせいにしようとする。

「さよなら、メレディス、また明日ね」

　わたしは言って、おばあちゃんのほうを向いた。

「さよなら——」

でもなぜか、「さよなら、グレース」とは言えなかった。そんなふうにお年寄りを名前で呼ぶなんて悪いような気がした。だから「さよなら……えーと……お話できて楽しかったです」とだけ言った。

かばんを持って、校門で待っている母さんのところへ急ぐ。校庭を出るとき、わたしはメレディスとおばあちゃんのほうを振り返って、小さく手を振った。

メレディスは片手にかばんを持ち、もう片方の手でおばあちゃんの手首をしっかりつかんでいた。わたしが手を振ると、メレディスは振り返さないと変に思われるから、振ろうと思ったみたい。おばあちゃんを離して、手をあげて振った。でもそのとき、奇妙なものが目に入った——メレディスの爪が赤い。まるでマニキュアを塗ったみたいに。遠すぎたから、確信はないけど。気のせいだったのかもしれないし、そうじゃないかもしれない。でも、同じ赤い色がおばあちゃんの手首のまわりにもついているように見えた。まるで、メレディスがおばあちゃんの腕を強くつかみすぎて爪が食いこみ、血が流れたようだった。

だけどそんなことをするはずがない。そんなことを、か弱いお年寄りに、しかも自分のおばあちゃんにするわけがない。

「カーリー！　いらっしゃい！」

わたしは母さんと手をつないで歩いた。母さんの手は温かくて、握られているとほっとする。肌はすべすべして、老人性のシミも深いしわもない。それから母さんの顔を見た。はっきりしたしわはついていない。一、二本はあったけど、ほとんど目立たない。

わたしは考えた。いつか母さんも年を取る。いつか、母さんもおばあちゃんになる。メレディスのおばあちゃんみたいに。ほかのおばあちゃんみたいに。

悲しくなった。こんなにすてきできれいな母さん――本当に、わたしよりもきれいなんだ、赤毛もそばかすもないしぽっちゃりしてない。それらはわたしが父さんから受け継いだものだから――そんな母さんが、年を取らないといけないなんて、悲しい。

わたしは母さんの手をぎゅっと握って言った。

「母さん、心配しなくていいよ。母さんが年を取ったら、わたしが面倒を見てあげるから」

母さんはおかしな表情を浮かべてわたしを見た。

「カーリー、なんでそんなことを言うの？」

「なんでもないの、ただちょっと考えただけ」わたしは答えた。

母さんはしばらく何も言わなかった。わたしたちはただ黙って歩いた。でも交差点にさしかかったとき、母さんがわたしの手を握りかえした。

「ありがとう、カーリー」母さんは言った。

「うれしいわ」

そして信号が変わるのを待っている間に、母さんはティッシュを取り出して鼻をかんだ。

大人って、ときどき変になる。

家に帰る途中ずっと、わたしはメレディスのおばあちゃんの話のことを考えていた。とってもばかばかしくてむちゃくちゃで不可能な話だ。百万年、いや百万年の一兆倍たってもありえないよ。

だけどそのとき、メレディスの爪についた赤い色、それからおばあちゃんの手首についた赤い跡を思い出した。ただ、ちゃんと見たとは言えない。遠すぎて、ただそう思っただけかもしれない。

でも、頭から振り払うことはできなかった。あの話、あの赤い爪、血のしみのような跡。そのあとも一日じゅう考え続けた。寝てからもまだ考えていた。眠っても逃げ出すことはできなかった。その夢を見た。それから、飛ぶ夢を見た。わたしは天井まで浮かんで、自分がベッドに横たわっているのを見下ろしていた。目が覚めたとき、それをやってみようとした。おばあちゃんが言ったとおり、体から抜け出そうとしてみた。でもだめだった。何も起こらない。わたしはわたしのままだった。

8 メレディスの説明

そのあと、メレディスは愛想がよくなった。わたしに、「元気?」って聞くようになった。わたしは体の具合を聞かれるのはきらい。だって、まるでこっちの具合が悪くなって、週末には死んでしまうのを期待されてるみたいなんだもん。

おこづかいの額とか、おやつとか、お弁当の中身を聞かれるのもきらい。そういう質問って、相手のことを本当に気にしてるんじゃなくって、ただ聞きたくて聞いてるだけだもん。本当はこっちのことなんかちっとも考えてないんだと思う。メレディスは、気をつかって親切にしているように見えないこともなかった。でもわたしにはそうは思えなかった。

とにかく、メレディスは愛想がよくなって、話しかけてくるようになった。でも全員にじゃなくて、わたしにだけ。クラスのほかの子には今までどおり無視していた。もちろん、話す必要があるときは別だけど。

メレディスのおばあちゃんが話をしたのかな。たとえばこんなふうに。「メレディス、カーリーはいい子だから仲良くしないといけないよ、赤毛が魅力的だしそばかすもキュートじゃない」

それとも、メレディスには、わたしともっと親しくならないといけない理由があるのかもしれない。

メレディスの態度が変わったのは、おばあちゃんがあのとんでもないお話をした翌日のことだった。自分がおばあさんの身体に閉じこめられた本当のメレディスで、メレディスは魔女だっていうお話。

休み時間にメレディスが近づいてきて、どうでもいいおしゃべりを始めた。元気？ 今日の髪はすてきね、何か特別な手入れをしたの？ その靴、どこで買ったの？ そう言って相手を持ち上げて、心を開かせ、取り入ろうとするときのやり口だ。

でも、わたしは気にしなかった。ふたりで立ち話をしていると、自分にも親友がいるみたいな感じがしたから。

しばらくして、メレディスがおばあちゃんのことを口にした。

「昨日、おばあちゃんがうるさく話しかけたんじゃなければいいんだけど、カーリー」

「ううん、ぜんぜん」

「何を話したのかしら」メレディスが続けた。

「だらだら話すくせがあるのは知っているけど」

彼女は探りを入れているのかもしれないけど、わたしは口を閉じて、誘いには乗らなかった。

「あなたに警告しておけばよかったと思うわ」

「警告って？」とわたし。

「おばあちゃんのことよ。いい？ わたしは隠そうとしているの。だってそうしないと、おばあちゃんは連れていかれて、施設に入れられちゃうもの。自分勝手に聞こえるかもしれないけど、もしそうなったら、わたしはどうなると思う？ やっぱり施設行きよ」

わたしはくちびるをかみ、黙ってメレディスの次の言葉を待った。

「困ってるの」

メレディスは続けた。真剣に心配しているようだ。

「うちはふたりきりだし、ほかに相談する相手もいないわ。でも、おばあちゃんの頭がおかしくなりかけているのは間違いないと思うの」

「ええっ？ どういう意味？」

「前と違う」メレディスが言った。

「いろんな点で。とっても忘れっぽくなって、ときどき心配になるの。暖房やガスの火をつけっぱなしで外出するんじゃないかって。それにとってもおかしな話をするの……」

「おかしな話って？」

わたしは思いきり、さりげなくたずねた。

「もう、とにかく変なの」メレディスはため息をついた。

「幼いころの話はありそうな話なんだけど、そのうち話がエスカレートして、聞いているほうは『何それ、やめて。そんなこと起こりっこないよ』と思うくらい」

わたしは重々しくうなずいた。

「うん、わかる」わたしは言った。

「うちの父さんもちょっと似てるから。いっつもくだらないことを持ち出しては、信じさせようとするんだ。ずっとまじめな顔をして話して、こっちが信じるとからかうんだ。そんな話を信じるほうがおかしいって。そして、忘れたころにまた始めるんだよ」

でも、メレディスは父さんのほら話にはあまり興味がないようだった。

「いいえ、それとは違うのよ、カーリー」メレディスは眉をしかめた。

「もっと真剣なの。おばあちゃんは冗談でやっているんじゃないの。自分のやっていることすらわかっていないのよ。しゃべっていることの半分も自分ではわかってないいんじゃないかと思うわ。それがとても心配なの。どうしていいかわからないわ」

「もしよかったら、うちの母さんに相談してくれてもいいよ」わたしは提案した。

「もし大人の相談相手がほしいならね。母さんならきっと喜んでアドバイスしてくれる。個人的な話って言ってね。母さんはそういうのが好きだから」

「いいの、いいの」メレディスはあわてて言った。

「そんなことはしなくていいの、カーリー。ありがとね。でもこのことを知っている人は少ないほうがいいと思う。わたしがおばあちゃんを見張って、自分で面倒を見るつもり。連れていかれるのは困るの。だからだれにも言わないでね。お母さんにもね。大人の人ってすぐ人にしゃべるの、知っているでしょ。すぐにばれて、役所の人が来て、おばあちゃんを連れていっちゃうわ」

メレディスは本当に心配しているようだったから、おばあちゃんがおかしくなりかけていることはだれにも話さないってわたしは約束した。

「一番変なのはね」とメレディス。

「今ではわたしがおばあちゃんの面倒を見ている時間のほうが、おばあちゃんに面倒を見てもらう時間より長いってこと。まるで、わたしが大人になって、おばあちゃんが子どもになったみたい」

わたしは口をぽかんとあけた。メレディスはそれに気づいたに違いない。

「どうしたの、カーリー？　大丈夫？　なんだかショックを受けたみたいね。わたし、何か変なこと言った?」

「ううん、ううん」わたしはきっぱり言った。

「なんにも」

わたしは両手を見下ろした。知らないうちに指にティッシュペーパーを巻きつけていた。あんまりきつく巻きつけたので、指の先の色が変わっている。

「メレディス」わたしはできるだけ無邪気にたずねた。

「おばあちゃんの作り話って——どんな話なの?」

「もう、なんでもありよ」メレディスは言った。

「信じられないほどいろんなこと。子どものころの話。どんなにお金持ちだったか、どんなに大きな家に住んでいたか。小人《こびと》や妖精《ようせい》なんかのばかげた話。それから魔法使いや魔女や——」

「魔女?」わたしは口に出した。

メレディスはわたしを見つめた。

「そう。魔女よ」

わたしの表情がよっぽど間抜けに見えたらしく、メレディスは笑い出した。

「もう、カーリーったら!」って、くすくす笑い。

「あなたもそんなのを信じているのね！」

「信じてないよ！」わたしは打ち消した。

「信じてるわ！　顔を見ればわかるもの」

「信じてない。魔女だの魔法使いだの、そんなものはみんな——幼稚園の子ども向けよ。本当。わたしがそんなもの信じてるわけないって！」

メレディスはわたしの顔から目を離さなかった。

「ああ、わかったわ」と言い、「おばあちゃんは昨日の午後、魔女のことを話したのね。またあの話を！」

「ううん、違うよ。ぜんぜんしなかった」

たぶんメレディスは信じなかったと思うけど、わたしを嘘つき呼ばわりしたりはしなかった。少なくとも面と向かっては。友だちでいたいなら、そんなことはしないほうがいいと思ったんだろう。

「まあいいわ、わたしは警告したかっただけだから」メレディスは言った。

「おばあちゃんは本当にいい人よ。でもちょっと気をつけてね。それだけでいいわ。おばあちゃんの言うことはちょっと疑って聞かなくちゃいけないの——ううん、思いっきり疑って聞いたほうがいいくらい。おばあちゃん自身にはどうしようもないのよ。年を取ったらそうなってしまうことがあるの。歯がだめになって、耳もだめになって、そのうち頭もだめになっていくのね。あら、授業が始まるベルよ。中にもどったほうがいいわね」

その日の午後、わたしの母さんはだれかと〈大事なお話〉をしようとしなかった。そのかわり、〈大事なお買い物〉があった。だから、学校が終わるとすぐに、わたしは校庭からいなくなった。ふと見るとメレディスがひとりきりで下校するところだった。おばあちゃんが迎えにきていなかったんだ。先生のひとりが、メレディスが帰るのに気がつき、ひとりで帰れるかとたずねた。

「大丈夫です」

メレディスは答えて、そのまま立ち去った。

わたしだって大丈夫なんだけどな。ひとりで帰るくらいなんてことない。母さんが迎えにくるのは、わたしのためっていうより、ほかのお母さんたちとしゃべるためじゃないかっていう気がときどきする。

でも、メレディスのおばあちゃんのことは気になった。どうして今日は校庭に来ていなかったんだろう？　次の日、わたしはメレディスに聞いてみた。

「おばあちゃん、大丈夫？　昨日姿を見かけなかったけど」

「来られなかったのよ」メレディスは言った。

「ちょっと具合が悪くて。わたし、おばあちゃんに、もしたいへんなら毎日迎えにくることないって言ったの。わたしはもうひとりで帰れるからって」

「わたしだって」

言葉が口をついて出た――ちょっとむきになってたかも。メレディスに、自分ひとり大人ぶってほしくなかったから。

「じゃあ、おばあちゃんは病気なのね?」わたしはたずねた。

なるべく無邪気に疑いを招かないよう気をつけながら。

「病気じゃないわ」とメレディス。

「事故みたいなものね」

「事故?」背中がぞくっとした。

「そう。階段でつまずいて、ころげ落ちたんだと思う」

「階段を?」

わたしは言った。胸がドキドキして、いやな考えが次々に浮かんできた。

「そう。目のせいだと思うわ。もう昔のようには見えないから。最初の段を踏みそこねたか、じゅうたんに足を引っかけたかして、落っこちたの――一番下まで」

「一番下まで？」

わたしはまだ疑いながらくり返した。

「そう。ドタン、バタン、ドタン！」と、メレディスは言った——まるで楽しんでいるかのように。

「一番下までね。それから、ドスン！　と壁にぶつかったの！」

「壁に？」わたしは言った。

「けがはなかったの？」

「あったみたい」メレディスは言った（その声は楽しそうに聞こえた）。

「ひどくはないんでしょ？」

「打ち身に切り傷ね」とメレディス。

「救急車は呼んだの？」

「ほかの人に面倒をかけるのはいやだったの。ちょっと救急処置のやり方を知っていたから、わたしが手当てしたわ」

「手当てって——わかった。じゃあ、骨は折れてないのね？」

「とんでもない」とメレディス。

「どこも折れてないわ——少なくとも、今回はね」

どういう意味だろう？　わたしはメレディスをしげしげとながめた。でもその顔はとても無邪気そうだった。

「『少なくとも、今回は』っていうことは、また起きると思ってるわけ？」

「それはわからないわ。おばあちゃんくらいの年になるとね。もちろん、起きないように願っているけど。でも、先のことはわからないもの」

「ちゃんと気をつけるように言っておけばよかったのに」

「言っておいたわ」メレディスは言った。

「ちゃんと注意したわ。たっぷり、じゅうぶんにね」

わたしは、母さんといっしょにおばあちゃんのお見舞いに行こうかと言おうとした。ケーキかブドウか雑誌か、おばあちゃんが喜びそうなものを持ってね。でもメレディスは、おにごっこをしていたグループに入っていってしまった。いつものメレディスとは思えない。ふだんは仲間と遊んだりしないのに。でもなぜか今日は違った。それにかなりご機嫌な様子だった。

メレディスのおばあちゃんは、次の日も、その次の日も来ないまま、週末の休みになった。でも次の月曜日の午後には、また校庭に姿を見せた。いつもどおり、メレディスを家に連れて帰るために。

わたしはおばあちゃんが来るのを教室から見ていた。窓ぎわの席は、ちょっと好奇心の強いわたしにはぴったりだった。何か起きたらずっと見ていられる。とりたててなんでもないときでも、わたしは外をじっと見ているのが好きだった。

おばあちゃんの目のまわりにはあざができていた。ううん、正確には黒というより、いろんな色合いの青と、もっとたくさんの色合いの紫のあざ。

かわいそうなおばあちゃん。階段を落ちてすごい勢いで壁にぶつかったんだ。

メレディスがワークブックから目を上げて、外の校庭にいるおばあちゃんの姿を見つけた。そしてちょっと顔をしかめ、歯ぎしりした。まるでかんかんに怒っているみたいに。

終業のベルが鳴った。

わたしたちは持ち物をまとめ、コートを取って校庭に出た。母さんはまだ来ていない。月曜日は働きに出てるから、よく遅くなる。わたしは塀に座って母さんを待った。

そのとき、だれかがわたしを見ているのに気づいた。振り向くと、それはメレディスのおばあちゃん、グレースだった。訴えるような目つき。最後の望みをたたれたような、途方にくれた、みじめな様子だった。まるでわたしが最後の希望だったみたいに。

「あなたも同じね」とおばあちゃんの瞳《ひとみ》が語っている。

「あなたも信じてくれない。だれも信じてくれない。だれも。わたしは完全にひとりぼっちで、決して助けは来ない」

わたしは顔をそむけた。いやな気分。でも、わたしに何ができる？　おばあちゃんが年を取って頭が変になって、孫が魔女だなんて想像し始めても、わたしのせいじゃない。体が盗まれたとか、おばあちゃんが本当はわたしと同い年だとか、そんなばかなことを信じるなんて、期待するほうがおかしいよ。そうでしょ？

メレディスが姿を見せた。ひと言も言わずに、ひじでおばあちゃんをつつき、リュックを手渡して持たせた。それからふたりは校庭を去っていった。

ふたりの帰る道は、わたしの座っている塀の向こう側だった。わたしは背中を向けていたので、ふたりはわたしがまだそこにいるのに気づいてなかったと思う。

ふたりの会話は険悪《けんあく》だった。かなり一方的な会話で、しゃべっているのは全部メレディス。おばあちゃんはただ聞いているだけだった。そうしたかったのかどうかはわからないけど。

メレディスの声はひかえめで低かったけど、刺すように鋭かった。

「言ったはずだよ！」メレディスは怒った。

「その日のあざがきれいに消えるまでは学校に来るなって！　でしゃばり屋たちが首を突っこんできて、あれこれ聞かれるのはごめんだ。これからはわたしの言うことをちゃんと聞いて、言ったとおりにしたほうが身のためだよ。さもないともっとひどいことになるからね。いいかい、ちぎれるほど耳をねじってやるからね。それに、次は階段から突き落とすくらいじゃすまないよ。もう一度階段の上まで押し上げてやろうか。楽しみにしてるといい」

わたしは息をのみ、そっと塀からすべり降りた。ふたりは塀の向こう側で立ち止まっている。わたしはその会話をひと言ももらさず聞きたかったけど、姿を見られたくはなかった。

「ごめんなさい、メレディス。そんなつもりじゃなかったの。ただ外に出たくなっただけ。一日じゅうひとりきりでいるとさびしくて――」おばあちゃんは言った。

「さあ、口を閉じて泣き言はやめるんだね」

メレディスは言った。その声はまだ低くおさえた感じだったけど、突き刺すような響きがあった。

「お前の体を盗むより、もっとひどいことだってできるんだから。気をつけないと、お前をぬるぬるしたナメクジに変えることもできる。時がたてばすぐ、それができるようになるのはわかっているだろう。それともうひとつ、二度とあの赤毛のそばかす娘としゃべったりしないようにするんだ。お前があいつに何をしゃべったかは知らないが、もうしゃべりすぎだよ。あいつはひと言だって信じないだろうけどね。あいつには、お前が老いぼれて半分頭が変になってるって言っておいたから。どっちにしても、ばかな娘だからお前を信じたりなんかしないさ。虫けらほどの想像力ももち合わせてないからね。だけどほんのちょっとでもお前にチャンスをやるつもりはない。だから言うとおりにするんだ。でないと、入れ歯だけじゃすまなくなるよ。ぺしゃんこの鼻で歩きまわるはめになる。さあ、行くよ。家に帰って、お茶を入れるんだよ。今夜はちゃんとしたものを食べさせてほしいもんだね。前みたいにソーセージを焦がしたりしないほうがいいよ。もし焦がしたら、それをネコのえさ入れに入れてお前に食べさせてやる。キャットフードとまぜて――レバー味のね！」

そしてふたりは行ってしまった。

世界がわたしのまわりでぐるぐるまわる。足元の校庭が揺れているみたい。胸がドキドキして、めまいがした。

本当なんだ！　本当のことだったんだ！　おばあちゃんがわたしに言ったことはすべて、グレースが本当はメレディスで、魔女に体を盗まれたっていう話は本当だった。

わたしは必死であたりを見まわした。どうすればいいんだろう。だれに話したらいい？　先生？　校長先生？　親たちのだれか？　友だち？　おまわりさん？　交通整理の人？　緑のおばさん？　母さん？

だれにも言えない。とても信じてはもらえない、今の会話で真実を突きつけられるまで、わたしがおばあちゃんを信じなかったように。みんなは、わたしも頭が変になりかけていると思うだろう。そしてゆっくり療養するようにと、どこか静かないなかに送りこむだろう。そこでかごを編んだり特別な薬を飲んだり、午後にはゆっくり昼寝をしたりするんだ。

だれにも言えない。わたしひとりだけ。本当のメレディスを助けられるのは、たったひとり。わたし、カーリー・テイラーだけだ。

ぞっとした。いい気分と悪い気分とひどい気分が入りまじる。パニックになりそう。事故のたったひとりの目撃者になったみたいだった。だれかがおぼれて助けを求めている。そして助けられるのはまわりに自分ひとりしかいない。でも自分もたいして泳げない。

自分にはとても無理な気がした。でもそれは重要じゃない。何かしなければいけないんだ。本当のメレディスに、今は信じているって知らせなきゃ。メレディスが老いぼれ魔女の体に閉じこめられ、魔女がメレディスの体に入っているってことを。もし友だちになってあげることしかできなくても、少なくともそれくらいはしなくっちゃ。

そして、教室でわたしの隣に座り、メレディスのふりをしている——いつも上手な答え方を知っていて、説明を聞く前になんでも知っているように見える——魔女には気づかれちゃいけない。今までどおり感じよく親しくふるまわないと。家に誘ってみてもいいかもしれない。

こっそりわたしが知っていることに、気づかせないように。魔女が魔女の体にもどり、本当のメレディスがメレディスの体にもどるまでは。これが終わるまでは、わたしが真相を知っていることはさとらせない。

そうだ。そうなればいい。そうしなくちゃ。

盗まれたなら、盗み返すことだってできるはず。呪文《じゅもん》をかけられたのなら、逆の呪文をかけてやれるはず。ただ、なんでもそうなんだけど、問題はその方法を知っているかどうか。とにかくその方法を見つければいいんだ。どこかに必ず答えがある。そのありかを探して、見つけ出せばいい。★ハロウィーンの月に〈幽体離脱〉はうまくいかないことはだれでも知っている。それにメレディスに頼んで、新しいすてきな体をあっさり手ばなしてもらうなんて無理だろう。自分から離れようとはしないに違いない。追い出さなくては。

何か方法が、手段がある。きっとあるはずよ。

でも何よりも大切なのは、おばあちゃんに知らせること。わたしが今では信じているって、もうひとりぼっちじゃないっていうことを。おばあちゃんに会わなくちゃ。

母さんが迎えにきた。

「カーリー、大丈夫？　なんだかぼーっとしているけど——どこか遠くにいるみたいよ。また空想にふけっているの？」

「ううん、ただ考えごとをしていただけ」

「あなたはときどき考えすぎなのよ」

でもわたしはそうは思わなかった。考えすぎていけないなんて信じられないね。考えれば考えるほどいいはず。

今もそう思ってる。

わたしは母さんと歩いて帰りながら、考え続けた。玄関に着くころには、心の中ですでに、ある計画が形を取り始めていた。本当のメレディスを自分の体に返してあげる計画が。

「知識は力なり」

父さんはよく言ってた。その力が隠されている場所、その知識が見つかる場所がわかった。

★ハロウィーン＝十月三十一日（万聖節《ばんせいせつ》前夜祭）。もとは新年を迎えるお祭りで、死者の霊がこの世にもどって来るとされている。

9 呪文

時間はあらゆることをやってのける。まるで魔術師のように。秋を春に変え、赤ん坊を子どもに変え、種を花に、おたまじゃくしをカエルに、あおむしをさなぎに、さなぎを蝶に変える。そして、生を死に変える。時間にできないことは何もない。ただ、時を逆もどりさせること以外は。そこが問題。時が一方通行でしかないということが。時間はまるで川のよう、逆に流れることはない。

でもわたしの経験では、何か問題を抱えていたり、かないそうにない願いを抱いたりしたときでも、じゅうぶん待つ余裕があれば、たいていの問題は時間が解決してくれる。時間は誕生日やクリスマスを連れてきてくれて、プレゼントを置いていってくれる。ほしいものが手に入る。ただじっとがまんしていればね。それがたいへんなんだけど。

このときもそうだった。わたしは時をうかがい、メレディスに聞かれずにおばあちゃんとふたりきりで話せるチャンスを待っていた。

メレディスはタカのような目でおばあちゃんを見張り、シェパード犬のようにそばを離れなかった。先に教室を出て、おばあちゃんと話そうとしてみたけど、メレディスはいつもわたしより先に着いていた。わたしは目つきや顔つきで、今では信じてるし味方だってことをおばあちゃんに伝えようとしてみた。助ける計画があるってことも。でもおばあちゃんはめったに目を上げない。うつむいて、ずんぐりした古い靴を見つめているばかり。希望はすべてなくなり、残されたものもゆっくりと消えていくだけといった感じだ。

でもある日、下校する時、校庭を去るおばあちゃんに、メモをこっそり渡すことができた。メレディスはおばあちゃんの数歩先を歩いていた。わたしはおばあちゃんの手にメモを押し付けた。その肌は年のせいでかさかさして、まるで枯れ葉のようだ。ぼろぼろにくずれてしまうんじゃないかと思うくらい。

わたしはメモにこう書いた。

「あなたの言うことを信じます。水曜日、〈メレディス〉の練習日、早めに来て。でも校庭に来てはだめ。わたしはこっそり出ていくから、向こうの電話ボックスのそばで会いましょう。緑のおばさんのそば。来るまで待ってます。〈メレディス〉にはこのメモを見られないように。カーリーより」

わたしがその折りたたんだメモを手に押し付けたとき、おばあちゃんは反応を示さなかった。振り向かず、ちらっとわたしを見ることもしなかった。メレディスに見られて、勘ぐられるのが怖かったんだろう。

でもそのメモを、だぶだぶの古いコートのポケットにすべりこませるのが見えた。これで大丈夫。メモを読んだら、できるだけ早く始末してくれるだろう。家に帰って「トイレに行かなくっちゃ！」と言って、直行するところを思い浮かべた。

年を取ると、トイレが近くなってしまうことがあるから、おばあちゃんがコートも脱がずに急いで階段を上がっても、メレディスは怪しまない。トイレのドアに鍵をかけてからそのメモを読んだおばあちゃんが、希望と元気を取りもどすところが目に浮かぶようだ。それから丸めてトイレに流し、完全に流れてしまうのを確かめてから階下に下りるだろう。

そして、次の水曜の午後に、わたしと会うためこっそり出てくる計画を練るだろう。メレディスが学校劇の練習で、コンスタンチン先生に「もっと感情をこめて、メレディス。もっと感情を！」と言われながら、背が高くほっそりした役を演じている間に。

先生はわたしにも一度同じことを言った。わたしはただの〈リスその3〉なんだけど。リスに感情なんてないと思う。

「もっと感情をこめて、カーリー！　役になりきるんだ。リスのように考えるんだ！リスになりきって！　リスとして生きるんだ！　どんぐりをなくして、二度と見つけられないときの、リスの気持ちになって！　さあ、感情を豊かに！」

うん、先生ならできるかもしれない。先生は生まれつき感情豊かだから。だけど、どんぐりをなくしたリスの気持ちなんて、わたしにわかるはずがない。たかが木の実を二、三個なくしたくらいで、感情豊かになんかなれないよ。


おばあちゃんは来ていない。遅い。わたしは母さんが〈大事なお話〉をしている間、校庭から外をのぞいて、電話ボックスのほうへ歩いた。

「道路を渡りたいの？」

横断の手伝いをしたくてたまらない、緑のおばさんに聞かれた。たぶん、車の流れを止めるのが大好きなんだと思う。いつもできるだけ長いこと車を止めて、運転手をいらいらさせてるんだ。

「いいえ、ありがとうございます」わたしは答えた。

「待ち合わせをしているの」

「いったん道路を渡って、またもどってきてもいいのよ」

「いいえ、結構です」

ラッキーなことに小さい子たちがやってきて、緑のおばさんのお客になってくれた。

わたしは電話ボックスのそばで待っていたけど、おばあちゃんの姿は見えない。心配になってきた。もうすぐ校庭にもどらなきゃ。でないと母さんが捜しに来る。悪くすると、メレディスが劇の練習を終えてきて――。

おばあちゃんだ。ゆっくりやって来る。つえをついて歩いている。急いでいるつもりなのは顔つきからわかったけど、かわいそうな老いた脚はちっとも急いでいるように見えない。真剣な顔になればなるほど、脚がいうことをきかなくなるように見えた。

わたしは走っていった。

「どうしたの？」わたしは言った。

「遅いよ。もう来ないのかと思っちゃった。もうあんまり時間がないの。もうすぐ練習が終わると思う。だからちゃんと聞いて。今は同情やなぐさめの言葉を言ってる暇がないから。あなたのことをかわいそうだとは思ってるよ。でも大事なのは、今ではわたしが信じているってこと。話を立ち聞きして、あなたが階段から突き落とされたことがわかったんだ。でも聞いて、いい考えがある――元の体を取りもどす方法。わたしがそれを教えたら、覚えていられる？」

おばあちゃんはうなずいた。

「たぶん。まだ頭は大丈夫だから」

「オッケー。じゃ、聞いて。明日、家でひとりきりになったら、家じゅうを探してあの本を見つけるの。わたしに話してくれた、あの大きくて分厚い、金属の留め金のついた本――なんて名前だったっけ？」

「『ネクロマンシー』？　それのこと？」

「そう、それ。いい？　魔女は呪文を使うわよね。でも、全部はとても覚えていられない。だから書いておいたんだ。その本の中に、あなたを元の体にもどす方法も書いてあるはず。それさえわかれば、わたしたちにもできる。そう思わない⁉」

わたしは興奮していた。でも、相手にはそれが伝わっていない様子だった。

「でも、もしそこに呪文がなかったら？」

「どこかにはあるはずよ。もし見つからなくても、だめでもともとでしょ。少なくともそれでやることができたじゃない。チャンスはある！」

「わかったわ、やってみる」彼女はうなずいた。

「もしその呪文を見つけたら、書き写してわたしに渡して」

「どうやって渡すの？　メレディスはいつもわたしを見張っているのよ」

わたしにはいい考えがあった。

「わかった！　郵送してくれればいいのよ！」

「いい考えね」おばあちゃんは言った。

わたしは自分の住所を教え、ちゃんと覚えているか、何度もくり返して確認し合った。

「オッケー。手紙を待ってるね。もう行ったほうがいいな。練習はそろそろ終わるし、もしわたしたちがしゃべっているのをメレディスに見られたら、何かあったってわかってしまうでしょ」

「カーリー！　カーリー！」母さんが校門のところに立って、呼んでいる。

「そこで何をしているの？　通りにふらふら出ちゃだめって言ったでしょ！」

「ごめんなさい、母さん」

「いいわ。いらっしゃい、帰る時間よ」

「さよなら、グレース」わたしはおばあちゃんに言った。

「ううん……メレディス……ええと……まあいいや、とにかく、さよなら。あの本を見つけるのよ！」


わたしは母さんのほうへ走っていき、おばあちゃんは学校に向かった。メレディスが練習を終えて出てくるのが見えた。それから、わたしが母さんと帰るとき、ふたりの声が塀の向こうから聞こえた。

「早く来てこの辺をぶらついたりしなかっただろうね？」

「しなかったわ」

「だれとも話をしなかった？」

「しなかった」

「ならいい。でないと困ったことになるよ。じゃ、おいで。ほら、かばん。行くよ」

「カーリーが話していた相手は、メレディスのおばあちゃん？」

母さんが家に帰る途中に聞いた。

「うーん——そう、そうみたいね」とわたし。

「なんだかおさびしそうだったわね」母さんが言った。

「そのうち家にお招きするのはどうかしら。どう？」

「うん、それはいい考えだと思うよ」わたしは言った。

その先の計画も、すでに頭の中でできあがりつつあった。念には念を入れ、裏の裏まで考えて。頭をフル回転させた。

わたしに女きょうだいができるかもしれない。

本当はいるはずだった妹、いや実際にいたんだけど、ほんの少ししか生きられなかった妹。だれかがあの子の代わりになれるとは思わない。そんなことは望んでもいない。そういう意味じゃないんだ。そうじゃなくて、埋め合わせをしてくれるんじゃないかなって思うだけ。だれかほかの子が家にいてくれたら、ぽっかり空いた穴を埋めてくれて、わたしたち——わたしと母さんと父さん——が感じている、痛みと悲しみをいやしてくれるかもしれない。それに、わたしもメレディスの役に立てる。助けてあげられる。これはわたしのためだけにするんじゃない。わたしは人を助けようとしているんだから。

その呪文は、二日後、郵便で届いた。それまで、呪文が郵便で届いたことなんて一度もない。はがきや誕生日カードとかは受け取ったことがあるけど、呪文を受け取ったことなんかない。それはわたしくらいの子どもの字の、走り書きだった。添えられたメモには、こう書かれていた。

「カーリー、あなたの言うとおりだった。あの本を見つけたわ。これがその呪文。魔女でないと使えない呪文もあるけど、ほかの呪文はだれでも使える。正しい材料と正確な言葉を知っていれば。この呪文もそうだと思う。でも、わかってると思うけど、ひとつ問題がある。あなたならその問題を解決する方法を思いつくかも。次の水曜日、前と同じ時間かちょっと早めに、電話ボックスのところで会いましょう。

見かけはおばあさんだけど中身は若い、あなたの友人、本物のメレディスより。

追伸　わたしを信じてくれてありがとう」

わたしはその呪文を読んだ。何が問題なんだろう？　何か手に入れなくてはいけないものがあるのかもしれない。手に入れられそうもないもの、たとえばイモリの目玉を煮たやつとか、生きているトカゲの舌とか、リスが埋めて忘れてしまった木の実とか。

いや、違う。そういうものじゃなかった。特別なものは何もいらない。ただその言葉を指示どおり――一字一句間違えず――言うだけでいい。体と心が入れ替わったふたりの目の前で。

じゃあ、何が問題なんだろう？　わからない。メレディスが何を言ってるのか理解できなかった。

そしてやっとわかった。問題は――「ふたりいっしょに」ってところだ。長い呪文が読み上げられ、自分が盗んだ若い体を奪い返されて古い体にもどされるまで、魔女は部屋にじっと座ってなんかいないだろう。そんなことになる前に、けりつけ、叫び、引っかき、つばをはきかけてくるだろう。吠《ほ》えたり、わめいたり、目をえぐろうとしたりして戦おうとするだろう。わたしやおばあちゃんの髪をかきむしり、自分の髪やネコの毛まで引っこ抜くかも。それが唯一の、そして最大の問題。方法はひとつしかない。魔女を眠らせるか、あるいは、意識不明にさせる。

しばらく、人を意識不明にするにはどうしたらいいんだろう？　考えついた方法はひとつだけ。れんがで頭をなぐりつける。

うーん。

れんがを使うのは問題外だ。魔女を意識不明にするためには、メレディスの体をれんがでなぐらなくちゃいけない。つまり、呪文を使ったあと、メレディスが自分の体にもどったら、すごい頭痛と大きなたんこぶを抱えているってわけ。もしかすると頭蓋骨《ずがいこつ》が骨折しているかも。

これはまずい。

母さんはまだ、メレディスのおばあちゃんのことを気の毒に思っていた。母さんは約束を守るたちだったので、ある日の放課後、ふたりをお茶に招待した。

「みんなで楽しくやりましょう」母さんは言った。

「あなたは庭でメレディスと遊べばいいし、わたしはおばあちゃんとおしゃべりする」

「おばあちゃんとするような〈大事なお話〉があるの、母さん?」

「あるかもしれないわよ。わからないけど」

母さんは言って、ちょっとおかしな目つきをした。わたしがからかっているとでも思っているみたい。

メレディスはわたしの家に来たくなかっただろう。だれともあまり親しくなりたくないんだから。しかも、おばあちゃんがだれかと親しくなるのはそれ以上にいやがっている。母さんみたいな人が、ふたりに興味をもちすぎて、ややこしい質問なんかしてくるのは避けたいはず。でも、招待を断るのは失礼だと思ったんだろう。

その招待は大成功とはいかなかった。メレディスはわたしとはあまり遊びたくないらしくて、テレビを見たりパソコンをいじったりしてばかりだった。インターネットにとても興味があるみたい。わたしは勝手にさせておいた。きっと、魔女のサイトでも探しているんだろう。

わたしは忍び足でキッチンまで行った。母さんがお茶とケーキの用意をしている。おばあちゃんとの会話のタネがつきたようで、部屋には気まずい沈黙がただよっていた。

「メレディスはパソコンをしているの、母さん。わたしがおばあちゃんにお庭を見せてあげてもいい？」

わたしは助け舟を出した。

「ああ、そうしてくれる、カーリー」母さんはほっとして言った。

「それがいいわ。お茶の用意ができたら呼ぶわね。あと五分くらいかしら」

わたしはおばあちゃんを外に案内し、庭のベンチに座った。そこなら、だれにも見られないですむ。

「聞いて」わたしは言った。

「最後まで黙って聞いてね。送ってくれた呪文は受け取ったし、問題点はわかってる。魔女を意識不明にしないといけないね。わたし、ずっとその方法を考えてたんだ。最初は、れんがで思い切りなぐればいいと思ったけど、それはそれで問題があってだめ。何かを飲み物に入れなきゃ」

おばあちゃんはわたしを見つめた。

「でも、何を？　眠り薬みたいなものは何も持ってないわ。飲み物にれんがを入れられるわけないし」

「違うよ、でも手に入れられるじゃない」

「何を？」

「睡眠薬」

「どこから？」

「お医者さんから」

「お医者さん？　でも、お医者さんはわたしに睡眠薬なんて絶対にくれないわ。わたしはまだ……」

「わたしはまだ子どもなのよ」って言おうとしたんだ。

でも、もちろんそうじゃない。少なくとも、お医者さんの目には。関節炎のせいで何日も夜眠れない、かわいそうなおばあちゃんに見えるはず。睡眠薬をもらうのに、何の問題もない。

「どう？　できる？」わたしは言った。

おばあちゃんはうなずいた。

「きっと手に入れられると思うわ。それからどうするの？」

「それから、わたしを家に招待して」わたしは言った。

「なんですって？　でもメレディスが――」

「母さんがあなたたちを招待したんだよ。もしお返しに招待しなければ変だよ。メレディスだって、それくらいわかるでしょ。普通にして、疑われないことだけを望んでいるんだから。だから、わたしたちを家に招待して。わたしは母さんを家に置いてくるようにする。そっちの家に着いたら、あなたがお茶の支度《したく》をする、わたしはメレディスと遊ぶ。前もって睡眠薬を細かくくだいておいて、わたしたちが遊んでいる間に、メレディスの飲み物に何錠分か溶かすの。入れすぎないように気をつけてね。しばらく眠らせる分だけでいい。だって、いったん呪文がきいたら、あなたは自分の体にもどるんだから。何週間も眠っていたくないわよね？

とにかく、飲み物に睡眠薬を入れてから、わたしたちにお茶だって知らせて。メレディスはミルクか何か、睡眠薬の入った飲み物を飲む——すぐテーブルで眠りに落ちる。テーブルの上にあるゼリーか何かに顔をうずめてね。それからすぐ、わたしたちは呪文にとりかかる。わたしが呪文を暗誦《あんしょう》するよ。数秒で、あなたは元の自分の体にもどり、魔女も自分の体にもどる」

「でも、かんかんに怒るんじゃないかしら？」おばあちゃんが言った。

「この年取った体にもどったら、すぐに目が覚めるわけだし、そしたらものすごく怒るでしょう。そのときわたしは眠っているし。わたしが目覚めるまでは、あなたと魔女のふたりだけなのよ」

そこまで考えてなかった。魔女はわたしを絞め殺そうとするかもしれない。れんがでなぐりかかるかも。元のか弱い、年取った体にもどってはいても、人は怒るとどんな力を出すかわからない。怒るのはたしかだ。それは絶対、間違いない。

「そのとおりだね」わたしは言った。

「あなたも睡眠薬を飲まなくちゃいけないな。多めに。そうすればメレディスの体のほうが先に目覚めるから、ふたりで逃げられるよ」

するとおばあちゃんは次の質問をした。

「カーリー、逃げるってどこに逃げるの?」

でもその答えは、すでに考えてあった。

「ここだよ! ここに帰ってくるの! わたしといっしょに、この家にね!」

「でもご両親——お母さんやお父さんが」

「それは前もって話を合わせておこうよ」わたしは言った。

「あなたはひそかに、わたしの母さんと話をする。年を取って、健康状態がおとろえてきたのが不安だって言うの。もしメレディスの面倒が見られなくなったら、どうなるか心配だって。母さんのことだから、そうなったらメレディスはうちに来ていっしょに暮らすといいって言うでしょう。カーリーはずっと女きょうだいをほしがっていたからって。あなたがその女きょうだいになるってわけ!」

「ええ、でも——」

「でもは、なし。決めたとおり、うまくいくはずよ。それに、わたしの父さんは弁護士なの。父さんに頼めば、遺言を書く手伝いもしてくれる。自分に万一のことがあったら、メレディスはうちに来て暮らすようにって内容の遺言。わたしたちにメレディスの保護者とかになってほしいっていう遺言。そうしなくちゃ。やらなくちゃ。魔女と暮らしてなんかいられない。自分の体を取りもどしたら、魔女はまた盗もうとするかもしれない。それとも、もっとひどいことをするかも。ヘビにしちゃうとか、冷めて固くなった★ライスプディングに変えちゃうとか」

「そうね、ただ――」

「うまくいくって。本当に。あの魔女が目覚めて、元の自分の体にもどっていることに気づいたら、たぶん発作を起こして、救急車で運ばれることになると思うよ、そうでしょ？　壁にクッションが貼ってあるような、ああいう特別な部屋にね。自分を傷つけないよう、れんがなんかは注意深くしまいこまれている場所。さあ、どう？　うちに来て、わたしの親友のような女きょうだいになって、いっしょに暮らしたくない？　どう？」

おばあちゃんは手をさしのべ、わたしの手を取った。

「何よりもそうしたいわ、カーリー。世界中の何よりも」

「わたしもよ。じゃあ、これで決まり。わたしのそばかすは気にしないでね――伝染しないから」

そのとき、母さんがキッチンから呼んだ。

「お茶の用意ができたわ！」

「用意ができたわよ！　カーリー！　お茶の用意ができたわ！」

「行きましょ」わたしは言った。

「中に入って、これ以上しゃべらないほうがいい。メレディスに疑われたくないから。ただ、することは覚えておいて。ひとつ、お医者さんに行って睡眠薬をもらう。ふたつ、わたしの母さんに、自分の身に何かあったらメレディスがここで暮らせるようにしてほしいと話す。ああ、それから三つめ――わたしをあなたの家のお茶に招待する。そして四つめは、何をするときも、メレディスに疑われないようにすること。いつもどおりにふるまうのよ。わかった？」

「わかったわ。ありがとう、カーリー。わたしを信じて、こんなにいろいろしてくれるなんて！　ありがとう」

「どういたしまして。あなたはどうか知らないけれど、わたしはおなかがすいて死にそう。入りましょ」

そしてわたしたちはお茶を飲みに入った。その前に、わたしはパソコンの前にいるメレディスを呼びにいった。

「お茶よ、メレディス。母さんの呼ぶ声が聞こえなかった？」

「ごめんなさい、夢中だったから」

★ライスプディング＝お米を煮た甘いデザート。

メレディスはそう言って突然、不安そうになった。

「おばあちゃんはどこ?」

「キッチンよ。母さんとしゃべってる」わたしは教えた。

「ずっとそこにいたの?」

メレディスは立ち上がってパソコンの電源を切りながら聞いた。

「そうみたいよ」

わたしは答えた(ふだんは嘘には反対なんだけど、魔女が相手のときには、喜んで嘘もつく)。

「わかったわ。じゃあ、お茶ね?」とメレディス。

「そう、お茶」

わたしはうなずいた。そしていっしょにキッチンに行った。

おばあちゃんはほとんど何も食べなかった。スズメの涙くらいしか食欲がなかったみたい。でも、メレディスは豚のように食べた。こんなにすらっとやせているのに、平らげたなんてものじゃない。がつがつとすごい勢いで食べ尽くした。魔女についてわかったことがひとつあるとすれば、甘いものがものすごく好きだってこと。

三、四日後、わたしはおばあちゃんが校庭にいるのに気づいた。メレディスが見ているから、話はできなかった。でも、メレディスが背を向けている間に、おばあちゃんはウインクして、声に出さずに「手に入れたわ」と口を動かした。そして小さな茶色のガラスびんをポケットから取り出してみせた。

じゃあ、手に入ったんだ。お医者さんに行って、睡眠薬をもらってきたんだ（おばあちゃんはとっても年を取っていてくたびれて見えたから、眠らずにいるほうが難しいって感じだったけど）。

でもおばあちゃんは、ほかにもいろいろすることがあったらしい。お医者さんに行くだけじゃなくて。そのことはあとでわかった。

次の日、学校の帰り道で「メレディスのおばあちゃんが、今朝電話をしてきてね」と、母さんが言った。

「いっしょにコーヒーを飲んだの」

日が短く、暮れるのが早くなっていた。歩道は枯れ葉におおわれている。わたしは冬がきらい。寒いのはいい。それは気にならない。何枚も何枚も重ねて着こむのもとっても好き。まるで小包になったみたいな気持ちになる。わたしがきらいなのは、暗いこと。昼間がこんなに早く終わってしまうこと。

わたしは、何げないふりをして聞いた。

「へえ？　電話がきたの？　それで、会ったのね？　何の話だったの？」

母さんはわたしをちらっと横目で見た。わたしの反応が気になっているようだ。

「カーリー、母さんにはもう、あなたのきょうだいを産んであげられないっていうのは、わかってる？」

わかってるよ。前に聞いたから。でも、理由はよく知らない。あの子が未熟児《みじゅくじ》で生まれたことと関係があるんだと思う。もうひとり産むと、母さんの体があぶないんだ。そうでなければ、母さんは子どもを産んでいたと思う。山ほどね。家じゅう子どもでいっぱいになるくらい。

「話というのはね、カーリー——ああ、ここに座りましょうか」

わたしたちは木の下のベンチに座った。立ち話とか、歩きながらする話じゃないらしい。ちゃんと座って話すということは、大事な話なんだろう。

「カーリー、メレディスのおばあちゃん、グレースさんがとてもお年を召しているのは知っているわね？」

もちろん。だれにだってわかるよ。もうちょっと年を取っていれば、すごく貴重な存在になるくらい。

「ええ、知ってるわ。それがどうしたの？」わたしは言った。

「そうね、グレースさんは少しご心配なの。年を取って体が弱くなり、メレディスの面倒を見られなくなったらあの子はどうなるか。だから母さんに頼んでいらした――」

わたしは何も言わなかった。じゃまをしたくなかった。次に何を言うのかはわかっている。

「万一のことがあったら、わたしたちに、メレディスの面倒を見てもらえないか――そのお気持ちはないでしょうかって。メレディスをうちに連れてきて面倒を見てもらえないか――父さんと母さんがメレディスの後見人《こうけんにん》になるよう、遺言に書いてもいいかって」

「で、母さんはなんて答えたの？」わたしは聞いた。

「考えさせてください、よく話し合ってからお返事しますって言ったわ。あなたはどう思う、カーリー？　おばあちゃんがメレディスの面倒を見られなくなったとき、メレディスがうちに来ていっしょに暮らすとしたら、どう？」

「いいよ！」わたしは叫んだ。

「ぜったい、いい！」

そして、あんまり熱心すぎるって思われないように少し押さえてつけくわえた。

「つまり、わたしは気にしないってこと――もし母さんがそうしたいならね――わたしは本当にどっちでもいいんだ——わたしにとっては同じこと」

　母さんはにっこりした。

「よかったわ。じゃあ今夜、父さんに話をしてみるわね。父さんの答えは母さんと同じだと思うけど」

「どっちなの？」

　わたしは息をのんでたずねた。母さんはもう、うちに子どもはほしくないかもしれないって、急に心配になったんだ。

「もちろん、いいに決まってるじゃない！　ほかにどうするっていうの？　メレディスを施設とか、知らない人に預けるなんて考えられないわ。ここにわたしたちがいて、部屋も余ってるし、あなたが女きょうだいをほしがっているっていうのに。断れと言われても、断れる話じゃないわ。そうでしょ？」

「そう、もちろん、そう。わたしもそう思う」

　それでだいたい決まったようなもんだった。父さんの意見も同じなのはわかっていたけど、いちおう礼儀としてたずねた。父さんだって、自分の意思が無視されたり、自分ぬきで決められるのは、いやだと思うから。

「メレディスのおばあちゃんに何かあるとはあまり思えないけどな」父さんは言った。

「ことわざにもあるの、知っているだろう――『きしむドアほど長持ちする』って」

わたしは知らなかった。

「どういう意味なの――『きしむドアほど長持ちする』って?」

「年を取ってよぼよぼで、今にもぽっくりいきそうな人のほうが、元気そうな人より長生きするっていうことだよ」

「ふーん」

わたしはそう言って、考えこんだ――それはあとでわかるだろう。メレディスが元の体にもどって、魔女が自分の体にもどったら、そのきしむドアがどのくらいもつか。長くはないだろうと思う。魔女が目を覚まして、自分がまた老いているのに気づいたら、ショックで死んでしまうかも。

これで決まり。準備万端。メレディスはうちに来ていっしょに住むことになる。用意はできた。計画を立て、睡眠薬と逃亡先と呪文を手に入れた。あとは、メレディスの家に招いてもらうだけ。そうしたら、すべてを実行に移すことができる。

長くはかからなかった。次の日、お招きはやって来た。驚いたことに、メレディス自身から。

10 眠り

「カーリーをお茶に呼んで、いっしょに遊んでもらっていいですか？」

わたしたちは校庭にいた。母さんはあたりを見まわして、その日、〈大事なお話〉がどこで話されているか探していた。メレディスのおばあちゃんは、校門のほうに向かって、よろよろ道路を歩いてくるところ。このごろ、ますますつえを使うようになり、体がどんどんこわばってきたようだ――まるで棒みたいに。

メレディスは教室から出てくるとき、わたしの真後ろにいて、母さんの姿を校庭に見つけるとすぐ、近寄ってそう言った。わたしにも聞こえるように言ったけど、そういうことはまずわたしに言うべきじゃないかって気がした。お茶に行くかどうか決めるのは、わたしじゃないの？　母さんが決めることじゃないよ。

「カーリーは喜ぶと思うわ」

母さんが返事をして、わたしの答えを待った。わたしはただ肩をすくめて、うなずいた。だれにも疑われないよう、自然な感じで。

「うん、楽しみ。ありがとう」

そのとき、おばあちゃんがやって来た。

「いいわよね、おばあちゃん。一度、カーリーをお茶に呼んでもいいでしょ?」

メレディスが言った。

「もちろんですとも」

おばあちゃんはお年寄りらしい声で言った。

「ご迷惑でなければいいんですが」

母さんが急いでつけくわた(でも、そういう言い方ってあまり好きじゃない。わたしを招待するとすごい迷惑みたいじゃない。あんまりいい感じじゃないよね?)

「迷惑だなんて、とんでもない」おばあちゃんは言った。

「来ていただくのが楽しみですよ。カーリーが迷惑をかけるなんて、想像もできないわ」

そして、メレディスと母さんが見ていないすきに、ウインクをした。〈共犯者〉のウィンク。銀行強盗とかなんとかをいっしょにたくらんでいて、すべて準備は整い、決行の日がやって来たっていうときの。

「いつがいいかしら?」母さんが言った。

「今日はだめね。午後、カーリーはバイオリンのレッスンがあるから」

わたしはバイオリンが大きらい。レッスンも。わたしがバイオリンを弾くと、拷問《ごうもん》にあっている牛の声みたいな音がする。豚かもしれないけど。

「金曜日はどう?」メレディスがたずねた。

わたしはうなずいた。

「いいよ」

「金曜日でいいですか?」母さんがおばあちゃんに聞いた。

「もちろんですよ」おばあちゃんが答えた。

そして、金曜日に決まった。

木曜の夜、わたしは何度も目が覚めた。次の日にするべきことを思い描き、それをやってのけられるかどうかを考えて。

大事なことをする前の晩は、いつもこんな感じになる。できるとは思うんだけど、同時に自信がなくなって、怖くなって、うまくいかなくなるかもしれない理由をひとつひとつ数え上げて、眠れなくなる。


でも、あんなことになるなんて、ちらりとも思わなかった。

眠ろうとしてさんざん寝返りを打ったり、起き上がったり、枕をたたいたりしたあげく、ようやく眠りについたときには、もう金曜の朝になっていた。

「カーリー！　遅刻するわよ！」部屋のドアをたたきながら母さんが言った。

「今行く」

わたしは眠そうに返事をしながら、ほかの日に延期できたらなあと思った。睡眠薬入り飲み物やら呪文やら魔女やら、考えるだけで憂鬱《ゆううつ》になってきた。ただベッドにいたかった。


本当にそうすればよかったと思う。


でも、そうしなかった。起きて着替えて、あの呪文をポケットにしまった。それから下に下りて朝食をとり、のろのろと学校に向かった。

その日は、どの授業にも集中できなかった。先生たちの言葉はハエのようにただ教室を飛びまわるばかり。わたしはメレディスの頭の後ろを見つめながら考えていた。この子は魔女だ。本物の生きた魔女。女の子なんかじゃない。とっても年を取った魔女、ほかの人間の体に住んでいる、シミだらけのしわくちゃばあさんだ。今夜には、元いた場所にもどる。

そして、信じられないかもしれないけど、わたしは気の毒な気もした。なぜだかはわかんない。ひどいやつだし、悪いことをしたことはわかっている。でも一瞬、もし同じ立場だったら、わたしだって同じことをするんじゃないだろうかと思ったんだ——もしできたとしたらね。わたしがおばあさんになったとき、また若くなるチャンスがあったら、そのチャンスをつかもうとするんじゃないだろうか？　もし、ほかのだれかの若さを盗むことになってでも？　わからない。そうはしないことを願った。でも、そうしたくなるんじゃないかって思ってた。

それから、本物のメレディスがうちに来ていっしょに住むことを考えた。親友と女きょうだいが一度にできるんだ。魔女のことを考えるのはやめた。魔女は自分のやったことの報《むく》いを受けるだけなんだ。わたしはポケットに手を入れ、紙をさぐった。そう、それはそこにあった、おばあちゃんがわたしに送ってきた呪文が。

数時間後には、すべてが終わっている。もう、言うことも、することもなくなってるはず。でもその数時間はとてものろのろと過ぎた。永遠に続きそう。百万トンもある時間を引きずって、カタツムリよりものろのろ進んでいる感じ。

ついに、やっと、ベルが鳴った。授業は、おしまい。

メレディスは教科書をまとめ、宿題をかばんに入れながら言った。

「用意はできた、カーリー？　おばあちゃんが校庭で待っているはずよ」

「できたよ」

「じゃあ、行きましょう。わたしの家へ。楽しいわよ。コンピューターを使ってもいいし、テレビを見たり庭で遊んだり、好きなことしていいわ」

「すごい！」

わたしはうれしくてたまらないって感じで言った。本心が疑われないように。

「では、行くわよ」

わたしたちは校庭に出た。わたしがメレディスの家に行くとわかっていたから、母さんは来ていなかった。おばあちゃんは、わたしたちを見てほほえんだ。

「よかったらふたりとも先に行ってなさい」おばあちゃんは言った。

「あとで追いつくから。でもあまり早すぎてはだめ、先に行きすぎては」

「おばあちゃんったら、うるさいわね！」メレディスはぴしゃりと言った。

「わたしはただ――」

おばあちゃんが言いかけると、メレディスがそれを無視して言った。

「さ、カーリー、行くわよ！」

わたしたちは先に行った。おばあちゃんが帰ってくるころには、わたしたちはもう裏庭で遊んでいた。ブランコとジャングルジムがあった。カシの木の枝には縄ばしごがついていて、木の上には小屋まである。

「なんでも持ってるのね」わたしは思った。

「メレディスは恵まれてるわ」

　それからしばらく遊んだ。わたしはできるだけ感じよくして、普通よって顔をしてた。メレディスもそう。もちろん、今考えれば、ちっとも普通じゃなかったんだけど。だってメレディスは〈ふり〉をしていたんだから。それもずっと。メレディスは年寄りの魔女で、小学生の女の子の〈ふり〉をしていたんだ。〈ふり〉にあわせて〈ふり〉をしていたと言ってもいい。つまり、わたしの〈ふり〉に合わせて〈ふり〉をしていたんだ。

　遊んでいる間、わたしはキッチンの窓を見ていた。おばあちゃんは、中でお茶の支度をしている。ちゃんとした料理がついてくるようなお茶ではなくて、ケーキやビスケットやサンドイッチやミルクが出る、おやつみたいなものだ。

　おばあちゃんは窓越しに小さく手を振った。また、あの〈共犯者〉のウインクをかわした。それから、メレディスが木の上の小屋まで縄ばしごを登る間に、おばあちゃんが睡眠薬のびんのようなものを取り出すのを見た。おばあちゃんは、カプセルの端を切ると、中の粉をメレディスのミルクが入ったコップにふりかけた。背の高いプラスチックのコップで、縁に小さな赤いバレリーナの模様がついている。

「上がってきなさいよ、カーリー。はしごを使えば、大丈夫よ」

わたしは登り始めた。でもまだキッチンは見える。おばあちゃんはふたつめのカプセルを開け、三つめも開けた。多すぎないかな？　でもそのとき、おばあちゃんも飲まないといけないことを思い出した。ふたりとも眠らなきゃ。ただ、メレディスの体が先に起きるようにしなくちゃ。魔女は、元の古い体にもどっていることに気がついたらかんかんに怒るだろう。そのころにはメレディ人とわたしは逃げる用意ができてますように。

「小屋の中においでよ、カーリー」


わたしのリビングにおいで、クモがハエに言いましたとさ

わたしは登った。そして、ひざをかけてぶら下がることにした。できるかどうか、試したかったんだ。できた。わたしは、逆さになってぶら下がった。何もかもがひっくり返って見える。

何かが目の前をひらひらと落ちていった。

呪文だ！　呪文を書いた紙だ！　ポケットから落ちたんだ。

「カーリー！　あれ何？　ポケットから落ちたわよ。紙切れのようなもの。下りて、取ってあげましょうか？」

「だめ！　だめ——ありがとう、でも自分でできるよ」

わたしは元どおりになって、縄ばしごを下りて、地面に落ちた折りたたんだ紙を拾った。木の上の小屋の暗がりから、ふたつの光る目がわたしを見下ろしている。

「それ、なあに、カーリー？　何を落としたの？」

何も思いつかなかった。頭が空っぽになってしまい、何も浮かばない。まるでわたしじゃないみたい。ふだんのわたしは、とっさに何かをでっちあげるのが大得意なのに。

「なんでもないよ、メレディス、ただの——ただの詩」

なんでそんなことを言ったんだろう？　どうして？　事態は悪くなっただけだった。

「詩？　詩を書いたの？　カーリーが詩を書くなんて知らなかったわ。わたしもときどき書くのよ。見せてくれない？　ねえ、見せてよ、お願い」

わたしは呪文を拾い上げた。紙はまだ四つに折ったたままだ。

「あんまり気が進まないな、メレディス」

わたしは眉を寄せて見上げた。見えたのは、わたしを見下ろしているあのふたつの目だけだった。

「まあ、お願い。カーリー、お願いよ」

メレディスは哀れっぽく頼んだ。そんな声を今まで聞いたことはなかった。メレディスの声のような気がぜんぜんしない。

「お願い、カーリー！　ねえ、お願いだからその詩を読ませて」

「だ、だめ。見せたくないの、本当に。あなただからだめって言うんじゃなくて——つまり——」

「わたしたち、友だちだと思ってたわ。友だちって、お互いに秘密をもたないものでしょう、違う？　友だちは、お互いを信用して、秘密を打ち明けるものよ。どうか詩を読ませて、カーリー、お願いよ」

「わかった」わたしは言った。

「約束する。でも今日はだめ。わたしの気持ちを書いてあるんだから。それに、まだところどころおかしくって、直さないといけないの。まだ考えないといけないんだよ、ね」

「わたし、気にしないわ。直すのを手伝ってあげられるかもよ。もし、わたしに見せたくないのなら、読み上げて。それでもいいわ」

暗闇に話しかけているような感じだった。暗闇は、ふたつの悪魔の目をのぞかせている。暗い暗い地下室に燃えているふたつの石炭。ふたつのメラメラした熱い石炭。

「詩を読んでよ、カーリー。お願い。聞いてほしくないところは飛ばして、残りを読んで。そうしてくれる？　わたしのために。わたしたち、友だちでしょ？　ね？」

「いいよ」

わたしは木の上の家を見上げながら言った。どうして、あの目しか見えないんだろう？

「いいよ、もちろんわたしたちは友だちだし、ただ――」

「紙を広げて、カーリー――」

その声はもう、木の上の小屋から聞こえてくるようには思えなかった。わたしの頭の中で直接声がするみたい。

「紙を広げて、カーリー。その言葉を読んで。わたしに聞こえるように読み上げて。あなたの秘密の思いを聞かせて。そうすればわたしたちはもっと親しい、もっといい友だちになれるわ。友だちの間に秘密があってはだめ。お互いになんでも話さないと。夢や計画をすべてね。そう思わない？　さあ、詩を読んで、カーリー。じゃあ、わたしが当てて見ましょうか。何について書いてあるか、わたしが当てられるかもしれないわ。やってみてもいい？　そんなことできると思う？　どう？」

トン、トン、トン！　トン、トン、トン、トン！

助かった。窓のところにおばあちゃんがいて、ガラスをたたいて合図し、呼んでいる。

「お茶よ、お嬢さんたち！　お茶の用意ができたわ！　中に入って手を洗いなさい！」

わたしはその紙を無事ポケットにしまいこんだ。

「メレディス！　おばあちゃんが呼んでいるよ。中に入れって。お茶の用意ができたって」

「わかった。今行く」

急にメレディスがあらわれた――あのビーズのように光る目だけじゃなくて、メレディスの体が。縄ばしごをアクロバットのようにすばやく、らくらくとすべり下りている。そしてわたしの隣に来た。あの落とした紙や詩のことは忘れたらしい。

「行きましょ、カーリー。飢え死にしそう。あなたは？　本当は、わたしはいつもおなかがすいているの。いくら食べても満腹になりそうにないくらい」

わたしはメレディスを見た。わたしより頭ひとつ分背が高く、ほっそりとしている。不公平だ。メレディスは好きなものを好きなだけ食べて、ほっそりしていられる。わたしは甘いものを食べすぎないよう心がけてるのに、ぽっちゃりしてる。でも、そんなものかも。人生には、太るよりもひどいことがある。

あとで、わたしはつくづくそう思った。

わたしたちは中に入ってお茶をいただいた。

ここで呪文のことを説明しておこうと思う。でもあまり期待しないで。短くて簡単なものだから。呪文というのは長くて複雑で、何ページもあって、唱えるのに何時間もかかるものに違いないと思うかもしれない(わたしもそう思っていた)。ガマガエルの油をバケツいっぱいとか、カエルの足とか、死んだコウモリとかが必要だと思うかも。そういうのがいる呪文もあるかもしれないけど、この呪文は違った。

この呪文は、ただちょっと水をふりかけて、正しく言葉を唱えるだけでよかった。全部でたったの八行。

そう、わたしたちは中に入ってお茶をいただいた。メニューはなかなかすてきだった。いろんなものがテーブルに並んでた。ビスケット、ポテトチップ、ケーキが二種類、サンドイッチが三種類、それにパンとジャム。飲み物はミルク。

「ミルクでいい、メレディス?」

「ええ、お願い、おばあちゃん」

(その気にさえなれば、メレディスは礼儀正しく感じよくふるまえた)

「ミルクでいいかしら、カーリー？」

「ありがとう」

おばあちゃんは間違えないようにミルクのコップを渡してよこした。メレディスには、縁にバレリーナがついているコップを。わたしには、小さなイルカたちがついているコップを。イルカのうち一頭は、鼻先にボールを乗せてバランスを取っている。

「サンドイッチはどう、カーリー？　ケーキにする？　なんでも好きなものを自分で取ってね。それからメレディス、あなたはどれにする？」

お皿のふれ合う音。ナイフやフォークがぶつかる音。マナーどおりに上品に食べる音。そして――。

「ああ、のどがかわいて死にそう」メレディスが言った。

「走りまわったり木に登ったりしたからね。のどがカラカラ」

そして、ミルクのコップに手を伸ばして取り上げた。わたしは見ないようにしようと思ったけど、どうしても無理だった。おばあちゃんも、メレディスを見つめている。メレディスはコップを傾けて飲んだ。ミルクがなくなっていく。それといっしょに睡眠薬も。白いミルクの中に溶けこんだ、味のしない、目に見えない粉が。

メレディスは半分飲んで、くちびるをなめた。ピンク色の舌の小さなネコがクリームをもらったときのように。疑っていない。気づいた様子はまったくない。魔女の顔には何のくもりもない。小さな雲ひとつ見当たらない青空みたいに。

おばあちゃんは手にサンドイッチを持って座り、待っていた。わたしも待っていた。メレディスがミルクを飲み干し、眠り薬が効果を見せるのを。

あんまりあからさまにしちゃいけない。サンドイッチを食べたほうがいい。疑わせちゃだめ。まだメレディスは眠ってないんだから。

「乾杯、カーリー！」

メレディスのコップにはまだ半分残っていた。それも飲ませることができるかもしれない。わたしは自分のミルクのコップを持ち上げ、メレディスのコップに軽くあてた。

「乾杯、メレディス」わたしは言った。

まるで自分たちがワインかシャンパンのグラスを手にした大人で、特別なことがあって乾杯しているみたいだった。

「一気」

メレディスはそう言うと、コップを傾けて一気にミルクの残りを飲み干した。

「一気」

少しの疑いも抱かせたくなかったから、わたしも一気にミルクを飲み干した。

「ああ！」

メレディスはコップをテーブルに置きながら言った。

「おいしかったわ。もう少しもらっていい、おばあちゃん？」

「いいわよ。もちろん」

おばあちゃんは立ち上がり、老いた脚でよろよろと冷蔵庫に向かった。

「ビスケットはどう、メレディス？」

わたしはお皿を差し出した。

メレディスが手を伸ばしてくる。

「ありがと、カーリー」

メレディスはビスケットを取った。それから突然、あくびをした。

「あら！」メレディスは手で口をおおった。

「ごめんなさい。わたし、急に、とっても――」

疲れた？　疲れたって言ったかな？　変ね。わたしも急に疲れを感じた。前の晩、眠れなかったせいに違いない。何かがうまくいかないんじゃないかって心配してたから。メレディスがミルクを飲もうとしないとか。魔女がこっそり奥の手を用意してるんじゃないかとか。でも、そんな心配はまったくいらなかった。驚くほどうまくいった。ああ、でも疲れた。ほとんど目を開けていられない。本当に、疲れきっている感じがした。少し寝なくちゃ。ちょっとうたた寝するだけ、ひと眠りだけ、数分間休憩するだけ。

失礼だとは思われないだろうか、こんなふうにテーブルで寝こんで？　でもどうしようもなかった。まぶたが大きな金属のドアみたいに重かった。まるで、巨大な鋼鉄のシャッターが下りてくるようだった。開けておくことはどうしてもできなかった。頭が下がって、テーブルの上に組んだ両腕に近づいていくのを止めることもできなかった。

大丈夫、ちょっとだけうたた寝すればいい。寝なくちゃ。ひと眠りするだけ。そうすればすべてが元どおり……元どおり……元どおり……。

それが最後に思ったことだった。それから目覚めるまでのことは何も覚えていない。思い出せる限りで、一番最後に見たのは、メレディスとおばあちゃんが顔を見合わせているところ。ふたりはわたしを見て、それから顔を見合わせ、ニヤッと笑った。感じのいいほほえみではない。ぜんぜん違う。ぞっとするような、恐ろしい、意地の悪い、悪意に満ちた笑みだった。悪魔が魂をつかまえ、地獄にひきずっていくときに浮かべるような笑みだった。

わたしが思い出せるのはそこまでだった。次に、長い長いトンネルのような、深い深い眠りがやって来た。ひとつのトンネルが終わると次のトンネルが始まる。大きな都市の下水道のようなトンネル。そしてどこか壁の後ろで、遠くのほうで、声がした。歌っているような、口ずさんでいるような、詩を朗読しているような、呪文を唱えているような。壁の後ろか床下でネズミがかじっているような、カチカチ、キーキーという音がした。

覚えているのはそれだけ。

目が覚めるまでは。

そして目が覚めたとき……。

……わたしはもう、わたしではなくなっていた。

11　目覚め

そして、わたしは目が覚めました。すべては夢だったのです。

だれでも一度はそんなふうな文章を書いたことがあると思う。たとえば不思議な物語を書くという国語の宿題で、今までで一番できのいいお話が書けて、これでもし終わりの部分さえうまくいったら間違いなく満点が待ってるな（それにもう一ページ分書くのは面倒だな）ってときなんかに。そんなときにこういう言葉を思いつく。

目が覚めると、すべては夢だったのです。

でも、目が覚めて、夢なんかじゃなかったってわかるときもある。目が覚めると、待っていた現実というのが悪夢そのものだってこともある。

わたしは目覚めた——ゆっくりと。ぱっちり急に目が覚めたわけじゃない。お泊まりにいった友だちの家とか旅行先とか、慣れない場所で起きたときのように「わたしはだれ？　ここはどこ？　わたしはここで何をしているの？」という感じで、ゆっくりと少しずつ目覚めた。

なんて固い枕だろう！　最初に思ったのはそれ。頭の下にあるそのカチカチの枕は、まるで固い角材のようだった。そして頭を少し動かした。ちょっとつばを飲んだ。口を開けたまま寝ていたあとにやるみたいに。

それから目を開けた。

おかしな感じがした。目が変になってしまったみたい。自分の目じゃないみたいな気がした。ほかもそう。口も変だった。慣れてあたりまえになっていた感覚すべてが、びっくりするほど変わっていた。口の中の感じ、息が自分の鼻の穴を通る感じ、鼻の形、まばたきをしたり、座ったり、つばを飲んだり、ため息をついたりするときの感じ。

どれもわたしじゃない。

しかもわたしはベッドにいなかった。横になってもいなかった。いすに座って、うつぶせになっていた。テーブルだ。よくよく目をこらしたけど、見えてきたものもあるし、そうでないものもある。まるで、小さな丸い窓みたいなものからのぞいているようだった。一部だけがはっきり見えて、残りはぼやけている。

そう、テーブルだ。キッチンのテーブル。それが今いる場所。わたしは組んだ腕に頭をあずけて、キッチンのテーブルで眠っていた。

わたしの腕？　これが？　その腕は伸びきって、とてもくたびれているみたい。もしかしたら、嘘ばかりついたから腕が伸びたのかな、ピノキオの鼻のように。でも、どの嘘のせいで？　嘘をついたからって腕が伸びることなんてあるんだろうか？

ほかにもあった。におい。そう、このにおい。だれでも自分のにおいがあるけど、それが変わってしまうまでは、あるいは変えられてしまうまでは、自分のにおいに気づかない。おかしなことだけどね。

わたしのにおいは自分のものじゃなかった。前のわたしは子どもらしいにおいだった。新鮮な空気と、毎晩入るお風呂のにおいがしていた。髪はシャンプーのにおいで、髪以外はせっけんのにおい。ときどき、水泳のあとは、塩素のにおいがしたかも。でも、いつも新鮮で清潔でツンとした感じのにおいだった。でもこれは違う。

いやなにおいじゃないけど。種類が違う。

ラベンダーのにおい。ウールの帽子とぶかぶかの古いコートのにおい、清潔だけど着古した衣服のにおい。ぱりっとした感じや形をずっと昔に洗い流されてしまった着古した衣服の。

ラベンダーは青、ラララ、ラベンダーは緑

あなたが王様になったなら、ラララ
わたしはお妃様

どうしてこんな歌を思い出したんだろう？　どうしてこんな古い歌の断片や、見たはずのない場面や景色が心に浮かんだんだろう？　やったこともないことや行ったこともない場所の記憶も。そしてそれは、ほんの短い間心に残っただけで、消えてしまった。でも、わたしが想像で生み出したものじゃない。本物の記憶だ。どうしてわかるのかは聞かないでほしいけど、わかる。

その魔女の古い記憶が、クモの子を散らすように逃げていった。暗い部屋にさっと光がさし込んだみたいに。古い怪しげな海辺の小屋。そう、それがぴったり。カニや虫がいっぱい床をはっている。虫の記憶。ドアが開いて、光が入ってくる——それはわたしが、目を覚まして目を開け、あくびをしているっていうこと。光が入ってきたとたん、そのゴキブリの記憶はびっくりしておびえ、逃げていった。光が嫌いなんだ。行ってしまった。太陽の下では生きられないんだ。陰や暗がりでしか生きられない記憶。魔女の記憶、そう、魔女の記憶。はるか昔の、邪悪で不吉で恨みに満ちた記憶。黒ネコの記憶。暗い路地を忍び足で歩き、ゴミ箱のふたを飛び越えた記憶。

わたしは伸びをした。伸びをしようとした。でも、伸ばせなかった。どうしたんだろう？　いつものように伸びができない。わたしは古くなって固くなった輪ゴムのように、もろくひびわれていた。干上がった川底の泥のように、古くなってパサパサになったパンのように。

こんなのまともな伸びじゃない。わたしはもう一度やってみようとしたけど、だめだった。体のしなやかさがぜんぜんなくなっている。もう、自分が子どもだって感じがしなかった。やわらかくて生き生きしていて、どんな向きにでもねじったり曲げたりできるなんて、とても思えない。

棒の束のような感じがした。乾いた棒の束をひもでまとめたような感じ。それに、がらくた市で買ったような服を着ている。わたしは農場で、かかしになっちゃったのかも。そう考えれば、乾いた棒の束のような感じの説明がつく。なんで指が小枝のようなのか、なんで腕や脚が、こぶだらけの古い木のしなびた細い枝のようなのか、ということも。

わたしはかかしの女の子。そう考えれば筋が通る。わたしはかかし。

でも、もしわたしが〈かかし〉なんだったら、畑はどこ？　追い払う〈カラス〉はどこ？

わたしは耳を傾けた。耳をすませばきっと聞こえる。

聞こえた――。

「カア、カア!」「カア、カア、カア!」

カラスだ。すぐそこにいる。カラス、カラス。テーブルの向こう側にいる。

「カア、カア!」また聞こえた。

「カア、カア!」

まるで、わたしをからかって笑っているみたい。二羽のカラスが笑っている。詩に書いてもいいかもしれない。

ちょっと待って。それもおかしい。カラスとかかしがテーブルについている。キッチンのテーブル? ううん、おかしい。わけがわからない。カラスやかかしは農夫たちといっしょに、外に、畑にいるもの。キッチンにはいない。

でも「カア、カア!」——カラスがしゃべっている。

それとも?

いや、違う。本当は違うんだろう。

わたしは頭を上げた。ああ、かわいそうな頭。わたしはどのくらいこうしていたんだろう? 長い間眠ってたような気がする。だけど気分はぜんぜんよくなっていない。って言うか、悪くなっていた。

あーあ。

あくびをしてみる。それも、どこかが変だった。わたしの歯がぐらぐらする。ふたつに分かれてそれぞれくっついてはいるんだけど、ぐらぐらしている。歯ぐきにちゃんとくっついていない。セットになっているような感じ。ふたつでひと組。上のと下のとでひと組。カチカチ音がする。カチ、カチ、カチ。

「カア、カア、カア！」

また聞こえた。カチ、カチ、カチという音を笑っている。

カラスじゃない。やっと見えた。頭を真っ直ぐに起こしたら、あの小さな窓を通して見えた。

でも、わたしの頭はまだ疲れ果てていて、ぼーっとしていた。窓を開けて、この疲れた頭を新鮮な空気に当てなきゃ。小さな窓をひとつあけて。

目をこする。

いや。できない。途中に窓がある。窓？　眼鏡だ。眼鏡があるんだ。

わたし、いつから眼鏡なんかかけているんだろう？　いつ、母さんが眼鏡を買ってくれたんだろう？　眼科に行って目の検査を受けたことは覚えているけれど、眼鏡なんか、かけた覚えがない……。

目は悪くないもん。

わたしは考えた。

じゃ、これは何？　わたしがこの眼鏡を通して見ているものは何？　だれかの手。だけど、よく見て。哀れな、年取った手。しわだらけで、くしゃくしゃで、ゆがんだ手。でも、わたしが「動け！」と命令すると——その手は動いた。

そんなことありえない。

実験してみよう。

右の指、動け！

動いた。思うようには動かないけど。少し痛みもあったし、こわばって、ズキズキした。だれの指？　どうしてこんなふうに痛むの？　どうしてわたしがこれを動かせるの？　どうしてわたしがほかの人の痛みを感じることができるの？

「カア、カア、カア！」

あれは何？　あのいらいらする、恐ろしい声は？　動物園で聞くような声。捕らわれているくせに、あざけるような、人をばかにする笑い声。ハイエナの声。そうだろうか？　ハイエナ？　でも、ハイエナは鳥じゃない。ワライカワセミかもしれない。それとも、ほかの何か。オウム？　九官鳥？

「カア、カア、カア！　さあ、だれがカーリーだ！」

あれは何？　言葉をしゃべっている。カラスは話したりしない、ハイエナも。ようやくその姿がよく見えてきた。目の前に浮かび上がってきた。奇妙だけど、なんでも浮かび上がるようにしか見えてこない——まるで水の中で、すべてのものが浮かんだり沈んだりしているみたい。

女の子。女の子がふたりいる。わたしを見て、ほほえんでいる。いや、ほほえんでいるんじゃない。ほほえみっていうのは感じのいいもの。これは感じがよくない。ニヤニヤしている。顔をゆがめて。この表情にはほかの何かがある——ずるさ、悪意、勝ち誇った気分、憎しみ、邪悪さ。

「カア、カア！　ハ、ハ！　このばあさんを見なよ！　だれがカーリーだ！」

だれがカーリー？　どういう意味？　わたしがカーリーだよ。だれでも知ってる。母さんも父さんも、学校の仲間も、先生も歯医者さんも近所の人も、そう、みんなが知ってる。メレディスもおばあちゃんも、それに——。

メレディス。やっと思い出した。メレディス、グレース、呪文、睡眠薬、ミルク、そしてメレディスが眠って、そして——。

違う。正確に思い出せない。メレディスじゃない。わたしが眠りに落ちたような気がする。

わたしが？　眠った？　じゃあ、呪文は？　だれが呪文を唱えたの？　魂を交換する呪文を。メレディスを元の体にもどすために。だれが唱えたの？　わたしが唱えるはずだったのに。でも、わたしは唱えてない。わたしはただ――眠っただけ。

「カア、カア、カア！　この老いぼれを見てごらん！　今じゃ、どっちが老いぼれかねえ！」

なんていやなやつ。なんていやなことを言うんだろう。なんていやな女の子だ。ふたりとも。女の子はふたりいた。この鼻の上にのっためがねの、小さな窓を通して、はっきりと見えた。

鼻の上に眼鏡がのってるのは奇妙な感じだった。軽く鼻をはさまれているような感じ。そして両耳に、フレームの端がのっているのもわかった。学校がお休みのときに一度、サングラスをかけたときのことを思い出した。わたしが眼鏡をかけたのはそのときだけ。

「ばっかな老いぼれ。ばっかなばばあ！」

だれ？　この子たち、本当に礼儀知らず。だれかが礼儀を教えてやらなきゃ。母さんは、お年寄りには親切にしなさいって言ってた。

「わたしたちはみんな年を取るのよ。それはだれにも止められないし、お年寄りはいろんなことをたくさん経験しているわ。想像もつかないほどの幸福と不幸をね。それに、お年寄りも昔は子どもだったのよ。そして、いつかはあなたも年を取るの」

母さんはそう言う。

「カア、カア！」

なんて無作法なんだ。

でも、この子たちはだれだろう？ テーブルの向こう側に座っている。メレディスだ。ひとりはそう、メレディス。今はもう、本当のメレディスになっているんだろうか？ もう魔女じゃなくて？ わたしが寝ている間に、すべてうまくいったんだろうか？ 何もかも。もうわたしたちはおとぎ話のように、家に帰って、「幸せに暮らしました」とお話をしめくくれるんだろうか？

そうできるのかな？

ちょっと待って。もうひとりの女の子はだれ？ メレディスの隣の子。わたしに向かって舌を突き出し、親指を鼻にくっつけてほかの四本の指をひらひらさせ、「へ、へ、へん、へ、へ――だーれがのろまの老いぼればばあだ！」と言っているのは？

あの子。そして、今度は両手の親指を耳のそばにやって、指をひらひらさせている。

「おばあちゃん、おばあちゃん、カーリーはおばあちゃん。カーリーは年寄り。氷が冷たいってのと同じくらい、本当のこと。カーリーはおばあちゃん」

この失礼な子はだれ？　どこかで見たことがある。どこだったっけ？　あの顔は見たことがある。あのままではなかったけど。なんというか――そう、左右反対の感じ。そのままじゃなくて。ただ――そう――写真、写真でなら見たことがある。わたしの知っている人だ。何度も何度も見たことがある。どこでも、毎日、朝は洗面所の鏡で見たし、窓やガラスにも映ってた。お祭りのときに入った鏡の館の部屋で、あの顔が長く細くなったり、突然つぶれて太くなったりして、また元のサイズにもどるのを見たことがある。

それは、わたしだった。わたしは自分自身を見ていたんだ。自分がわたしに向かって舌を突き出しているのを見ていた。自分の声がわたしをあざけり笑うのを聞いていた。でも、どうして？　どうしてわたしがふたりもいるんだろう？　向こうにひとり、こちらにひとり。どうやって、テーブルのこちらとあちらにある別々のいすに、同時に座れるんだろう？

どうして――？

そしてすべてがわかった。突然に。一瞬のうちに。凍るほど冷たい水の中に落ちたみたい。心臓は凍りつき、恐怖で胸の奥まで冷たくなった。

ああ、なんてこと！　ああ、なんて、なんて、ああ！　わたしはもう一度自分の手を見た。はれた指の関節、こわばった手首、薄くてしわの寄った、古い本の紙みたいな皮膚。ズキズキする痛み、眼鏡、この歯、かびくさいにおい、伸びもできない体。わたしは、わたしの体の中にいるんじゃない。ほかの体だ。ちっとも若くない。千年、百万年、一兆年、もっともっと年を取っているんだ。だれよりも年寄りで、夜空の星よりも古い。わたしは老人、老人、老人だ。

おばあちゃんの体の中にいるのは、わたし。メレディスでも、グレースでも、ほかのだれでもない。わたし、わたし、わたし！　何かが間違ったんだ。何かが起きたんだ。何かひどく邪悪な、恐ろしいたくらみが。わたしは自分を見下ろした。年老いて、のろまで、しぼんでしわしわの体。型くずれした古い服を着ている。

「母さん！」わたしは叫んだ。

「母さん、母さん、母さん！　父さん！　母さん！　助けて、わたしを助けて！　助けて！　だれか助けて！　お願い！」

だけど「カア、カア、カア！」とカラスが鳴くばかり。女の子の形をした二羽の大きなカラスは、テーブルの向こう側でいつまでも鳴き続けた。ますます大きな声で。まるで、これからどこかに飛びたつ準備をするため、大きな見えない翼をはばたかせているようだった。

「カア、カア、カア！　カーリーはばーか！　カーリーはのろまのおばあちゃん！　カア、カア、カア！」

そしてすべてがぐるぐるまわった。わたしは渦の中、竜巻の中にいて、すべてのものがまわりをまわっている。次にわたしもまわり始めた。あんまり早くまわったので、頭をあげていることも目を開けていることもできなくなった。わたしは前に倒れた。ごつん！　と頭がテーブルにぶつかった。

わたしは気を失った。

そして眠った。このまま永遠の眠りについて、二度と目が覚めなければいいのに。それが一番いい。そうすればこの、目が覚めているときに見る悪夢は終わるだろう。夢のない永遠の眠り。たぶん、それが死というものだろう。それも悪くない。生きることが突然、こんなにみじめで恐ろしいものになった今では……。

わたしは眠った。それはほんの数秒だったかもしれないし、もっと長かったかもしれない。もしかすると何時間もだったかも。

そして、一番ひどい悪夢が始まった。

わたしはまた目が覚めた。

12 置き去り

明るさが変わっていた。夕方の光だ。腕時計をつけてなくて時計が見当たらないとき、光の加減で時間を知ることができる。季節さえわかっていれば、判断できる。もう暗くなりかけている。今は秋。ということは、六時か、そろそろ七時になっているかもしれない。状況をすべて理解しようとすると、頭がコマのようにぐるぐるまわった。

あいつらは嘘を嘘でかためて——裏の裏をかいていたんだ。念には念を入れ、何重にも重ねて。一枚はがせば、また嘘があらわれ、その下にもまだ嘘が待っている。何が真実なんだろう？　どうすればわかるんだろう？　わたしを信用させるため、どれだけたっぷりと嘘をついたんだろう？　メレディスが孤児だって話は本当？　そう、たぶん、そうだろう。じゃ、あの〈幽体離脱〉とかで、夜、空を飛んだ話は？　たぶん、それも。あいつらがどんな力をもっていて、どんな力を失っているのかはよくわからない。どんな力が老いとともに消え、どんな力がまだしっかり残っているのか。わたしに薬を飲ませて、意識を失わせる必要があった。そうすれば呪文をかけるのが簡単になるからだ。そうでなければ……。

魔女たちの嘘は、深い川の表面に張った薄い氷のようだ。遠くからなら、心配することなんか何もなさそうに見えた。だからどんどん進んでいって、そのうち安心して全体重をかけるようになって、これなら大丈夫と思った。そのとたん、氷が割れ、凍りつくような水の中に落っこちてしまった。そして今、わたしはおぼれかかっている。

わたしは目をこすった。よくお年寄りがするように、まるで目には消え去ることのない記憶がいっぱいつまっているみたいに。わたしの両手には、縦にも横にもしわが走って、模様のようになっている。

わたしは考えた。

家に帰らなきゃ。母さんは、わたしがどこにいるか心配するだろう。もうすぐ電話が鳴る。母さんか父さんが、メレディスのおばあちゃんに、車で迎えに行こうか、それとも家まで歩いて送ってくれるのかとたずねるんだ。

家に。そう、家に帰らなきゃ。家に帰って、何が起きたかを母さんと父さんに説明しよう。わたしがおばあちゃんになってしまったことを。ふたりはなんとかしてくれるだろう。わかってくれる。父さんは弁護士だから解決してくれる。あいつらを訴えてくれるはず。それができなくても、何かしてくれる。母さんは看護婦の資格を持っていて、最近また働き始めたばかり。パートタイムだけど。母さんにも何かしてもらえるかもしれない。前は病院で救急医療担当の看護婦だったし――緊急時の扱いには慣れている。そして、これこそ緊急事態だ。赤い光をチカチカさせて、サイレンを鳴らして、消防車やパトカーや救急車が来てもおかしくない。

わたしはキッチンでひとりぼっちだった。ふたりの女の子は姿を消していた。メレディスと――なんて呼んだらいい？〈カーリー〉とは呼べない、だってそれはわたしの名前だから。わたしはこの老いた体にいるけど、わたしはまだわたしなんだ。まだ子どものカーリーなんだ。

メレディスとわたしの体はどこへ行ったんだろう？

わたしはテーブルにぶつけた頭をさすり、震えながら立ち上がった。よろよろと流しまで歩き、水を一杯くんだ。お茶の残りはまだテーブルの上にあった。ケーキが半分残ったお皿、サンドイッチが少し、ミルクが入っていた空っぽのコップ。

のどがかわいていたので、冷たい水を一気に飲み干した。体が震えた。こんな老いた体の中にいるなんて、寒くてぞっとする。まるで巨大なトカゲにでもなった気分だ。

足音がする。あいつらがもどってきた。ふたりとも。コートを、外出用のコートを着ている。どこかへ外出するつもりらしい。

どこへ行くんだろう?

でも、わたしのコートはどこ? あのおばあちゃんのコートは? わたしに合うコート。わたしは家に帰らなきゃ。わたしはふたりにそう言った。

「わたし、家に帰らないと。母さんが心配するから」

「カア、カア、カア!」

ふたりはまたかん高い笑い声をあげ始めた。もうやめてよ。

「母さんが心配するんだってさ」

メレディスが言った。わたしのか細い声を真似しながら。

「こいつ、自分の母さんが心配するって思ってるよ」と、あざける。

「そうだね、いいことを教えてあげるよ。お前のことなんか心配したりしないさ。だって、お前はもうただのおばあちゃんだからね。母さんが心配するのは、こっちの女の子のことだよ。お前の体を持った、このカーリーさ。お前じゃないよ」

わたしはいすに座った。またためまいがした。

「どうやって――」わたしは口を開いた。

「なぜ――?」

メレディスはもうひとりの女の子のほうを見た。その子のことはカーリーと呼ぶことにしよう。でないとあまりにまぎらわしいから。その子が本当はカーリーじゃないってわかっているけど、今はほかに呼びようがない。

「教えてあげようかね？」メレディスが言った。

「わたしたちがどうやったか、教えてやろうか？　ここを出ていく前に」

カーリーは肩をすくめ、鼻で笑った。

「いいんじゃない？　でも手短にね。早く帰らなきゃ、ほら——わたしの母さんが心配し始めるから」

そしていやな笑いをもらした。

「わかった」とメレディス。

「こういうことだよ。わたしたちは姉妹なんだ。ふたりとも魔女で、どちらも山と同じくらい年を取っている。山ができる前から、すでに山より年を取ってたね。谷や川や海と同じくらいの年齢さ。お前が想像もできないくらいたくさんのものごとを見てきたし、信じられないほど昔から生きている。不死と言ってもいいんだが、だれもが考えているようなものとは少し違う。ほかの人間と同様、体は年を取るし、くたびれていく。そうなったら、その船を捨てて新しい船に乗りこむ時なのさ。

新しい体を見つける時がきたら、ふたりしてそれを探すのさ。いつもうまくいくとは限らないけどね。ときには、体がひとつしか見つからないことがある。幸運にも、適当なペアを見つけることもある。男の子のこともあるし、女の子のこともある。前回は姉妹だった。しかし、だれの体を盗むかは、慎重に考えないといけない。普通は孤児とか、家族のない子、姿を消してもだれも捜そうとしない子を見つける。約束をしてだますのさ——とっても簡単だよ。そういう子は、男の子も女の子も、愛に飢えているからねえ。自分がだまされてるなんて、とても信じられないだろうけどね。ただ、家庭と、ちょっとした愛情を約束してやるだけでいい。そうすればイチコロさ、そうだね？」

メレディスはカーリーのほうを見た。カーリーはケーキを切って、むしゃむしゃやるのに忙しい。

「イチコロだね、姉さん。ばかみたいに。一発でだまされるね。愛に飢えた哀れなガキがいるんだよねえ。ひどい話だ——かわいそうに」

「だけど、ずっと年寄りでいて、もっと年を取って死んだりしたら、それこそひどい話だ」

メレディスがつけくわえた。

カーリーもうなずいた。

「そう、それほどひどい話はないよ。そんなことにはなりたくないね」

「そうだね、だけどそうはならない。そういうわけで、さっき言ったとおり、ときどきはふたつの体を同時に見つけて盗む――双子《ふたご》とかそういうのをね。そうでないときは、一度にひとつずつ盗まないといけない」

「そういう場合、どっちが先にいただくかは、順番ということにしているのさ」

カーリーが説明した。

「いい方法があってね、ひとつ体をいただいちゃうと、それをもうひとつ盗むためのえさに使うんだよ」

メレディスが言った。

「ちょうど、お前に対してしたようにね、かわいいカーリー」

カーリーは得意げな笑みを浮かべた。

わたしはもうちょっとで自分をつねってみるところだった。とても現実のこととは思えなかったんだ。ここに座って自分の体がわたしに話しかけてくるのを聞いてるなんて、自分の髪や、自分のそばかすや、自分のぽっちゃりした体を見て、自分の声がわたしをカーリーと呼ぶのを聞いてるなんて。

「つまり最初から、お前をひっかけるつもりだったんだよ」

「でも、あの話は」

わたしは言った。しゃがれて震えた、かん高い声で。

「メレディスが孤児になった話は――」

「ああ、それは本当さ。しかし、メレディスの世話をしていたおばあさんはひとりじゃなかった。おばあさんはふたりいたんだ。グレースと――」

「その姉のブライオニーとね」カーリーが言った。

「それで、わたしがグレースさ！」

「そしてわたしが本当はブライオニー」メレディスがニヤッとした。

「でも、本物のメレディスは――どうなったの？」

「どう思う？」メレディスが言った。

「いったんあの子の体をもらったら、もう用はなかったからね――」

「殺したの!?」

声がのどにつまった。それまでとくらべものにならないくらいの恐怖に襲われた。この人たちは、わたしもそうするつもり？　殺すの？　年を取るというのはそれだけでもいやなことだ。でも、死ぬよりはましだ。まだ希望はあるし、もしかするとチャンスもあるかも――。

「殺したかって？」メレディスはむっとして言った。

「まさか！　わたしらをなんだと思っている？　野蛮人じゃないんだ。わたしらにもそれなりの決まりみたいなものはある。違うよ。ただあの子にいなくなってもらっただけさ」

「実際には、老人ホームに放りこんだのさ」カーリーが言った。

「ここからそんなに遠くないところのね。またちょっと年を取って、よく食べ物をこぼすようになった。そばにはいてほしくないね。食欲がなくなるからね」

「それに」メレディスが言った。

「なんであの子を殺さないといけない？　どっちみち、すぐに死んでしまうのに。あんな老いぼれはね」

「心臓がいかれてね」カーリーがうなずいた。

「脳卒中かも」

「頭がボケちゃって」

「記憶がなくなって」

「生きてるなんてもんじゃないね」

「ひどいもんだ」

「しょうがないね」メレディスがうなずいた。

「生きててもしょうがないもん」

「若者とは違う」

「お払い箱にしちまうのが一番」

「見えないところにやっちまうのが一番」

「どこかのホームに閉じこめちまうのが一番」

「同じ年代のほかの年寄り連中といっしょに」

「あるいはボケてしまった年寄りとか」

「しかし共通点はある」

「年寄りくさいとことか」

「一日じゅうテレビの前に座っていられる」

「自分の入れ歯を口の中でモゴモゴやりながらね」

「だれかの入れ歯かもしれないね――そういう取り違えもあるらしい」

「そして眼鏡をかけて窓の外をのぞく」

「それも大きくて分厚い眼鏡さ。コーラのびんの底みたいな」

「ろくな暮らしじゃないね」

「それどころか、最悪だよ。ひどい話さ。もう決して女の子にもどることはない」

「成長することもなく、恋に落ちることもない」

「子ども時代はもう二度と来ない」

「だけど心配はいらない。あの子は役に立っているからね。あの子の体は無駄になってない。安全に守られている。まるで自分のもののように、ちゃんと面倒を見てくれる者の手によってね——そう、わたしのことさ！」

「わたしもね！」

「カア、カア、カア！」

そして、ふたりの魔女は部屋じゅうを踊り始めた。最新スタイルを見せびらかす、ファッションショーのモデルのように。こんなふうに言っているようだ。

「こちらは背が高くてほっそりした子、そちらは赤毛でそばかすのぽっちゃりした子」

「本物のメレディスを老人ホームに入れたの？」わたしは言った。

「そのかわいそうなひとりぼっちのメレディスを？　本当に、メレディスって名前の孤児がいたのね？」

「もちろんだよ。これがあの子の体さ。さっきも言ったとおりにね。だけどもうひとつの体が必要だった——お前の体が。いったんひとつの体を手にすると、もうひとつ手に入れるのはとっても簡単なんだよ。人をだますのなんて本当に簡単さ。子どもの姿をしていれば、魔女だなんて、だれにも疑われない。とくにこんな姿なら——こんなに背が高くてほっそりしていればね」

「そのとおり」

カーリーが言った。ミルクをびんから直接ごくごく飲んで、ケーキを流しこんでいる。

「だから、ただコップを取り替えて、睡眠薬入りのミルクをお前に渡せばよかった。いったんお前がうとうとしたら、呪文を唱えておしまいさ。おもしろいのは、これは魔女でなくてもできるってところだ。ちゃんとした魔女の力が必要な呪文もあるけど、そのほかはだれでもできる。正しい文句と、秘密の言葉さえ知っていればね」

「そうそう」メレディスがニヤッとした。

「それで、こうなったわけ。お前もね。そんなに早く年寄りになってしまったのは残念だね。だけど気にしないほうがいいよ、永久に続くわけじゃないから。ものごとは明るく考えなくちゃ。あと一、二年でお前は死ぬ。運がよければ、数カ月かもね。そうすればその年老いた体の牢獄に、あんまり長く閉じこめられなくてすむわけさ」

ふたりは戸口に向かった。

「どこへ行くの？」わたしは言った。

「何をするつもり？　このままわたしを置いていかないで。そんなのいや。わたしの母さん、父さん――わたしのナナフシ！」

ふたりはまた笑った。どうして自分がナナフシなんて虫のことなんか口にしたのかわからない。ただ口から出ちゃっただけ。

「ナナフシ！　ナナフシのことなんか気にしてるよ！　自分を見てみな――お前こそナナフシみたいじゃないか。骨と皮だけの、しなびた老いぼれナナフシ。かさかさでぼろぼろ。それがお前さ！」

わたしは泣きたかった。だけど興奮しすぎて泣くどころじゃなかった。

「でも、どうして！　どうして！」わたしは追及した。

「どうして！　どうしてあんな嘘をいっぱいついたの？　どうして、わたしに助けてほしいって頼んだの？　どうしてわたしを引っかけてだましたの？　どうして、どうして、どうして？」

メレディスがわたしを残酷で冷ややかな目で見た。

「お前がぴったりだったからさ、カーリー。お前はあまりにも信じやすくて、だれか助けを求めている人を助けたくてたまらなかったから。お前は親切だったから。お前はちょっと孤独で、友だちや姉妹を求めているって、わたしらにはわかったから。お前はだましやすかったから」

姉妹？　姉妹。ちょっと待って。まさか。まさか。そんなはずは。そんなことはありえない。そんなところまで計画していたというの？

「でも待って——母さんと父さんに——もしおばあちゃんに何かあったら、メレディスに家がなくなるのが心配だからとかなんとか言って、引き取ってもらうことにしたのは——家に引き取ってわたしの女きょうだいとして——」

メレディスはかすかに笑みを浮かべた。

「そうさ、カーリー。やっとわかったようだね。時間がかかったけどやっと理解できたらしい。わたしらはお前の家に引っ越すのさ。お前の両親にはわかりっこない。こんなにお行儀のいい、かわいい小さな女の子だから、ねえ？」

「そうよ」もうひとりがニタニタ笑った。

「そのとおり」

「あとはじっと時が来るのを待っていればいい。だれにも疑われない、完璧《かんぺき》な子どもとしてね——」

「だけどこの体に入ってじゅうぶん時がたったら——」

「魔女の力を全部取りもどせたら——」

「今度はこっちの番さ。両親にも本当のことを話すだろうよ」

「あんたたちの、かわいいいとしい小さな娘は、おばあちゃんの体に閉じこめられていて――」

「どこかの老人ホームにいるってね」

「だけどもう何もできないさ」

「そのときにはもう死んでいるだろうしね」

「それにもし生きていたって、何もできないよ。もしそんなことをしたら、わたしらがただではおかない。ふたりを虫に変えて――」

「踏みつぶす。それともナメクジに変えて塩をふりかけるかね、めくれ上がって、ひっくり返るまで！」

ふたりはドアを開けた。

「じゃあ、さよなら、カーリー。体をありがとう。ひどく気にいってるわけでもないけど、でも赤毛にそばかすというのも、なかなか魅力的かもね。それに大きくなったら、ぽっちゃりしたところもだんだんなくなる。ありがとさん。じゃあね」

「このまま行くなんてひどい！」

わたしは叫んだ。叫ぶつもりじゃなかったけど、そうなってしまった。

「わたしの家に落ち着くなんてだめ。母さんや父さんは、すんなりメレディスを泊めようとはしないよ！　質問するもん。おばあちゃんはどうしたのかって」

メレディスは戸口で振り返ると、わたしを見た。

「おばあちゃん、お前にはもうわたしの面倒を見られないと思うよ。だれでもすぐにそれはわかるだろう。さよなら」

「さよなら、カーリー」カーリーが言った。

「人生を楽しんで――残りの人生をね。それと、覚えておくといいよ。毎日が宝物のうに大切な贈り物だっていうこと。もう側転はできないけど、いつだって編み物はできるんだからね。バイバイ」

そしてふたりは行ってしまった。

電話が鳴った。少しためらってから、わたしは立ち上がって電話に出た。老いのせいで、体がこわばり、痛みを感じながらのろのろと動いた。受話器を取ろうと手を伸ばしたが、そのときベルの音がやんだ。

わたしは一四七一番にかけた。この番号にかけると、さっきかかってきた電話が、どこの電話番号からだったのか教えてもらえる。番号を聞いてすぐにわかった。それはわたしの家の番号だった。たぶん、母さんが電話をかけてきたんだ。わたしが何時に帰るのか知りたくて。

わたしは電話を取った。すぐにかけ直すことができる。母さんに警告しよう。今そっちに向かっているのは魔女だと説明しよう。羊の皮をかぶった狼《おおかみ》なんだって。そして羊の皮の一枚は、わたしの体だってことを。

でも、だめだ。うまくいかないだろう。この、年取った声で話をしても、母さんは、グレースだと思うだけで、わかってくれないだろう。わたしが行かなくちゃ。直接、母さんと会わなきゃ。そうすれば信じてもらえるだろう。この目を見ればわかってくれるかもしれない。そうでなくても、ほかの何かで気づいてくれる。わたしの母さんなんだから。わたしが本物のわたしで、おばあちゃんの体に閉じこめられているということを。ほかのだれにもわかってもらえなくても、母さんにはわかってもらえる。わたしを信じて助けてくれるだろう。母さんと父さんなら、わたしを信じて理解してくれる。血は水よりも濃いって言うもん。親なら自分の子どもがわかるはず。わたしが元の自分にもどるのを手伝ってくれる。そうに違いない。

わたしは老人である自分の体に合ったコートを着た。外は寒かった。暖かくしなくちゃ。気をつけなくちゃ。危険をおかすわけにいかない。今ではおばあちゃんなんだから。

ドアのそばにつえが置いてあった。わたしはためらったけど、持っていくことに決めた。転ばぬ先のつえだ。つまずいたり転んだりして、縁石《えんせき》で腰の骨を折るなんてごめんだ。年を取ってからそんなことになったら、治るのに時間がかかる。ほんの数時間前には、わたしは若くて元気でそして――。

後ろでドアがバタンと閉まった。わたしは通りを急いだ。急いだけど、歩みはゆっくりだった。魚の目や、足の親指が痛み、靴はつま先あたりをしめつけるようだった。ひざはきしみ、つえに寄りかかるとひじが痛んだ。

でもわたしは進んだ。うなだれ、脚を一歩ずつ前に出した。頭はうなだれていたけど、決意は固かった。あのふたりよりも先に着かないと。いや、それは無理だ。追い越すことはできない、あのふたりのほうがはるかに脚が早い。だって若いんだから。ああ、走ることだってできる！　でもわたしは？　いたた！　だめだ。走れない。気をつけないと、もっと遅くなる。ゆっくり確実に、それがいい。

わたしはおばあちゃんの歩みで、おばあちゃんのペースで歩き続けた。ふたりより先に着くのは無理にしても、できるだけ早く家に帰らないと。魔女たちが、確実にわたしを愛してくれているふたり――わたしの母さんと父さん――をだます前に。

わたしの体は取られたけど、わたしの家は奪わせない。わたしの家族はだめ。わたしの母さんと父さんは。ふたりは大丈夫、わたしを信じてくれる。まだわたしを愛しているし、わたしがもうおばあちゃんになっていても、いつまでも愛してくれるだろう。

母さんと父さん。

ふたりはわたしのたったひとつの希望。ふたりは、わたしが本当のカーリーだってわかってくれる。そうでしょ?

13 家《ホーム》へ

世界が変わってしまった。もう水たまりを飛び越えることもできない。前は、ぴょんとスキップするだけで飛び越えることができたのに。でも、今ではのろのろとまわりをよけるしかない。つまずいたり転んだりして、カメのようにひっくり返って、再び立ち上がれなくなるのではないかと恐れながら。

夜はますますふけてきた。黄色い街灯がつき始める。

足音！

強盗？　後ろにそっと忍び寄り、おばあちゃんのハンドバッグをひったくるつもりかもしれない。

わたしはスピードを上げた。

スピード？　うん、わたしの言った意味はわかると思うけど。おばあちゃんのスピード。よたよたと、つえをつくトントンという音といっしょに、小さな足音をたてるくらいのスピード。

でも足音は通り過ぎた。だれでもなかったんだ。いや、だれかだったんだけど、わたしを襲うつもりはなかったらしい。わたしの家はそんなに遠くないけど、たどりつくまでずいぶんかかった。年を取るというのは、とっても——不便なものだ。なんてやっかいなんだろう。何もかも時間がかかってしようがない。

ようやくうちの通りに続く角を曲がった。その通りを少し行ったところに、わたしの家がある。何もかもいつもと同じ。リビングに明かりが灯り、小道に車があった。温かくて居心地よさそうな、いい雰囲気で、まさに家庭のあるべき姿って感じ。

わたしは門の扉を押し開け、玄関まで歩く途中でリビングをのぞいて、ふたりの魔女がいるかどうか確かめた。

いた。ふたりとも。座ってテレビを見てる。母さんは窓のところで、手を伸ばしてカーテンを引いている。これまで何百回とやってきたとおり。それは永遠に変わらない光景に思えた。いつもどおりの、確実で安心できる光景。困ったことなど何も起こらない、すべてが元どおりにうまくいくんだ。母さんがそこにいて、時間どおりに、いつもどおりの仕事をしている限りね。母さんが元どおりにしてくれる。母さんはそういうのが上手だ。きっとうまく解決する。

母さんが暗がりに目をやって、こっちをちらっと見たとき、わたしは玄関のドアのブザーに手を伸ばした。

「ぼくが出るよ。たぶん、募金を集めに来たんだろう」

父さんの声が、キッチンから（書斎かも）かすかに聞こえてきた。わたしはもう一度ブザーを鳴らした。もどかしくて、せっつくように。父さんの声が大きくなった。

「すぐに行きます！　ちょっと待ってください！」

父さん。父さんだ。父さんならすぐにわかってくれる。理解してくれる。すぐにあの子たちを追い払ってくれる。

またあのふたりが見えた。カーテンのすき間から光がもれ、ふたりの顔がわたしのほうをのぞいている。気取って自信満々のいやらしい小さな顔。得意そうに勝ち誇り、ほくそえんでいる。

「こんばんは」

ドアが開いた。父さんがお金でふくれた募金袋を手にして、封をしようとしている。

「集めにいらっしゃると思ってましたよ、これを――」

「父さん――」

父さんはぽかんとした。わたしの姿がよく見えるように手を伸ばして門灯をつけた。

「なんですって？」

「わたしよ――わたし――カーリーよ！」

「え？　カーリーにお会いになりたい？　たしか友だちとリビングにいると思いますが、どちら様でしょう――」

母さんが後ろから玄関にあらわれた。両腕に洗濯物を抱えている。

「母さん！」

母さんは立ち止まって目をこらした。

「わたしよ！　わたし！」

母さんがゆっくり近づいてくる。

「シェリー――この方を知っているのかい？」

母さんはドアのところで止まり、だれだかわかってほっとした顔になった。わかったという印ににっこりして見せる。

「グレースさん！」

そして父さんのほうを向いた。

「メレディスのおばあちゃんよ」

それからわたしに向かって言った。

「ふたりともリビングにいますよ。お入りください。あなたがおいでになるってメレディスから聞いてました」

「母さん――」

母さんははっと動きを止めたようだった。父さんのほうを見ると、父さんも見返した。

心配そうな、用心深い目つきで。まるでだれかが変なことをしているかのように。

でも、わたしだってことはわかっているよね？　わたしだって見分けがつくよね？

「母さん、わたしよ、カーリーよ。わたしよ、母さんの娘よ」

母さんは一歩後ろに下がった。どうしてそんなふうに遠ざかるの？　どうしてわたしに腕をまわして、いつもわたしが家に帰ったときのように抱きしめてくれないの？

「母さん――」

母さんは父さんのほうを向き、何か問題が――とても深刻な問題があるときに大人が使う口調になった。

「ジョン――」

「大丈夫だよ。たぶんちょっと混乱しているだけだろう――座っていただいたほうがいいんじゃないかな……」

「そう、そうね」

母さんは急いでキッチンへいすを取りにいった。

その間に、父さんは「どうぞ、お入りください」と言った。

「大丈夫ですか？　なんだか顔色が悪いですよ？　何か困ったことでも？」

わたしは泣き出すところだった。大粒の涙が目に浮かび、それがこぼれるのを止めることはとてもできなかった。わたしは玄関に足を踏み入れ、両腕を伸ばした。

「父さん」

わたしはそう言いながら、すすり泣いた。今にもカーペットにくずれ落ちてしまいそうだった。

「父さん、わたしよ、カーリーよ。わたし、盗まれてしまったの。わたしの体をメレディス姉妹に。ふたりは魔女よ。いい？　ふたりとも魔女なの。これって魔女のやり口なのよ。いつまでも生き続けるためなの。まずひとつの体を盗んで、それからもうひとつ盗むの。その体が年を取ってくたびれてくると、平気でまた次の体を盗むの。まずメレディスの体を盗んで、今度はわたしの番。体を盗まれたメレディスは、老人ホームに入れられたの。そんなのってひどい、不公平よ。お願い父さん、お願いだからわたしを助けて、お願い」

父さんは後ずさった。何か恐ろしいもの、醜くていやらしいものを見たときのように。

「父さん、父さん、わたしよ、カーリーよ！　わたしよ！　父さんの娘よ！」

わたしは抱きしめてもらいたかった。どうして父さんはわたしを引き寄せて、抱きしめてくれないんだろう？　いつもそうしているように。いつも、何度も。いつものようにわたしをぐるぐる振りまわしてよ。わたしがやめてって叫ぶまで。でも本当はやめてほしくないから、父さんがまわすのをやめると、もう一度やってって言うんだけど。

「父さん、カーリーよ、父さんの娘、娘よ――カーリーなの。わたしがそうなの！」

父さんは後ずさりし続けた。まるでわたしの頭がおかしいと思っているような目つきだ。頭がおかしくて、押さえがきかなくて、取り乱していると。

「父さん！　本当なの！　信じてもらえないかもしれないけど、本当なのよ。あのふたりは、わたしの体と若さと人生を盗んだの。わたしのふりをしているだけなんだよ。これが本当のわたしなの。わたしみたいに見えないとは思うけど、これがわたしなの、父さん。何か質問してみて、なんでもいいから。わたしは答えられるけど、あいつは答えられないはず。聞いてみて。ネコの名前とか、バーバラおばさんの名前とか、わたしの部屋の壁紙の色とか、わたしの貯金の額とか。わたしにはわかってる、細かい額までね。父さん……父さん……？」

父さんは黙ってただそこに立っているだけ。母さんはキッチンからいすを持ってもどってきていた。父さんは母さんのほうを向いた。

「シェリー、聞いたかい――?」

「ええ、聞こえたわ。ひと言ももらさずにね」

母さんはいすを玄関の真ん中に置いた。

「グレースさん。さあ、ここにお座りなさいな」

「ううん、わたしは大丈夫。座る必要なんかない！　わたしに必要なのは、だれかに信じてもらうことだけよ！」

だけどふたりはわたしのほうを見ないで、わたしの言葉さえ聞いていなかった。お互いに顔を見合わせ、わたしの頭の上で、わたしを無視して話をしている。まるでわたしがそこにいないみたいに。

「どう思う?」

「軽い卒中《そっちゅう》じゃないかな」

「そうかもしれない。痴呆《ちほう》の兆候《ちょうこう》だとは思わない?」

「そうでないといいけど。メレディスのために、そうでないことを祈る」

「母さん！　父さん！　聞いてよ！」

「でも、こんなふうに始まることは多いのよ。相手がだれだかわからなくなるって、目の前の人が、本当は過去の人のように思えてくる」

「母さん！　父さん！　わたしの話を聞いて！　ここにいるのがわたしなの。カーリーなの。そう、カーリーよ！　盗まれたの」

「聞いた？　自分がカーリーだと思っているわ」

「しかし、どうしてそんなふうに思うんだろう？」

「奇妙ね？　もし自分がほかのだれかだって思いこむとしたら、この場合、自分はメレディスだって考えるのが普通だと思わない？」

「いろんな例があるんじゃないか？」

「どうしたらいいかしら？」

「かかりつけの医者はだれ？」

「知らないわ」

「だれか呼んだほうがいいな。ぼくが呼ぶよ。君はメレディスに話をしたほうがいい」

「メレディス！」

ふたつの顔がリビングのドアからのぞいた。まったく無邪気で、なんでも手伝います、何をしましょうという顔――でもその下にあるのは、まじり気のない悪意そのもの。

「はい？」

「おばあちゃんがいらしてるの。でも、具合が悪そうなのよ。おばあちゃんのお医者様の名前を知ってる?」

「いいえ、知りません」

メレディスは天使のような顔で、にこやかに言った。

「ごめんなさい」

そしてメレディスは、ずうずうしくもわたしのところに来て、心配そうにわたしのおでこに手を当て、熱を確かめてみせた。まるでわたしのことを本当に気づかってでもいるように。

「気分が悪いの、おばあちゃん?」メレディスは言った。

「どこか具合が悪いんだと思う?」

「その手をどけてよ、この性悪の魔女め!」

わたしは叫んでメレディスをたたき、その手を払いのけた。

母さんと父さんはわたしをまじまじと見た。わたしが卒中を起こしたか、頭が変になったに違いないと思ったらしい。

メレディスが後ずさった。それからずうずうしくも、泣いてみせた! 本当に泣いてみせたんだ!

「ああ、おばあちゃん」と泣き声をあげた。

「どうしてぶつの？　わたしはただ、具合はどうって聞いただけじゃない。ただ助けてあげたいと思っただけなのに」

「あああああ！　どうしてそんなことが――」

わたしはまた怒りの叫び声をあげた。今度は本当に恐ろしい声で。そして、自分でも気づかないうちに、つえを振り上げ、振り下ろそうとしていた。そのとき、力強い手がわたしを止めた。その手はわたしの手首をつかんでいる。

「そんなことはやめましょう」

父さんの声がした。父さんは優しくそっとつえを取り上げた。

「そんなことをする必要はないでしょう」と、つえを傘立ての下に置いた。

「何も心配することはありませんよ。ちょっと混乱して、いつもの自分じゃなくなっただけ」

「そりゃ、いつもの自分じゃないよ！」わたしは言い放った。

「ほかの人間の体にいるっていうのに、いつもどおりでいられるわけないじゃない！　わたしは女の子なんだよ。おばあちゃんじゃないんだ！　そんなばかみたいなこと言わないでよ、父さん！　本当に！」

母さんと父さんはふたりとも、わたしが今度こそ完全に気が変になったと思ったらしい。天井を見上げている。

「今夜は、メレディスをいっしょに帰らせるわけにはいかないわね」

母さんが小声で言った。

「あの子はうちにいたほうがいいだろう」父さんが言った。

「なんで！」わたしは大声で言った。

「だめ！　そんなことしちゃだめ！　それこそやつらのねらいなのよ。うちに入りこもうとしているの。リンゴに巣くった虫みたいに。シラミみたいに――寄生するのよ！食い物にしようとしているの！　少しの間面倒を見てもらうためにだけ利用するのよ。だれにも、よけいな質問をされたり疑われたりしないようにね。力をたくわえる間、そうやって安全でいられるように。でも、力をすべて取りもどしたら、すぐに父さんたちもお払い箱よ！」

でも、だれも聞いていなかった。いったん人の言うことを嘘だと決めつけたら、興味を失って話を聞こうともしない。たぶん聞こえてもいない。完全に忘れ去られてしまう。

「じゃあ、ちょっと電話を一、二本かけてきますから」父さんが言っている。

「待っている間に、おいしい紅茶を一杯、いかがですか？」

「紅茶！」わたしはわめいた。

「わたしは紅茶なんか大きらい！　わたしは紅茶は飲まないよ。父さん、知ってるでしょ。わたしが飲むのはミルクとホットチョコレートとオレンジジュースだよ。紅茶は飲まない。紅茶は大きらい。それからビールも——大きらいだよ。覚えてる、一度、父さんのビールを飲んで、キッチンの流しに吐いたことがあるじゃない。覚えてる、父さん、覚えてる？　これでわたしのこと、信じてくれた？」

見つめる父さんの目の中に、迷っているような表情がちらりと浮かんだ。一瞬、母さんも首をかしげた。お互いに「どう思う？」と目でたずね合っているようだ。

「しかし——まあ、そういう思い出ってだれにでもあるものだろう」

父さんが母さんに言った。

「そういう子どもはたくさんいる。この人も子どものころ、そうだったんだ。お父さんのビールを飲んで気に入らなくて吐き出したんだ——混乱しているだけさ、過去と現在がごちゃごちゃになってね」

「混乱なんかしていない！」

わたしはおばあちゃんのしわがれ声で叫んだ。

「混乱してるのはそっちよ！　父さん、どうしてそんなに狭い見方しかできないの。もっと賢くて頭のいい人だと思ってたのに。どうしてそんなに——まぬけなの！」

父さんはキッチンのほうを向いた。

「ぼくが電話をしたほうがいいな」と言った。

「そうね」母さんがうなずいた。

「緊急事態だって言ってちょうだい。それから社会福祉事業のほうにも連絡を取ってみて。時間外の緊急ナンバーがあるはずだから」

「わかった」

父さんは言って、立ち去った。

母さんがわたしのほうを向いた。

違う。わたしのほう、じゃない。もうひとりのわたしのほう。母さんは、カーリーのほうを向いた。さっきまでわたしだった子。母さんが、わたしだと思っている子。わたしの体に入った魔女。

「カーリー、これはメレディスにとってはかなりショックなことだと思うの。ちょっとの間、メレディスを連れてあなたの部屋に上がっててくれない？」

「わたしの部屋よ！」わたしはわめいた。

「わたしの部屋よ、そいつのじゃない！」

あまりに激しく毒づいたので、入れ歯がもう少しで落っこちるところだった。わたしはあわてて元にもどした。

　みんなはわたしを無視した。列車の乗客が、ひどいふるまいをしている酔っ払いを、まるでその姿が見えていないかのように無視するのと同じ。酔っ払いが騒げば騒ぐほど、その姿は見えなくなるんだ。

「メレディスを部屋に連れていってくれるかしら、カーリー。母さんたちがなんとかするまでね。ゲームか何かしてたら？　すぐに母さんが行って、何が起きたかメレディスに話をするから。こっちのほうを先にしなくちゃいけないの、わかった？　緊急事態みたいなものだから、みんなで協力しないと。そうしたら何もかもうまくいくわ。いい？」

「わかった、母さん」〈カーリー〉は言った。

「あんたの母さんじゃないよ。わたしの母さんよ！」

　わたしはぴしっと言った。子どもっぽいけちな言い方に聞こえたし、自分でもそれはわかった。

　母さんの顔に、悲しみと哀れみの表情がよぎった。母さんは、だれのことをかわいそうに思っているんだろう、とわたしは思った。でも、それはもちろん、わたしのことなんだ。入れ歯が飛び出しそうな、いすに座っているこのおばあちゃんのことだ。正気を失ったおばあちゃんが、そばにいる女性――自分より四十歳か、五十歳ほども年下の

——を自分の母親だと思っている。

母さんが悲しそうなのも不思議じゃない。母さんはそういう人だ。優しくて親切で、ほかの人が傷ついているのを見るのががまんできない。人が悲しんでいれば、自分も悲しい。わたしのようなおばあちゃんを見たら、悲しむのもあたりまえだ。入れ歯をモゴモゴさせながら座っているおばあちゃんは、気が変になっているんだから。思いは妖精たちといっしょに、はるか昔の子ども時代の遠いぼんやりとした記憶の中をさまよっているんだから。

「母さん……母さん……」

わたしは泣いた。涙を止めることはできなかった。泣くだけ泣いたら、また子どもになれるかもしれない。涙がしわを洗い流し、年取ってて古い革の本のようにかさかさした皮膚を元にもどしてくれるかもしれない。側転も、逆立ちもできて、ジャングルジムにひざをかけてぶらさがったりできるようになるかも。

泣くだけ泣いたら。泣くだけ泣いたら、元にもどれるかもしれない。もう一度自分にもどって幸せになれるかもしれない。悪夢や悪いできごとは、すべて消えてしまうかもしれない。小さなボウル一杯の涙でじゅうぶんだろうか。それともバケツ一杯、あるいは流し一杯が必要だろうか？　ただ涙をじゅうぶん流したら、元どおりになるかもしれない。

いや、何の効果もないだろう。気分がよくなることもなかった。

「カーリー、すぐにメレディスを連れていって。おばあさんはちょっと興奮しているらしいの」

「わかった母さん。そうするよ。おいでメレディス、わたしの部屋に行こう。パソコンを使えるよ」

ふたりは出ていった。お互いに体をぶつけ合いながら。本当に仲良くやっている日の女きょうだいのように。お互いの秘密はなんでも知っていて、すべてを許し合う親友のように。

わたしにはだれもいない。だれもわたしを信じてくれないし、わかってくれないし、受け入れてくれない。これが最悪。だれもいないってことが。老人になったことよりもつらい。

ふたりは階段を上っていった。並んで。こんなこと、だれにもわかってもらえないだろう。わかりっこない。無邪気そうなふたりがどれほど邪悪か。

パタン。ふたりの後ろで、わたしの部屋のドアが閉まった。それから、くすくす笑う声が聞こえてきた。邪悪な計画を成功させたばかりの魔女の笑い。澄んだ声の、幸せそうな笑い。

そしてわたしは疲れ果て、不安でいっぱいだった。

「母さん――」

「具合はどうです？　よくなりました？　子どもたちは上に行かせました。あなたがこんな状態のところを見せたくなかったから。二階にね」

「母さん――」

「いいえ、わたしはシェリー。覚えてます？　カーリーの母親。カーリーはメレディスの同級生。学校の。メレディスの友だちですよ。思い出しました？」

「母さん――」

わたしは母さんの手を取ろうと手を伸ばした。

「母さん――」

「あなたは卒中の発作を起こしたんだと思うんです。軽い卒中の。そのせいで記憶が影響を受けて、自分のいる場所がわからなくなってしまったの」

「わかってるよ、母さん。わたしは家にいるの、母さん。家にいるのよ」

「そう、もちろんそうね。だけど、わたしはあなたの母親ではないんですよ、グレースさん。それはただ記憶のいたずらなんです。わたしは本当はシェリー、わかります？

カーリーの母親。カーリーはわかりますか？　メレディスの友だち。でも、もうすぐよくなります。助けが来る途中だから。ジョンが電話をかけているんです。お医者さんに電話をしているところ。本当に紅茶はいらないんですか？」

「母さん、手をつないでもいい？」

母さんは泣き始めた。わたしは泣きすぎて、もう涙がかれてしまっていた。母さんは、わたしとバトンタッチしてくれたみたいだった。

母さんはわたしの手を取ると、両手でわたしの手を握ってくれた。わたしのそばにひざをついて、手を握ってくれた。

「いいわよ、グレースさん。大丈夫。わたしが手を握っていてあげる。もちろん。たいしたことじゃないわ。だれにでもある、ささいなことよ。だれでも年を取るわ、グレースさん。そして親切にしてくれる人が必要になる。わたしもいつかそうなるわ。メレディスもカーリーも。今のふたりは生命力に満ちていて、あまりに若いから、想像するのが難しいけれどね」

母さんの声はやわらかく、心を落ち着かせてくれた。わたしは怖い気持ちがうすらいだ。

「母さん――」

「いいわ、そう呼びたいならそう呼んでちょうだい。そのほうがいいのなら。さあ、ちょっと体を真っ直ぐにしましょうか。そのほうがいいから。クッションはいりませんか？　それとも、もっとやわらかいいすのほうが、腰にはいいかもしれません」

「ただわたしの手を握っていて、母さん。わたしを放さないでね。ただわたしの手を握っていて。わたしをどこへもやらないわよね？　ここに、母さんのそばに置いてくれるわね？」

「ええ、そうしましょう」

「愛しているわ、母さん」

「わたし――わたし――」

「母さんもわたしを愛してる？　愛してる？」

「もちろんよ、もちろん」

「ありがとう、母さん。ありがとう。もし母さんが年を取って不幸せになったら、わたしが母さんの手を握ってあげる。母さんがわたしの手を握ってくれたようにね。わたしは忘れないよ、母さん、決して忘れない。わたしがカーリーだってわかったでしょ、母さん？　わたしがカーリーだって信じてくれる？」

「わたし――」

「お願い、母さん。わたしがカーリーだと信じるって言って」

キッチンのドアが開いた。父さんがやって来た。

「こちらに向かってくれている。十五分くらいで着くだろうって医者が言っていた。診察をして、それからどうするのが一番いいかを決めることになるらしい。メレディスはどこだい?」

「二階、カーリーの部屋よ」

「大丈夫かい――おばあちゃんは?」

「今はちょっとおさまったわ」

「君は何をしているんだ?」

「手を握ってあげてるの。かわいそうなおばあちゃん。わたしが自分の母親だと思っているの」

「かわいそうに」

「わたしたちもみんな、年を取るのよね、ジョン」

「そう、みんな」

「父さん――」

「あなたのことを父親だと思っているの」

「こっちの手を握って」

「そうしたほうがいい？」

「そうしてあげて。お医者様が来るまで、落ち着いていられるでしょう」

「わかった」

「母さんと父さんだよね」

「そうだよ、カーリー。そうとも。何も起こりやしない。すべてうまくいく。父さんと母さんがここにいるんだから。父さんと母さんがいる。ふたりでお前の手を握っているから。もう大丈夫。お医者さんがすぐ来てくれる。すぐにね」

するとニ階の、ドアの向こうから、くすくす笑いが聞こえた。静かな山あいの滝のように澄んだ声が。

車の音がして、いきなり乱暴なノックの音がドアに響く。

「お医者様だわ。お医者様が来てくれたみたいね」

わたしの手を握ってくれる人はだれもいなくなった。

わたしのつえはどこにいったんだろう、とわたしは考えた。

14 そして、老人ホームへ

みんなは、わたしを老人ホームに入れた。

どうしてこういうところを〈ホーム〉《家》って呼ぶのかわからない。ぜんぜん家なんかじゃないのに。けっこういいところがあるのかもしれないけど、それでも家じゃない。家というのは、家族がいて、思い出があるところ。ばかでかくて暗い感じの建物に、穴のあいたうんざりするような服やタオル、さびだらけの風呂場があるところは、家なんかじゃない。追っ払いたい人を入れておく場所だ。もし明るくて清潔で日当たりのいい場所で、カラフルなカーテンがかけてあったり花を生けた花びんが置いてあったりしても、同じ。家というのは、いたいと思う場所、心のすみかだ。もしそこにいたいと思わないのなら、それは家なんかじゃない。

ホームで世話をする人たちはそんなふうには思わず、ただ自分たちは親切だと考えている。たぶんそのとおりなんだろう。もし年老いて孤独で、面倒を見てもらいたい、世話をしてもらいたいと思うなら、それはそんなに悪い場所ではないかもしれない。でも、たとえ豪華なリッツ・ホテルに住まわせてくれたとしても、そこは家じゃない。少なくともわたしはそう思う。そんなの家じゃない。

「メレディス、おばあちゃんは具合がよくないんだ」

あの夜、わたしをざっと診て、気が変になったと判断したお医者さんが言った。

「感じのいいすてきな場所で、訓練を受けたスタッフにきちんと世話をしてもらわないといけない。そういうスタッフは頭の混乱したお年寄りの世話をするのに慣れているからね」

頭の混乱した、だって？　混乱なんかしていない。わたしひとりだけが本当のことを知っているのに。でもお医者さん連中に、魔女や〈幽体離脱〉や体が盗まれた話なんかしたら、いったいどうなるか。話し始めて二秒で、鎮静剤《ちんせいざい》の注射器に手を伸ばすに決まってる。

あの人たちはわかっているつもりだから。証明書や免状をもらって、いろんな難しい言葉や体じゅうの骨の名前を知っている。魔女の存在なんか信じるはずがない。ばかばかしいと思うに決まっている。信じるはずがないね。だからそんなことをあの人たちに話さないほうがいい。

それがわたしの忠告。でないとお年寄りと頭の混乱した人のためのホームに入れられることになるよ。たとえまだ若くてもね。

わたしみたいに。

わたしは自分の家のキッチンに座っていた。目の前のテーブルには口をつけていない紅茶のカップが置いてあった。わたしは紅茶がきらいだって言ったのに、紅茶を入れてくれた。ついそうしちゃったんだろう。大人ってそんなものだ。相手があんまり幼かったり、あんまり年を取っていたりすると、その相手にとって何が一番いいかは、自分たちのほうがよく知っているんだといつも思いこむ。ほしくもないものをよこしたり、持っているものを取り上げたりするんだ。それはあなたによくない、とか言ってね。

そして呼び方も同じ――〈あなた〉とか〈おばあちゃん〉とか〈大事なおばあちゃん〉とか。ときには（ホーリントンさんみたいにね）〈いい子〉なんて呼ぶこともある。相手がおばあさんだってことはひと目でわかるのに。

おばあさんに「いい子ね」って言うなんて、考えられない。ぜったい間違っている。

わたしは冷めた紅茶のカップを前に、キッチンで座っていた。お医者さんはテーブルにかばんを置いていた。その中にはいろんな器具が入っていた。目や耳を調べるもの、それからたぶん鼻の奥を調べるものも。胸の音を聞く聴診器《ちょうしんき》もあったし、ひざをたたいて反応を調べるための、ゴムをかぶせた小さな金づちもあった。

わたしに脚を組ませ、ひざをたたいてから「おばあちゃんの反射作用は正常だと思われます」とお医者さんは言った。たたかれると、わたしの脚は真っ直ぐ伸びて、お医者さんをけってしまった。お医者さんは金づちをテーブルの下に落とし、父さんがそれをひろいあげ、元にもどした。

「肉体的には、まずまずの健康状態にあると思われます——もちろん、この年にしては、ということですが。しかし精神的には、そう、正直申し上げてですね——テイラーさん、内々に話せますか?」

そして〈内々の話〉をしに行った。母さん、父さん、お医者さんの三人はレンジのそばのすみっこに集まり、ときどきわたしのほうをちらちら見ながら、深刻そうにうなずき合った。大きな決断をしなくちゃいけない人みたい、何が一番いいか知っている人みたい。

ないしょ話の一部がわたしの耳に入った。たとえば「信頼はできません」「残念です」「自分の面倒もほとんど見られない。ましてや子どもの保護者だなんて」そして「ええ、それがいいと思います」「悲しいけど、どうしようもない」「メレディスはここでわたしたちと暮らしたらいいわ。おばあちゃんはこうなるかもしれないと考えていたに違いありません——つい先日、そのことを話していかれたんですよ」

わたしを年寄り扱いしているみんなの話し方はおかしなものだった。最初はわたしに声が聞こえないように静かに始めるのに、だんだん声が大きくなる。まるで、わたしがそこにいることを忘れ、話題にしているのがわたしのことだってことまで忘れてしまったみたいに。しまいにはまるきり普通の声で話をし出す。聞いても理解できないと思ってるみたいだ。わたしのことを、しゃべることもまだできない、言葉もわからない、ただ頭をなでてもらうだけでいい小さな赤ちゃんだと思ってるみたいに。

「そうですね」父さんが言った。

「そうしないといけないのなら、しょうがありません。早いほうがいいでしょう」

お医者さんは聴診器をはずし、かばんのふたを閉めた。大きな鋭い音がした。これでおしまいという合図みたいな音が。すべて片付いたと、そのかばんが決定を下したかのようだった。

「メレディスにはわたしから知らせたほうがいいわね」

母さんが言って、二階へ向かった。

「ぼくは予備の寝室の用意をするよ」父さんが言った。

「シーツは戸棚に入っているね？」

母さんはためらった。

「今夜は、メレディスはカーリーの部屋で寝たほうがよくないかしら。たぶん、とても動揺すると思うの。結局、あの子の身内はおばあちゃんだけでしょう。ひとりになりたくないかもしれないわ」

だとしたら、わたしは？　わたしだってひとりにはなりたくない。

「わかった、カーリーのベッドわきの床にマットレスを敷いて、寝袋を持っていこう。ひと晩くらいは大丈夫だろう」

「それでいいわ。わたしはあの子に話しにいくわね」

母さんはキッチンを離れ、父さんは物置にわたしの寝袋を取りにいった。メレディスに使わせるために。お医者さんは残って、ぎこちない慣れない態度だったけど親切にふるまおうとしていた。

「長い一日でしたね……」と言いかけたけど、そこで言葉につまった。

「いくつか電話をかけておきましょう。ええと……社会福祉課に電話して、ホームのベッドに空きがあるかどうか聞いてもらいましょう。また元気になれますよ。そこは――とてもいいところです。運営は非常にうまくいってるし、資格のある介護スタッフがたくさんいて、世話をしてくれます」

この人たちが耳を貸してくれさえしたら。わたしの言うことを聞いてくれたら！　でもだれも聞いてくれない。子どもや、年寄りの言うことなんか。何もかも頭の中で、でっちあげたことだと思っている。

お医者さんは、車から電話をかけるため部屋を出ていった。

「すぐもどってきます。ほんの一秒ですよ」と言って。

百万秒かかったってかまわない。気になんかしない。わたしをどこにやるつもりなんだろう？　ホーム？　でも、わたしはここにいるべきなのに。ここがわたしの家《ホーム》なのに。ほかの家なんてほしくない。

メレディスに〈悪い知らせ〉を話している母さんの声が二階から聞こえてきた。メレディスにとっては、悪い知らせなんかじゃない。この五十年間で、〈一番いい知らせ〉だと思う。

「メレディス、おばあちゃんはね――びっくりすると思うけど、正直に話すわ。とても重い病気なの。心の病気よ。年老いた人の心は、ときどき、具合が悪くなることがあるの。こんなことはしたくないんだけど、ほかにどうしようもないと思うの。でないと、とても困ったことが起きるかもしれない。火事とか、ガスをつけっぱなしにするとか、水を出しっぱなしにするとか、ガウンのままでふらふら出歩いちゃうとか。ひどいけがをするかもしれない。もしかしたら、あなたまでひどい目にあうかもしれない。だから、しばらくの間ここにいなさい。ことが落ち着くまでね。あなたの今後については、それからきちんと考えて決めましょう。とりあえず、カーリーの部屋で寝るといいわ。カーリー、いいわよね？」

「ええ、いいわ、母さん。もちろんよ」

わたしの声が答える。むかつくような笑みを含んだ声。いい子ちゃんぶって。言葉のしゃべれない動物や、小さな生き物や、自分より不幸な人たちに親切にしていますって声。

その声を聞くだけで胸が悪くなった。

母さん、母さん！　わからないの？　それがわたしじゃないって、わからないの！　それはほかの人間よ。わたしの声をしているけれど、中にいるのはわたしじゃない。それがわからないの？　そして泣き声が聞こえた。メレディスだ。〈ワニの涙はそら涙〉って言うけれど、メレディスの涙はワニがこの世界に生まれて以来、一番大粒のワニの涙に違いない。

「ああ、かわいそうなおばあちゃん」メレディスは泣きじゃくった。

「かわいそう、かわいそうなおばあちゃん。いつもわたしにあんなに親切にして、とってもよく面倒を見てくれたのに。なんてかわいそうな」

そして「かわいそうなおばあちゃん」と言っては泣きじゃくるのを十分ほどくり返した。母さんは「そうね、そうね」と言い続けた。

わたしも、よく吐かなかったなと思う。

お医者さんがもどってきて、携帯電話を切り、ポケットにしまった。父さんがキッチンをのぞいた。寝袋と枕を抱えている。

「どうですか？　うまくいきました？」

「そう、運のいいことにね。今晩引き取ってもらえますよ」

「どこに？」

「メリーサイド老人ホーム《愉快な場所》です」

「いい感じの名前ですね」

「いいところですよ。評判もいいし。しっかり面倒を見てくれるでしょう。訓練を受けたスタッフがたくさんいます。経営者はホーリントンさん。わたしの知る限り、とても感じのいい人ですよ」

二階からはまだ泣き声が聞こえる。涙ながらに、メレディスがこう言った。

「でもわたしたち、おばあちゃんを訪ねることはできるんでしょう？　ホームに入っても、おばあちゃんに会いにいけますよね？」

「あら、もちろんできるわよ、メレディス」母さんが言った。

「いつでも好きなときにね。毎日でも連れていってあげるわ！」

信じられない。ふたりはわたしの体を盗んで、わたしをホームに入れるつもりだ。なのにわたしを訪問するって、何のために？　思い切り笑うため？

それから気がついた。メレディスはそう言わないといけないんだ。もしそう言わなかったら、変だから。冷淡《れいたん》で、無神経な子どもだと思われてしまう。そうしたら疑いを招くかもしれない。

紅茶は石のように冷たく見えた。わたしは手を伸ばしてカップに触れた。父さんがわたしを見た。

「新しいのを入れましょうか」父さんが聞いた。

わたしは首を振った。

「お茶に手も触れなかったんです」父さんがお医者さんに言った。

お医者さんはかばんを取り上げた。

「お茶を飲まなかったというのは、由々しき事態ですな」と言った。

ジョークを言って、みんなの気持ちを明るくしようと思ったらしい。だけど、わたしの気持ちは明るくならなかった。わたしは落ちこんだままだ。

「紅茶はきらいなの」

わたしは言った。もう怒った声ではなく、ただ氷のように冷たい声で。

「わたしは紅茶が大きらい、紅茶は飲まないの。それにわたしはおばあちゃんじゃない。わたしはグレースって名前じゃない。わたしはカーリーよ！」

父さんは悲しそうにわたしを見た。お医者さんのところに行って話しかけたとき、ブーッ！　ドアのブザーが鳴って、話のじゃまをした。

「迎えがきたかな」お医者さんが言った。

「そうですね。何か入用なものがあるんじゃないですか。身の回りのものとか」

「そうそう」お医者さんがうなずいた。

「そう思います」

「持ち物はあとで取りにいけます」

二階から下りてきた母さんが言った。

「一泊分の荷物なら、じゅうぶんうちで用意できると思うわ」

ブザーがまた鳴った。今度はいらいらと、早く仕事をすませたくて急いでいるような鳴らし方だった。

「すぐに出ます」

父さんがドアに向かった。お医者さんがわたしを見る。手を伸ばして、わたしが立ち上がるのを手伝ってくれた。

「ええと、そろそろ――われわれも行きますか」

われわれも？　わたしが、でしょ。人は大人になると〈われわれ〉と言うようになる。でも、いっしょに来てくれるわけじゃない。ひとりで行かなくちゃいけないんだ。

階段がきしみ、メレディスと、わたしの姿をした魔女がさよならを言おうと下りてきた。そうしないといけないから。でないと、変だもの。

わたしはつえを傘立てから取った。お医者さんはわたしの腕を支えてくれた。わたしは行きたくなかった――だけどしょうがない。わたしは小さなおばあちゃん。ほかの人たちも来ている。男の人がひとり、看護婦の制服を着た女の人がひとり。

「救急車が待っています」

わたしを連れにきたんだ。

メレディスが前に飛び出して、わたしに抱きついた。

「おばあちゃん、ああ、おばあちゃん。行ってしまうなんて悲しいわ。ふたりでとっても幸せだったわよね。おばあちゃんは本当に親切にわたしの面倒を見てくれたわ。毎日会いにいくからね」

わたしは老いた体のすべての力をふりしばってメレディスを押しやった。メレディスは壁に頭をぶつけた。

「ああ！　おばあちゃん！　なんでこんなことをするの？」

失敗だった。こんなことをしちゃいけなかった。これで全員が、わたしは気が変だと確信してしまった。気が変で、怒りっぽく、監視と監督を怠《おこた》れば、突然暴力をふるうようなおばあちゃんだと。

「こちらへどうぞ、おばあちゃん。こっちですよ」

「荷物を作っておきました」母さんが言った。

「泊まるのに必要なものをちょっとだけ。身の回りの物は、明日お宅から持っていきます。服や本やそのほか入用なものを。ご自分の物や思い出の品があれば、お家にいるのと似た気分になれるでしょう」

わたしの目にまた涙が浮かんでいた。出ていかなくちゃならないんだ。自分の家から。わたしの母さん、父さん、わたしの部屋、わたしの子ども時代、わたしのネコ、ナナフシ、勉強道具やパソコン。そして幸せな夜は、もう二度ともどってこないんだ。終わってしまった。わたしの人生は終わった。盗まれて、終わったんだ。そしてもう二度と取りもどせない。

「こちらですよ、おばあちゃん。泣いても意味はないですよ。こっちです」

泣いても意味はない？　なんておかしなことを言うんだろう。泣くことに意味なんかあるわけないでしょ？　泣くことに意味はない、心が泣いているんだから。音楽や絵や夕日や風にゆれる花に、どんな意味があるっていうの？

意味ってそんなに大切なもの？　なんにでも意味を探すことに、意味があるわけ？

その人たちはわたしをドアまで連れていった。手をゆるめることはなかったけど丁寧だった。それは人がお年寄りに対してとるやり方——ほとんどの場合ね。でもたまに、かっとなったときなどには、きつい平手打ちが飛び出すこともある。

でも、それを知ったのはもっとあとのこと。

そのときはまだ、同情と思いやりと、一番いいと思えることをしてあげたいという態度だけだった。

「母さん！」

わたしは戸口で振り返って、後ろを見た。

「サムを連れていっていい？」

母さんは真っ青になり、なぐられでもしたかのように震えた。母さんは父さんを見て、父さんも見返した。

「こっちですよ、おばあちゃん」看護婦が言った。

「いいえ、ちょっと待って。今なんて？」

「サムよ。サムを連れていっていい？　お願いだから。わたしはグレースじゃない、カーリーよ。いっしょに連れていくものが何もないの。本当に自分のものは何ひとつないのよ。母さんや父さんやほかのことを思い出せるようなものは。だから、サムを連れていっていい？」

沈黙が広がった。長い、とまどいのまじった恐ろしい沈黙が。ふたりの魔女は不安そうにしている。看護婦、医者、それに付き添い人たちはまごついていた。母さんと父さんは……首をかしげている。

「サムを？　どうしてサムを連れていきたいの？　どうしてサムのことを知っているの？」

わたしの体に入った魔女、カーリーがすぐに割りこんできた。

「わたしが言ったんだと思うの、母さん。いつかサムの話をしたから」

わたしは魔女のほうに向いた。

「わたしの母さんのことを〈母さん〉って呼ばないで！」

わたしははっきり言った。

お医者さんが父さんを見て、「サムってだれなんですか?」とたずねた。

父さんはまるでのどがからからになったようにつばを飲みこんでから、口を開いた。

「テディベアです。カーリーがもらったのはまだあの子が――」

「二歳半のときよね、父さん」

わたしは思い出させてあげた。父さんはうなずき、不思議そうにわたしを見つめた。

「そう、そのとおり――どうして――どうしてそれを?」

「わたしが話したんだと思うわ、父さん」

わたしの姿をした魔女が言った。

「わたしの父さんのことも〈父さん〉って呼ばないで!」

わたしは言った。厚かましい!

看護婦は自分の時計を見ている。

「遅くなります」と言った。

「ゆっくりしていられません」

「そうだな」お医者さんが言った。

「ほかにも行かないといけないところがある」

「わたしには何もない」わたしは言った。

「なんにも。お願い、サムを連れていっていい？」

母さんは父さんを見てから、〈カーリー〉を見つめた。

「カーリー、おばあちゃんが子どもだったころ、やっぱりぬいぐるみを抱っこしていたんじゃないかしら。そのぬいぐるみの名前が、あなたのと同じだったのね、きっと。おばあちゃんは、心の中でそのころにもどっているんだと思うの。もしできれば、どうかしら、あなたの――」

魔女は――魔女のやつは！――本当に泣き始めた。

「母さん、サムはだめ」とおいおい泣きじゃくった（そうしたいと思ったら、涙の栓を思いっきりひねることができるみたいだった）。

「サムをあげるなんてできない。サムだけはだめ。サムはだめ。だめよ。あの子は特別なの」

その後ろで、メレディスがうすら笑いを浮かべているのが見えた。

「さあ」父さんの声がした。

「はい、サム」

父さんはやわらかいぬいぐるみを手にしていた。玄関の窓辺にずっと座っていたテディベアだ。サムとは似ても似つかない。サムは上のわたしの部屋にいる。これは何年も前からお払い箱にしたかった、つまらないテディだ。

わたしはそれをひったくると、床にたたきつけた。

「これはサムじゃない！　サムは上のわたしの部屋にいるのよ！　枕の下に！　それがサムよ！」

「こんな話をしていても、らちがあかない」お医者さんが言った。

「わたしたちは行ったほうがいいと思う。この人の言ってることはさっぱりわからない」

そしてわたしは思いついた。納得してもらう唯一の方法を。これを言えば、母さんや父さんに、わたしが本物のカーリーだってわかってもらえる、たったひとつのこと。魔女たちはぜったいに知らないこと。わたしたちは、魔女はもちろん、だれとも決してこの話をしたことがないから。わたしと母さんと父さんだけしか知らない。宝物だったあの子。わたしたちの、わたしたちだけのあの子——わたしの小さな妹、早く生まれすぎて、ほんの数日しか生きられなかったあの子のこと。

「母さん」わたしは言った。

「これがわたしよ。もしわたしじゃなかったら、どうしてマーシャのことを知っていると思う？　あの子のことを覚えているわよね？　小さくて、見ていてにこにこしてしまうくらいかわいかった。あの子の手はわたしの指くらいの大きさしかなかった。すごく小さかったから、あの子に合うおむつがなかったでしょ。そうだったよね？　それに、生まれたとき足の指が一本多かったよね？　でも、心配することはない、糸で縛っておけば、大きくなるにつれてしぼんでいくからって言われたんだ。覚えてる？　ただ、あの子は大きくなれなかったけど。わたしたち、待合室に座って泣いた。覚えてる？　母さん、覚えてる？　待合室に座って泣いたよね、いっぱいの花に囲まれて」

うまくいった。母さんが息をのむのが聞こえた。まさかという思いが目にあらわれた。何か言おうとしたけど、声が出せない。そして――。

「マ、マーシャ？」

母さんは父さんを見つめた。少し震え、ドアにつかまって体を支えた。

「ジョン、どうしてそのことを――マーシャのことを知っているのかしら？　筋が通らないわ。これって――」

そのとき声が聞こえた。わたしの声だ。

「わたしが話したの。わたしがマーシャのことも話したのよ」

みんなが振り向いた。それはわたし――〈カーリー〉だった。

「ごめんなさい」カーリーが言った。

魔女の知恵はナイフのように鋭く、ノミのようにすばやくはねる。マーシャがだれだか知りもしないくせに、知っているふりはできたんだ。

「わたしが話したの、ごめんなさい、母さん、ごめんなさい、父さん。そんなつもりじゃなかったの。わたしが話したの。ちょっと興奮して、ただだれかに話したかったの――年をとった賢い人にね――そう思ったの。だれかわかってくれる人に」

みんなはその言葉を信じた。そうしないではいられなかったんだと思う。嘘を信じるほうが、真実を受け入れるよりも筋が通っていたから。嘘は単純だけど、真実は厳しく、複雑だった。

母さんはじっと見つめていた。わたしを――というより、カーリーを、わたしの体に入った魔女を。

「あなたがあの子――マーシャ――あなたの小さな妹のことを話したの？」

母さんの声はとがめるような響きではなく、ただ驚いているようだった。けれども母さんの言った内容や、その言い方で、魔女は必要なことを全部知った。

「なぐさめてほしかったの。それだけなの、母さん」

それだけ言えばじゅうぶんだった。

父さんは魔女に腕をまわし、抱きしめて、なぐさめようとした。わたしはたった一枚の切り札を使ってしまった。とにかく相手のほうがうわてだったんだ。わたしは打つ手を失い、ゲームに負けた。

すべてが終わった。


みんなはわたしに手を貸して外に連れ出し、待っていた救急車に乗せた。わたしは感覚がなくなり、何も信じられなくなって、だれの顔も目に入らなかった。車が走り出すときに、暗い窓の向こうさえも見なかった。

たぶんみんなは手を振ったと思う。でも、わたしはあんまりくやしくて、あまりにみじめだったので気にもしなかった。わたしはまた泣き出した。車が夜の中を進む間、思いきり泣いた。

看護婦が振り向いて、わたしのひざをたたきながら、

「よし、よし、おばあちゃん」と言った。

「よし、よし」

わたしはまたかんしゃくを爆発させた。

「『よし、よし』なんて言わないで！」わたしは言った。

「でないとぶちのめすよ」

あとの道のりはだれも何も言わなかった。

あんなこと、言わなければよかった。言っちゃったのはわたしの赤毛のせいかな？ 赤毛の人間は短気だという人がいる。だけどそれは本当じゃないと思う。性格は性格で、髪の色とは関係ない。

それにとにかく、わたしは赤毛じゃなかった。そのときには、もう違ったんだ。わたしは白髪だったんだから。

わたしは白髪頭のカリフラワーの仲間入りをした。カリフラワー畑のカリフラワー老人の仲間入りを。〈退職者および高齢者のためのメリーサイド老人ホーム〉で。

15 メリーサイド老人ホーム

そしてわたしは、老人ホームに入った。よくあることだけど、外から見ればなかなかいいところだった。私道に入る手前に看板があって、こう書いてある。

『退職者および高齢者のためのメリーサイド老人ホーム。美しい景色に囲まれた最高級ホーム。専門の看護婦。サンルーム、庭園あり。料金は応相談。休日短期入所可。経営者、ミセス・P・ホーリントン』

そう、たしかに外から見るといいところのようだった。文句のつけどころはないみたいだし、ちょっとの間滞在するだけなら、とてもいいところだと思っただろう。

だけど訪問者たちは快適な部屋しか見せてもらえなかった。それほどすてきじゃないほかの部屋もあって、孤独になった人々はそこに入れられることが多かった。つまり、身内の者たちが訪問しなくなったり、もうあまりお金の余裕がなくなったりした人々が。お役所がわたしの料金を払っていた。だからわたしはすぐに、それほどすてきじゃない部屋に入れられることになった。お役所というのはあまり払いがよくないから。

最初はみんなが会いにきた。言っていたとおり、しばらくの間はね。だけど本当は満足感を味わうために来ていたんだ、少なくともメレディスとあのカーリーは。

自分の体が会いに来るというのはあんまり気持ちのいいもんじゃない。母さんや父さんが寮母さんかホーリントンさん（ホーリントンという名前だったけど、その性質は恐《ホ》ろし《リブル》かった）と話をしに行くのを待ってから、ふたりの会話が始まる。

「なんてすてきな部屋かしらね、メレディス！」

「本当に、すてきねえ？　ここの半分でも年寄りくさい部屋だってなかなか見つからないわよ」

「自分の洗面台もあるし」

「それにいすもね。外を見る窓も。だから世界が移り変わるのを見られるよ」

それから鋭い小さな指を使って、あちこちつねり始めた。あの子たちが帰ったあと、わたしの体は黒と青のあざだらけになった。ときどき、つねるのをやめさせようと、つえを振り上げた。わたしの動きはのろくてたいてい逃げられたけど、一度だけなんとかつかまえることができた。わたしはメレディスのむこうずねを思い切りなぐって、悲鳴をあげさせた。もう一度つえを振り上げ、カーリーも同じように打ちのめしてやろうとした。そのときふと思った――「これはわたしなんだ！　わたしの体なんだ！　わたしがなぐろうとしているのは、自分のむこうずねなんだ！」

わたしにはできなかった。自分のむこうずねをぶつなんてことは。だからわたしはカーリーを逃がしたんだと思う。

それから間もなく、ふたりの訪問はなくなった。わたしは部屋の外でだれかが小声で話しているのを聞いた。それはわたしの母さんと父さんを相手に話している、ホーリントンさんの声だった。

「お嬢さんたちには危険だと思いますわ、テイラーさん」と言っている。

「つえでなぐりかかったそうです。たぶん、しばらく訪問は控えるのがよいかと。あの方が元のご自分にもどられるまでは」

どうやったら元の自分にもどれるというんだろう。自分の体さえないのに？　とにかく、わたしは年を取った自分はいやだった。若い自分にもどりたかった。

「おそらく、抗うつ剤の連続投与《とうよ》が一番でしょう」

そしてわたしに薬を飲ませようとしたけど、わたしは見られていないときをねらって、薬をトイレに流した。トイレに行きたいって言ったら、決して疑われない。そこがおばあちゃんにとっては一番の場所だと考えているみたい。もしわたしが一日じゅうトイレで過ごしたら、みんなとっても幸せになると思う。

でも、最初の夜はショックだった。

わたしはお風呂に入らなくちゃいけなかった。

それまでわたしは、服を着ていない自分の姿を見たことがなかった。そう、おばあちゃんになってからは。

わたしは長い間泣き続けた。わたしの体はどこもかしこもしわだらけだった。まるで空気の抜けた風船みたいで、しぼんだ、という表現がぴったりだった。わたしはライスプディングをつめた靴下みたいにぐしゃぐしゃだった。

その夜、ベッドに入るとき、入れ歯を取り出してコップにつけておかないといけなかった。でないと寝ている間にうっかりのどにつまったりのみ込んでしまうかもしれないから。

歯がないというのはとても奇妙だった。歯ぐきだけの感じ。わたしは長い間ベッドに横たわり、上下の歯ぐきをこすり合わせながら、コップの中の入れ歯を見ていた。入れ歯はおとなしくそこにいて、わたしにほほえみ返してきた。

入れ歯をきれいにしておくためには、毎晩入れ歯を特別な液体につけておかなくちゃいけない。そして朝、入れ歯をすすいで口にはめる。歯ブラシもあった。母さんが持ってきてくれたものだ。入れ歯用の特別な歯ブラシで、とっても固くてもじゃもじゃした、使いやすいものだった。洗面台のところで歯をみがくのは本当に変な感じがした。実際の歯は口の中にあるんじゃなくて、手に持っているんだから。

ある日の昼食のとき、入れ歯がお皿に転がり落ちた。わたしがだれにも言えないでいるうちに、そのお皿が下げられ、入れ歯はゴミ捨て場に捨てられた。見つけ出すのがたいへんだった。そして、またきれいにするのには何時間もブラシで洗わないといけなかった。また別のときには、洗面所でだれかが間違って、わたしの歯をはめて行ってしまった。残っていた歯をはめたらすぐに、違う歯だということがわかった。ほかの人の歯でかむのは、ほかの人の靴で散歩に出かけるようなもんだ。小さすぎても大きすぎても、どちらもいやな感じ。

それ以降、わたしは自分の歯にボールペンで名前を書いておくことにした。歯の部分じゃなくて、ピンクの部分にね。わたしは「これはカーリーの歯。この歯に触れるものは死ぬ」と書いた。

本当は〈グレース〉って名前を書くべきだったんだろうけど。今ではみんながわたしのことをそう呼んでいたから。でもわたしは自分にとってはまだカーリーだったし、これからもずっとそう、死を迎えるまで。

しばらくして、わたしの身の回りのものが届いた。そう、グレースの身の回りのものが。っていうか、母さんがメレディスと〈おばあちゃん〉の家を片付けたとき、グレースのものだと考えたものかな。

三箱届いたけど、守衛《しゅえい》さんが忙しかったから、ホーリントンさんがわたしの部屋に持ってきてくれた。ホーリントンさんは体が大きくて、箱を五、六個持って、たんすをひとつ頭にのせ、なおかつ馬車用の馬を抱えても平気なくらいだった。

「あんたのだよ!」と言って、箱を三つ床に落とし、ひとつをベッドの下にけり込んだ。皿かコップが割れる音がした。ホーリントンさんは聞こえた様子もなく、あるいは聞こえないふりをしていた。

わたしは箱をじっと見た。

「なんでしょう?」

「あんたのがらくただね」ホーリントンさんが言った。

「あんた宛てに送られてきたんだよ。どうでもいいもんだと思うね。かびくさい古いおみやげ品とか、角の折れた写真とか、そういうゴミみたいなもんさ。とにかく、わたしの目に触れるところには置かないでよ。ゴミが散らかっているのはきらいでね、それに写真は禁止」

「写真はだめ?　一枚も?」

「二枚だね、最高で。それぞれの部屋のマントルピースに二枚まで、それだけ。でないと掃除がたいへんになるだろう。掃除婦は面倒な仕事はきらいなんだよ。だから、もし二枚より多くの写真を目にしたら、すぐさまゴミ箱行きだね」

「それはちょっと厳しすぎると思いません？」わたしは言った。

ホーリントンさんは怒ってわたしを見た。

「厳しいって？　夏休みのキャンプをしているんじゃないんだよ、わかってるのかい！ここは老人ホームなんだ。くつろぎに来てもらっているんじゃない。あんたたちはここでおとなしくきちんとして、できるだけだれにも迷惑をかけないようにするために来ているんだ。だから規則はきちんと守って、行いをつつしみ、入れ歯をなくしたりしないように。それに下着におもらししたりしないこと、そうすればうまくいくんだよ！」

ホーリントンさんはドアを出ると、後ろ手にバタンと閉めた。あとには、わたしと箱が残された。

わたしは箱のひとつを開け、中をのぞいた。古ぼけたおばあちゃんの衣服と、アクセサリーがいくつか、それにほこりっぽい古い本が底にかたまってた。茶色くておもしろくなさそうだった。本を外に出すのは面倒なので、そのまま箱を部屋のすみに押しやった。掃除婦さんが来たとき、掃除機のじゃまにならないようなところに。

どんなものがあるんだろうと思って、古い衣服を調べてみた。今着ているのと同じくらい、さえない古くさいものばかりだった。そして替えのブルマーが何枚かあった。わたしは自分がブルマーに慣れる日が来るとは思えなかった。とっても大きくて、ひざくらいまである、おばあちゃん用のブルマーだ。中にウサギを隠しておいても、だれにも気づかれないと思う。

身の回りのものが届いて間もなくの午後、魔女たちがやって来た。学校が終わってから、ふたりだけでやって来た。

「お孫さんたちが来ましたよ！」

看護婦さんが知らせてくれ、頭でドアのほうを示した。

「かわいいお嬢さんがお友だちといっしょに会いにきましたよ。ちゃんと覚えていてくれたようね。よかったわね？」

わたしが止める間もなく、彼女はふたりを部屋に入れてしまった。わたしはつえを振り上げて、身を守る用意をした。

「こんにちは、おばあちゃん」

メレディスが看護婦に聞かせるために言った。そして彼女が行ってしまうと、いじわるくなった。

「お前に会う必要ができたのさ、老いぼれ」

メレディスは言った（わたしはもちろん、〈老いぼれ〉なんて呼ばれるのはいやだった）。

「わたしたちのものがなくなったんだよ。お前のものにまじっているんじゃないかと思ってね」

そしてふたりは届いたばかりの箱をつかむと、ひっくりかえした。中のものが全部、床じゅうに散らばった。ふたりは何もかもけちらし、探しものを見つけようとしていた。だけど見つからなかった。

「ゴミといっしょに出されたに違いないね」

メレディスが、だれかにというよりはひとり言のように言った。

「それでも、なくなったんなら大して問題はない。間違った者の手に渡らない限りはね」

そしてわたしのほうを見た。わたしはつえを振り上げた――万一に備えて。

「お前のような者の手にね」メレディスはつけくわえた。

「しわだらけの、いい子ちゃんの手にね」

そして妹のほうを向いた。妹のほうはわたしの体で、まるで自分のものみたいにわたしのベッドにすわり、脚をぶらぶらさせている。わたしを侮辱《ぶじょく》し傷つけようと、わたしの指をわたしの鼻につっこんでいる。

「そんな汚いことやめてよ」わたしは言った。

「お前だってやってただろうに！」そいつは鼻で笑った。

「そんなことしてない！」

「やめな」メレディスが言った。

「この老いぼれは放っておいてやれ。あれはきっとどこかほかのところにあるんだろう」

ふたりはドアを開けて帰っていった。

「バイバイ、おばあちゃん！　会えてうれしかったよ！　もう行かなくちゃいけないなんて残念だわ！」と歌うように言いながら。

でもそれは看護婦の耳を気にしてのことだった。万一まだ近くにいたら聞こえるかもしれないから。

「きっと、またすぐに会いにきてくれると思いますよ」看護婦はにこやかに言った。

「若い人が訪ねてくれるのっていいわねえ」

「まさか」とわたしは思ったけど、口には出さなかった。

とにかく、ふたりはそれきり来なかった。これが最後の訪問だった。

そしてわたしはそこにいた。

わたしはいつも自分にその言葉を言い聞かせていた。

「そしてわたしはここにいる！」

それから部屋を見まわす。ただ部屋を見まわして「そしてわたしはここにいる」と言うだけで、なんとか自分の災難に答えを見出せるかのように。

もちろん、ホームにはほかにいろんな人がたくさんいたけど、わたしはだれともとくに親しくはならなかった。わたしよりずっと年上だった——どこもかしこも（そう、少なくとも、中身はね）。みんなには共通点があった。昔の場所や歌の記憶、過去の有名人や映画スターの回想、戦争や砲弾《ほうだん》落下の日々、そういったもの。

わたしの中身はただの女の子だった。みんなの話すことは半分もわからなかったし、知りたいとも思わなかった。

そうしてわたしは何をすることもなく毎日を過ごした。ただ座って泣く日があった。ただ座っているだけの日もあった。ただ泣いてばかりの日もあった。しだいにわたしはあまり泣かなくなった。だって、泣いてもなんにもならない。

メリーサイド老人ホームは悪いことばかりでもなかった——少なくとも、ホーリントンさんがいないときには。でもホーリントンさんが来ると、雰囲気は険悪だった。ホーリントンさんは、まるで目に入ったゴミみたいだった。

バートレイさんという名の、優しい看護婦さんがいた。よく合唱会を企画して、出席者にケーキを配ってくれた。入れ歯を部屋に忘れてきても、歯ぐきでなんとかかめるようなやわらかいケーキを。前に言ったとおり、わたしは歌の歌詞は知らなかったけど、ハミングはできた。

バートレイさんは、古い曲に合わせて踊るダンスの会も計画した。わたしは小さな口ひげを生やした年取った紳士に、ワルツを踊ろうと誘われて、もう一曲タンゴも誘われて踊った。でもわたしは踊り方をちゃんと知らなかったので、その人の足を踏んづけてしまい、その人は二度とわたしに踊りの相手を頼みにこなくなった。わたしは石けり遊びなら上手だと言ってみたけれど、あまり興味はわかなかったらしい。

それから、ビンゴ大会があった。わたしはそれにも興味をもとうとしてみたが、退屈にしか思えなかった。ネットボールのほうがずっと楽しい。

何日かが過ぎ、何週間かが過ぎ、そしてもう数えるのをやめてしまった。毎日が同じように思えた。まず朝食が終わるとラウンジでテレビを見る。それから十一時にお茶を一杯飲む。わたしが紅茶を飲まないと言っても、だれも信じようとしなかった。おかまいなしに、わたしに紅茶をすすめ続けた。だからしかたなくわたしは飲み始めて、好きになった。プラスチックの歯でかむには固すぎるようなビスケットを流しこむのに便利だから。

十一時のおやつのあと、活動の時間がある（ただし、激しい活動じゃない）。〈お年寄りのための健康体操〉があって、座りながらでもできる。それから〈年配者のための★ヨーガ〉があり、ときどきその途中に、体操マットの上でだれかが眠ってしまう。その講座が〈年配者のためのヨーグルト〉だと思いこんだお年寄りがやってきて、スプーンはどこにあるのかと聞いてまわり、自分はラズベリーヨーグルトがほしいと言った。

もしそういう活動がしたくないなら、テレビラウンジにいてもいい。それから昼食。昼食のあとは、午後のお茶の時間まで、テレビとお昼寝。そして編み物や刺しゅうやバスケット作りなんかの午後の活動をしたくなければ、またまたテレビとお昼寝。そして薬を飲んでいる人たちは、お薬の時間。朝にもお薬の時間はある。そしてもう一度、寝る前にも。ここの人たちの中には、あんまりたくさん薬を持っているんで、歩くとじゃらじゃらと音がする人もいる。

薬を飲むと、またラウンジでテレビ。それから夕食、それからテレビ、それからココア。わたしは子ども番組とかポップスベストテンとかアニメの『ザ・シンプソンズ』が見たくて、いつもテレビのチャンネルを替えようとした。でもわたしが替えると、みんながぶつぶつ言って、「やかましい！　もうやめてくれ！」と言う。そして代わりにメロドラマを見ることになる。ホーリントンさんの弾く電子ピアノを聞かされることもある。

★ヨーガ＝インドの宗教的な精神や肉体の訓練法。

それはいつも耐えがたい試練だった。

ココアのあとは就寝時間。そして次の日が来る。たいてい、前の日とほとんど同じ。そしてまた次の日が来て、またそのあと、次の日が来て……。

たまに、違うこともある。だれかが講演に来てくれたり、フラワーアレンジを見せてくれたり、アコーディオンを弾いて古きよき日々を思い出させてくれたり——もちろん、わたしはそんな日々のことはちっとも知らないんだけど。

そして、気がつくとあっという間にクリスマスだった。

子どもたちがやって来てクリスマスキャロルを歌った。ホーリントンさんは、そのためにテレビまで消した。

「子どもたちが来てくれました」ホーリントンさんが言った。

「キャロルを歌って、若かりし日々の思い出を呼びもどしてくれると思います。だからしっかり聞いて、眠らないように。いびきは禁止」

そして子どもたちは、『まぶねの中で』から始め、キャロルをいくつか歌った。すぐにおおぜいのおばあさんたちが泣き始め、おじいさんたちもそれに続いた。押さえた泣き声だけが聞こえた。これが郷愁《きょうしゅう》っていうものなんだと思う。

わたしは子どもたちの歌を聞いていられなかった。階上《うえ》に行って自分の部屋に隠れ、子どもたちが行ってしまうまでしっかりとつえを握りしめていた。

そしてわたしの転落騒ぎが起きた。原因はよくわからないけど、階段でつまずいちゃった。そんなに上から落ちたわけじゃなくて、たったの数段だったのに、痛みは激しかった。バートレイさんが手を貸してわたしを部屋まで連れもどしてくれたけど、ホーリントンさんはすごく怒って、ぶつぶつ文句を言っていた。お医者さんを呼ばなきゃいけなかったから。お医者さんは、脚を折らなくてよかったと言って、しばらく鎮痛剤を飲むように指示した。ただのねんざだったらしいけれども、それからわたしの足首はおかしくなってしまった。いつもつえだけで歩きまわるわけにはいかなくなった。ときには歩行器を使わなくちゃいけなかった。たぶんだれでも見たことあるし、知っていると思う。車輪のない自転車みたいなやつ。おおぜいのお年寄りが使っている、ジマーフレームって呼ばれてるやつ。

前はジャングルジムのフレーム《枠》につかまっていたのに、今ではジマーフレームに頼って歩くようになった。

メリーサイド老人ホームのいいところは、本当にすてきな庭園があることだった。広い芝生に花壇。だけど座るところはぜんぜんない。ベンチひとつないんだ。

わたしはホーリントンさんに、どうしてベンチがないのか聞いてみた。

「外をうろついてほしくないんだよ」というのがその答え。

「テレビラウンジにいてくれたほうがずっといい。目が行き届くから」

「でも、わたしはときどき、外に出て庭で座りたくてたまらなくなるんですけど」

ホーリントンさんはいつもの表情を浮かべてわたしをじっと見た。

「だめだね。そんなに庭が好きなら、窓からながめていればいいだろ。この件についてはもう聞きたくない。でないと入れ歯を没収するよ。一日だけじゃなくて、一週間まるまるね。何もかめなくて、おかゆをストローで吸うしかなくなる。おかゆを吸い上げるのはたいへんだよ。今のうちに言っておくからね！」

そしてホーリントンさんは、二本の太った脚がついた袋みたいなかっこうで、廊下をのしのし歩いていった。

あのホームで、じゅうぶんたっぷりあったのは、考える時間だけだった。訪問者も手紙も来なくなった。自分は母さんと父さんの娘なんだからここから引き取ってというお願いの手紙を、もう両親に書かないように頼まれ（命令され）た。すべてが終わり、わたしは間違いなく老人で、完全にひとりぼっちで、孤独のあまり死んでしまいそうだった。でも、そんなわたしにも残されているものがひとつだけあった。

考える時間だ。

そしてわたしはふと考えた。

考えたというよりは、疑問に思ったと言ったほうがいいかもしれない。

本当のメレディス。本当のメレディスはどこにいるんだろう？　おばあさんの体に閉じこめられているはずだ。わたしみたいに、おばあさんの体に。そしてわたしと同じように、どこかの老人ホームに放りこまれているはず。

もしかすると、このホームかもしれない。

16 本物のメレディス

考えるほかに何もすることはなかった。初めのころは、しばらく手紙を書いて過ごした。書き出しはこう、「母さん、父さん、信じてもらえないとはわかっていますが――」

でもわたしはたくさん書きすぎたんだろう。ある日警察がやってきて、ホーリントンさんは〈ちょっとした面談〉のために〈個室〉を用意した（思うに、ホーリントンさんは最初、警察が自分のところに来たのかと心配したのかもしれない）。〈退職者および高齢者のためのメリーサイド老人ホーム〉に警察が来るなんて、たいへんなことだった。こんなに興奮するようなことは、ここ何年もなかったらしい。午後のお茶のビスケットを切らして、あやうく暴動が起きそうになった日以来ってことだ。警察の車が私道をやって来ると、みんなはラウンジの大きなテレビを見るのもやめてしまった。

「警察だよ！」みんな車を見てささやき合った。

「ホーリントンさんのところに来たんだ！　あいつがどんなにひどいやつかを知って、やっと逮捕しにきたんだろう。遅すぎるくらいさ。コックもいっしょに連れていくかもしれないな。やたら野菜を煮すぎるとこなんか、犯罪としか言いようがないね」

違った。警察はわたしのところに来たんだ。これ以上、(しかじかの住所の)テイラー夫妻に、〈母さん〉〈父さん〉と呼びかけた手紙を書かないようにと警告をしに。「それらの手紙は夫妻を動揺させ、娘カーリーとその友人メレディス(あなたのお孫さんですね、覚えていますか?)の適切な教育の妨《さまた》げとなっています。夫妻は後見人——わたしにはその意味がわからなかったけど——としてメレディスの世話をし、いつか自分たちの養女にしたいと希望しているのですよ」と。

わたしは電話もやめるように言われた。

ふたりの警官は、実際にはとても親切だった。怒っているというより、心から悲しんで、気の毒に思っていた。わたしのことを、脳みそを丸ごとマンホールに落っことしてしまった、ただの哀れなおばあさんだと思っていたんだ。

面談に立ち会ったホーリントンさんは、とても堅苦しい態度だった。まるでその朝、スプレーのりを余分に自分に吹きつけてきたみたいに、カチカチだった。警察の人たちにはこんなふうにうけあった。「このようなことは二度と起こさせません」そして「わたくし自身が見張るつもりです」「決してこっそり抜け出して、私道のはずれの郵便ポストに行ったりしないようにさせます」「電話には手も触れさせません」と。

ホーリントンさんは約束を守った。わたしの便せんと封筒を全部取り上げ、残っていた切手も持っていった。その切手は、自分がはがきを送るときに使ったんだろう。「ひどいクリスマスをお迎えください」とか「七面鳥をのどにつまらせるのを願っているわ」とか書いたカードをね。

わたしに残された筆記用具は、鉛筆数本と紙切れが何枚かだけだった。その紙切れは、便せんが破り捨てられたときに、なんとか救出したもの。

それは、自分の考えをまとめて書きとめるのに役立った。まずわたしは長い時間、必死に考え、こんなものを書いた。

一、昔々、ふたりの魔女がいた――グレースとブライオニー。
二、ふたりは姉妹。ふたりとも、だんだん年取ってきた。
三、ふたりは、若い女の子の体を盗む計画を立てた。心を、魂を入れ替えれば、また若返ることができる。
四、まずメレディスという名の孤児をだまし、魔女ブライオニーがその体を盗んだ。それからメレディスを始末した。
五、魔女ブライオニーはメレディスの体に入り、魔女グレースはメレディスの祖母のふりをした。

六、こうしてふたりは、次の女の子（わたし、カーリー）もだまし、その体を盗み、両親といっしょに住むことになった。盗んだ体に移って十三カ月と十三週と十三日が過ぎれば、その体は永遠に自分たちのものになり、魔女たちはすべての力を取りもどして、再び魔法を使えるようになる。

七、事実——ふたりは本物のカーリー（わたし）を老人ホームに入れて始末した。メレディスも同じように処理したとふたりは言った。

八、質問——もしメレディスをホームに入れたとしたら、どこのホームだろう？

九、答え——わからない。でも、もしかしたらこのホームかもしれない。

十、質問——もしそうなら、メレディスが見つかるかどうか、捜してみる価値はあるだろうか？

十一、答え——ある。少なくとも、やってみて損はないだろう。

十二、次の質問で、終わりにしよう。

十三、OK。

十四、質問——もし本物のメレディスがこのホームにいるとして、どうすればメレディスだとわかるだろうか？

十五、答え――自分と同じようなかっこうをしているに決まっている。ふたりとも魔女たちの古い体なんだから。魔女たちは、前は姉妹の体を盗んだと言ってた。たぶんふたりの姿は似ているはず。双子だったかもしれない。ってことは、自分を――自分みたいな姿のおばあさんを捜せばいいんだ!

わたしは座って、眼鏡越しにその紙をじっくりながめながら、その結論について考えた。

筋が通っているように思えて、元気が出てきた。でも突然また気分が沈んだ。もし本物のメレディスがここにいたなら、これまでに見かけているはずじゃない? テレビラウンジとかで。食堂で、野菜がべちゃべちゃだとか、量が少ないとか、ナイフやフォークが汚れているとか、文句を言っているところなんかを。

いや、違うかも。ここには、病気が重かったり、体が弱っていたり、動くのがいやになってたりして、部屋に閉じこもっている人もいる。食事はトレーにのせて部屋に運んでもらっている。そこで、わたしは調べてみることにした。

まずはホーリントンさんの目をうまく逃れないといけない。警察が来て以来、いつもわたしは見張られていた。

「メリーサイド老人ホームの評判を落としてほしくないんだよ」

ホーリントンさんは言う。

どうしてそんなことを言うのか、わたしには理解できなかった。そもそも評判なんてないのに、どうやってそれを落とすことできるんだろう?

ホーリントンさんは、ほかのスタッフにもわたしを見張るよう指示していた。さすがのホーリントンさんでも、一度にホームの中を全部を見張るわけにはいかない。よくがんばってはいたけどね。

わたしは、昼食の時が一番いいと判断した。その時間はたいてい、お皿がかちゃかちゃ鳴る音や、ワゴンや、カブのシチューの大鍋《おおなべ》や、ゆでたえんどう豆なんかの鍋ががたがたいう音で、騒がしい。わたしたちに出される料理はいつも昔風のものばかりだった。料理をしてる人は、ピザなんて聞いたこともないんじゃないかと思う。フライドポテトが出るのは、王室のだれかが誕生日のときだけ。

とにかくある日、昼食の合図のドラが鳴って、みんなは部屋やテレビラウンジなんかから出てきてぞろぞろと食堂に向かった。食事が近くなると少し活気が増す。わたしはその群れに加わった。ホーリントンさんはわたしたちの後ろで追い立てていた。乳をしぼるために牛の群れを集める農夫みたいに。わたしはホーリントンさんを怒らせたくて、よく「モーモー！」と鳴いてみせた。ホーリントンさんはかなりむっとして、「だれだい、モーモーって言ったのは？」と叫んだ。

「ここはきちんと運営された、りっぱなホームだよ！　家畜市場じゃないんだからね！」

とにかく、みんなが食堂に入ろうとすると、いつも入口で人がつっかえる。そのときがチャンスだ。わたしは裏の階段をすばやく上って、姿をくらませた。

すばやくといっても、女の子だったときほどには動けなかった。おばあちゃんのスピードだ。とてもゆっくりだったけど、だれにも気づかれずに立ち去り、手すりにつかまりながら裏階段を上って、最上階に向かった。

エレベーターはあったけれど、気づかれるといけないので使いたくなかった。最上階まで上るにはすごく時間がかかったし、ひざを休ませ呼吸を整えるため、何度も立ち止まらないといけなかった。

やっと最上階にたどりついた。そこから始めて、だんだん下に下りていこうと決めていた。一日で全部をこなすのは無理だろうけど、それはかまわない。今日できないことは明日やればいいんだ。結局、ほかにやることなんかないんだし。わたしは好きなだけ時間を使うことができる。

でもそのとき、はっとした。いや、そんなことない。今わたしは、こんなか弱いお年寄りなんだから、いつ死ぬかわかったもんじゃない。

わたしは立ち止まってひと息つき、心臓の鼓動がおさまるのを待った。心臓はだれかがくぎを打っているみたいに、激しく脈打ち、あばら骨にひびいた。

廊下の突き当たりまで行って、そこの部屋のドアをノックした。返事はない。だれもいない。次は隣の部屋。

「はい、どなたかね?」

でも、それはおじいさんの声だった。わたしの捜してる相手じゃない。わたしは次に進んだ。その間も、おじいさんの声は続いていた。

「だれだい?　昼食かね?　だれなんだ?」

でも、説明している時間はない。

その隣の部屋を試したけど、返事はなかった。空き室かな。でも違うかも。ぐっすり眠っているかもしれない。わたしはドアのノブをまわしてみたけど、鍵がかかっていた。

わたしは次に進んだ。次の部屋、その次、またその次と。

「はい?　どなた?」

わたしはドアを開けた。おばあさんがいた。お菓子の入った大きな袋を抱えてベッドに座っている。個人用の小さなテレビが置いてあって、おばあさんは手にリモコンを握っていた。

「メレディス？」わたしは聞いた。

「ああ」おばあさんは叫んだ。

「お客さんね！　あなた、ジェニファーだったかしら？　お元気？　あの双子は？　連れてこなかったの？　長いこと来てくれなかったわねえ」

「ごめんなさい、部屋を間違えました」

わたしはドアを閉めようとした。

「いいえ、行かないで。ちょっとでいいから」おばあさんは大声を出した。

「ここにいて話をして、だれでもいいから。長いことお客さんがないの。行かないで！」

でもそこにいるわけにいかなかった。そうしてあげたかったけど、ただ時間がなかった。

わたしは部屋から部屋へと進んでいった。ほとんどが空っぽだったし、残りはほとんど寝たきりのお年寄りだった。その人たちは、わたしのノックを聞くと、昼食のお盆を持ってきてくれたと思った。あるいは突然の訪問客かと思い、そのうちの何人かは、そうじゃないとわかるとひどくがっかりした。

わたしはその廊下の端まで来た。つまり、もしメレディスがこのホームにいるとしても、この階にはいないということだ。

次の階に下りなきゃ。

わたしが階段のほうに向かったとき、エレベーターが着いて、ドアが開く音が聞こえた。ホーリントンさんが、昼食のお盆をいくつかのせたワゴンを押してあらわれ、部屋のひとつに入った。

「昼食を持ってきたよ!」ホーリントンさんが言った。

「今日は何ですかね?」

その部屋の主がたずねた。あのおじいさんだ。

「ひき肉だよ」

「ひき肉は好きじゃないんだ。朝食に食べたし」おじいさんが言った。

「いや、食べてないよ」ホーリントンさんが言った。

「記憶力がおとろえているんだね。食べたのはコーンフレークさ」

「ふむ、ひき肉の味がしたが。何かほかのものをもらえないかな?」

「だめ。ひき肉がいやなら何もなしだよ。だから、あったかいうちに食べたほうがいい。一番上等のひき肉だよ。とてもお買い得な値段だったから、たっぷり買ったんだ。だから食べてしまわないといけないのさ。あとでお盆を下げに来るよ。もし昼食のひき肉を食べてなかったら、夕食は抜きだからね」

「夕食のメニューは?」

「ひき肉さ」

そしてホーリントンさんは隣の部屋に移った。わたしは急いで階段を下りて次の階に向かった。ホーリントンさんの声と、ワゴンのガラガラいう音が遠ざかっていった。

わたしは角からのぞいてみた。大丈夫そうだ。わたしはまた最初から始めた。ドアをノックして、ノブをまわしてみて、メレディスの名前を呼ぶ。

「メレディスそこにいるの?」

「まあ、こんにちは。だれ?」

見つけた、見つけた! メレディスを見つけたかな? わたしはドアを開けて中をのぞいた。

「こんにちは」

いや、違った。名前は合っていたけど、それだけ。別のメレディスに違いない。人種も違っていた。

「ごめんなさい、おじゃましました。部屋を間違えました」

すると前と同じ反応が返ってきた。

「いいのよ。とりあえずここにいてくださいな。ここで遊んでいって。行かないで。最後にだれかがおしゃべりをしに来てくれたのは、もうずいぶん前のことなの。行かないで、お願いだから、行かないで」

でもわたしは行かなくちゃならなかった。時間がなくなりそうだった。昼食時間がもうすぐ終わってしまう。ホーリントンさんは、わたしが下にいないのに気づくかもしれない。カリフラワー畑のたくさんのカリフラワー老人の中から、カリフラワーばあさんがひとりいなくなったところで気がつきはしないだろうと思うかもしれないけど、ホーリントンさんはずる賢くて、抜かりがない。

「ごめんなさい」

「だめ、ここにいて、いて」

わたしは次に進んだ。気の毒には思ったけど、急がないと。年取ってひとりぼっちで、ひき肉のお皿を持ってくるホーリントンさん以外に部屋を訪れる人もいないって、なんて悲しいことだろう。

年取ってひとりぼっちでいるのって、なんて悲しいんだろう。そして、わたしの状況がまさにそのとおりだってことを思い出した。メレディスを見つけない限り。

「こんにちは？」

トン、トン、ドン、ドン。

「こんにちは?」

しばらく空っぽの部屋が続いた。この階にはあとふたつ部屋がある。このあとは、時間があれば下の階に下りてもいいし、続きは明日にしてもいい。望みはしぼみ始め、脚は痛んだ。かわいそうな老いたひざは、燃えているようだった。

トン、トン。

「はい?」

返事があった。

「はい?」

わたしはそのドアのノブをまわし、部屋をのぞきこんだ。その人がいた。わたしがいた。いすに座ったおばあさん。その姿はわたしそっくりだった。わたしの女きょうだいと言ってもいいかもしれない。

「メレディス?」

その人はショックを受けたようだ。わたしは部屋着のポケットについている名札を見た。ホーリントンさんは名前を覚えようとして、ときどき名札をつけさせる(名札をつけた人自身が自分の名前を覚えていられるように、という目的のときもあった)。その名札には〈ブライオニー〉と書いてあった。だけどそれは外側の名前に過ぎない。

「メレディスね？」

そのおばあさんはわたしをまじまじと見た。いすから動きはしなかったが、恐ろしくて後ずさったように思えた。

「お前！　お前は！」

おばあさんは警報ベルのコードに手を伸ばした（全部の部屋に、警報ベルがついていた。でもスタッフは決してすぐには答えてくれない。来るまで何日もかかったこともあるくらいだ）。

「助けて！」おばあさんは叫んだ。

「看護婦さん、看護婦さん、早く来て。また魔女が来た！　わたしを盗んだ魔女よ！」

わたしはぎりぎりのところで、コードを手の届かないところに移し、おばあさんを止めた。

「メレディスね？」わたしは言った。

「そこにいるのね？　本物のあなたね？」

おばあさんはまだ疑わしそうな顔で、不安そうにわたしのほうを見た。

「あなたはだれ？　魔女のひとりでしょ！」

「違うよ」わたしは言った。

「わたしは女の子よ。あなたと同じね。わたしも盗まれたの。あいつらが、わたしの体を取ってしまった。ちょうどあなたの体を取ったのと同じように。わたしの名前はカーリーよ」

「カーリー？」

「そう、カーリー。スカーレットを縮めたもの。わたしは小学生で、学校に通ってた。赤毛でそばかすで、母さんと父さんがいた。ナナフシも飼ってた。ぽっちゃりしてたけど、いつかきっとそれは直ると思っている。そしてあなたのことはなんでも知っているの。あなたは孤児で、魔女にだまされたんでしょ？——魔女が本当のことを話していたら、だけど」

「そのとおりよ。でもどうして知っているの？　だれも聞いてくれなかったし——だれも信じてくれなかったのに。みんなただ、わたしのことを気が変になったかわいそうなおばあさんだと思っただけだった」

「わたしもそうだよ。わたしもね」

そしてわたしたちは泣き出した——自分の身に起きたことを悲しみ、同じ目にあった人、自分を信じ理解してくれる人を見つけたことを喜んで。わたしは手を伸ばしてメレディスにさわろうとした。ただ本物かどうか確かめたくて。メレディスも手を伸ばしてきて、わたしの手を取った。

「カーリー」メレディスは言った。

「赤毛でそばかすのカーリー？」

「そうよ。わたしはあなたを見たわ――本物のあなたをね。あなたの本当の姿をね。背が高くてほっそりして、濃い茶色の髪、側転も逆立ちもできるし、ウサギのように早く走れて、鳥のように自由なの」

「そうよ！」メレディスは叫んだ。

「それがわたしよ！　わたしはどこにいるの？　どこでわたしを見たの？　わたしは今何をしているの？」

「そうね、信じられないかもしれないけど」わたしは言った。

「あなたはわたしの家で暮らしているの。あなたはわたしの親友なのよ」

そしてメレディスは、まさにその言葉どおり、わたしの親友になった。

そのときまで、メレディスはほとんど部屋を出たことがなかった。でもそれからは、わたしたちはずっといっしょにいた。ホーリントンさんはそれを好ましく思ってなかっただろう。お年寄りたちが仲よくしゃべったり友だちになったりするのをきらっていたから。秩序を乱すと言って。

「静かにして、テレビを見てなさい！」とよく言われたものだ。

「このテレビはすごく高かったんだよ。こんなに大きくて性能のいいテレビがあるんだから、見たほうがいいね。お行儀よくできないんなら、テレビを消すよ」

わたしたちは無視した。テレビの部屋でしゃべってはいけないのなら、どこかほかの場所で話せばいい。お天気さえよければ、庭に出られた。ベンチはまだなかったけれども、つえにもたれるか、歩行器に寄りかかって休むことができた。そして疲れてしまうまで、寒くなったり雨が降ったりして中に入らないといけなくなるまでしゃべった。

わたしたちは、自分たちくらいの女の子がするような遊びをやってみようとした。園芸用のひもで縄とびのロープを作ったけど、ふたりとも年を取って体が弱っていたので、ロープをなんとかまわせるようになったころには、もう飛び越える力がなくなっていた。

でも『アイ・スパイ』のゲームはうまくやれたし、庭で簡単な石けり遊びもやれた――あまり疲れるようなものはできなかったけどね。そして、年金をためてローラーブレードかスケートボードを買おうなんてばかな計画を何日も話してた。でもわたしたちの年齢と体力では、ローラーブレードは自殺行為だとわかった。その代わり、バートレイさんにチョコレートを買ってきてもらうことにした。バートレイさんは、喜んでチョコレートと『ビーノ』っていうコミック雑誌を買ってきてくれた。そんなものがほしいの、とか聞いたりしなかった。ただわたしたちがもうろくしてきてるって思ったのかもしれない。

わたしたちはお互いの部屋を行き来した。メレディスがわたしの部屋に来ることもあったし、わたしがメレディスの部屋に行くこともあった。ただ座って、自分たちが女の子だったときの思い出を何時間も何時間もしゃべり続けた。

ちょうど本物のおばあさんたちがするみたいにね。

ときには、話しているうちにどちらかが声をつまらせ、泣き出しそうになることがあった。でももうひとりがそれに気づいたら、こう声をかける。

「ほら、ほら。そんなに捨てたもんじゃないよって。少なくとも今は、ふたりでいっしょにいられるじゃない。少なくとも相手が見つかったじゃない」

最大の悪夢は、メレディスがわたしをひとり残して先に死んでしまうことだった。そうしたらもうメレディスと話すことができない。でももしわたしが先に死んだら、メレディスがひとりぼっちになる。それもいやだった。

「死ぬならいっしょに死にたいな」メレディスが言った。

「わたしもそう思う」

でも、わたしたちは怒りくるうこともあった。激しい、燃えるような怒りに体を震わせた。

「あの魔女たち！」

「あんな残酷なことをするなんて！」

「わたしたちの体を盗んだのよ！」

「かわいそうな母さんや父さんといっしょに、わたしの家のわたしの部屋にいるんだよ！」

「それにあいつらの計画！」

「本当に、そう！」

「体じゅうの血がかーっと熱くなっちゃう」

「わたしも」

「でもあんまりかっとなっちゃだめね。心臓まひで死んじゃうから」

「それが問題よね」

「だから冷静になったほうがいいわ」

「そうだね」

また、とてもありえない、不可能な夢を思い描くこともあった。

「もう一度、自分たちの体を取りもどせたらねえ」

「ここから出られさえすれば」

「わたしたちも何か魔法を知っていれば」

「もし呪文さえあれば!」

「もしもね!」

でもわたしたちは呪文なんて何ひとつ知りなかった。そして時が流れ、メレディスとわたしはそれまでもじゅうぶん年寄りだったけど、ますます年を取って、動きがのろくなり、体がおとろえていった。のろのろと口を重ねながら何週間かが過ぎていき、わたしがホームに入ってから数カ月たった。

「わたしは今年、十二歳になるのよ」わたしは言った。

「わたしも」とメレディス。

「その次の年には、十三歳。考えてもみて――ティーンエイジャーよ」

わたしの目はだんだんかすんでくるように思えた。新しい眼鏡が必要なんだろう。でもホーリントンさんは、ただ眼鏡が汚れているだけさ、きれいにみがけばすむだろう、それでもだめなら拡大鏡を買いな、と言った。だから新しい眼鏡は手に入らず、手持ちで間に合わせるしかなかった。

ある日、わたしはいいことを思いついた。メレディスとわたしを同室にしてもらえるかも。そうしたらふたりとも、さびしさがやわらぐだろう。わたしはホーリントンさんに申し出てみた。たぶんだめだと言われると思ったけど、この申し出を聞くとホーリントンさんの目が輝いた。

「いいですとも。もちろんだよ！　そうしたらもうひとり老人を入れて、もっともうかる――いや、つまり、あんたがそのほうがいいって言うんなら。わたしは入居者の幸福だけを願ってるんだからね。そう、お友だちと同室にしてあげるよ」

ホーリントンさんは部屋を見まわした。

「そう、この広さならベッドが三つ、らくらくと入るよ。ちょっと動かせばね。いざとなったら、五つくらい入るだろう。ほかに同室にしてほしいお友だちはいないのかい？」

「いいえ、ひとりだけです」わたしはきっぱり言った。

「わかったよ」ホーリントンさんはがっかりしたらしい。

「守衛を呼んで、ベッドをもうひとつ入れてもらう。あんたは自分のがらくたを片付けるだけでいいよ」

どういう意味だろう？　片付けるようながらくたなんかなかった。ただ――ああ、そうか、あの箱だ。グレースの持ち物の入った箱がいくつかあった。それはまだ部屋のすみにあって、すっかりほこりをかぶっていた。

守衛はその箱をどけて、メレディスのベッドを置く場所をつくった。そしてわたしのベッドも動かした。すると、その下に第三の箱が見つかった。ずっと前にベッドの下に押しこまれたまま、まったく忘れられていたやつ。

「この箱はどこに置きますかね？」守衛が言った。

「ほかの箱といっしょにしてもらおうかな」とわたし。

「とりあえずそこからどけておいて」

守衛がその箱を持ち上げたとき、ダンボールの底が抜けて、本や装飾品やおみやげ品が床じゅうに散らばった。

「あーあ」守衛が言った。

「すみませんね。ちょっと待っててください、片付けますから」

守衛は全部集めようとしたけど、そのとき突然ベルが鳴って、お呼びがかかった。ちょっとした緊急事態らしい。だれかがまたお風呂から出られなくなったか、ベッドから落ちたか。

守衛はその場をわたしたちにまかせて行ってしまった。

「自分たちでやったほうがいいわね」メレディスが言った。

そこでわたしたちは、年のせいで弱くなったひざをついてしゃがんだ。背骨はきしむし、脚の関節は手に持つ花火みたいな音をたてた。

わたしたちは片付けて整理しようとした。

「これを見て」わたしは言った。

「これはきっとあの魔女たちのものだよ」

役に立ちそうなものはなかった。がらくた、古い雑誌、本――あまりおもしろそうなものでもなかった。

それからメレディスが、たんすの下にすべり込んでいた一冊の本を引っ張り出した。大きくて重い茶色の本で、金属の留め金がついていた。そして表紙には、色あせた金箔の文字で題名が書かれていた。

その題名は『ネクロマンシー』だ。

メレディスは題名を読んだ。

「『ネクロマンシー』？　どういう意味かしら？」

わたしは返事することもできなかった。鼓動が一気に速くなった。今度こそ一巻の終わりかと思った。本当に。わたしは落ち着こうとゆっくりと深呼吸をくり返した。

「メレディス」わたしは言った。

「この本は、魔女たちのものだよ」

「でも、中身は何？　何が書いてあるの？」

「呪文だよ。これは呪文の本なの」

メレディスはわたしを見つめた。わたしも見つめ返した。

「じゃあ、もしかしたら――？」メレディスが言いかけた。

「見てみようよ」わたしは言った。

わたしは分厚い金属の留め金をはずし、本を広げた。そのとき、紙が何枚か落ちた。細い、クモのような文字でぎっしり書きこまれている。

「これはグレースの筆跡よ。見たことがあるの」メレディスが言った。

それは日記の一部だった。

魔女の日記。

なるほど、魔女にも心があって、自分の考えを表現したい気持ちがあるらしい――日記という形であっても。

わたしたちが見つけたのは断片に過ぎなかった。破り取られた数ページだけ。紙の端は焼け焦げて黒くなっている。残りは焼き捨てられたのかもしれない。たぶん魔女は、新しい生活が始まることを知ったときにそうしたんだろう。過去につながる橋を焼き捨てたんだ。もうその橋をかけ直すことはできない。元にもどすことはできないんだ。それとも、できるんだろうか?

わたしは日付を見た。それは六カ月ほど前のものだった。わたしがまだ自分自身だったころだ。

こんなことが書いてあった。

わたしは年取ってきた。力は欠けていく月のように細りつつある。あまり時間はない。もはや強い呪文を唱えることはできない。詐欺《さぎ》と計略によってやる以外ない。ぐっすり眠っている者か、あるいは薬で寝ている者にしか呪文をかけられない。若く活力にあふれた心にはかなわない。若返らなければ——若くならなければ。若い体が必要だ、すぐに。このままにしておけば、手遅れになってしまう。すり替えに必要な呪文さえ唱えられなくなってしまうだろう。持てる力をすべて失ってしまう。若くて無防備で、孤独でさびしい者を見つけなければならない。疑うことを知らず、なんでも信じてしまいそうな者を。そうだ。嘘、見せかけ、ごまかし——今ではそれがわたしの最良の友なのだ。

わたしたちには、それぞれ新しい体が必要だ。姉はすでに自分の分を手に入れた。でもわたしはまだだ。もう少しで手に入るのに。

子どもたちが十二歳で義務教育を終えるか、まったく学校に行かなかったような昔の時代には、子どもを手に入れるのは簡単なことだったのだが。こんな規則や法律ができる前は、よりどりみどりだった。そのころの子どもはひとりで道をぶらついていて、こちらがその気になればいつでも簡単に手に入った。

ふん、まあいい！　ひとり見つかればそれでいい。そう、ひとりにつきひとつの体が。それにちゃんとした家も必要だ。たっぷりの食べ物と、面倒を見てくれる人間。少なくとも、わたしたちが力を取りもどすまでは。

十三カ月間。

その間が危険だ。

新しい体に、まるまる十三カ月と十三週と十三日、とどまっていないといけない。その間に、あの呪文を見つけられてしまう危険はつねにある。体を取りもどす呪文。だが大丈夫。ちゃんと隠してある。見つかるはずがない。無知というのはありがたい――体を盗まれたやつらにとってはともかく、わたしたちにとっては。知らなければ思い悩むこともないし――何よりこちらは安心していられる。それに、もしあいつらが呪文を見つけたとしても、それがどうした？　条件がきちんとそろう可能性など、万にひとつもありはしない。かまどの中の雪玉みたいなものだ。

だが、その十三カ月と十三週と十三日が終わったら。

ははは！

愉快、愉快！　完全に自分のもの。もう決して追い出されない。体は永久に自分のものだ。

魔法も魔術も思いのままだ。

おお、すばらしい――すべての力がよみがえるのだ。体じゅうを芯《しん》から暖めてくれるような感じ。寒い冬の日のホットチョコレートのように。おお、力がよみがえり、また魔法が使えるようになる。なんとすてきな気分だろう。本物の魔法を。本物の、強力で、邪悪な黒魔術を。キャラメルのように濃く、吹雪のように渦を巻く魔法。おお、そのとき、わたしたち姉妹にできないことはない。

まずはあのふたりからだ。

そう、今、体を盗もうとねらっているあの女の子の両親。カーリーの両親だ。あのふたりから始めよう。腕慣らしのために。ちょっと練習しなければ。力を取りもどしたら、あのふたりに何をしてやろう？

そうだ。

まず、あいつらの手の指を消してやろう。一本ずつ。手始めにはもってこいだ。小指から始めて、順番に親指まで。手のひらだけを残して。

驚くだろうね。ただ驚くだけですむかね？　次に足の指だ。一本ずつ。大きなブタから、小さなブタまで、みんな市場に行っちゃって、だあれも残りませんでした、とさ。

それから？　手の指、足の指……さあて……くちびるはどうしてやろう？　魔法で消してしまおうか、固く閉じて開かないようにしてしまおうか。近所に叫び声が聞こえないように。それからどうする？　何かアイデアはないかい、姉さん？　いいアイデアは？　さあ、考えていることを聞かせておくれ。なんだって？　何を言っているんだい？　うん、うん、わたしもそう思うよ。そうだ。そう、髪に火をつける。そう、全部燃やしてしまう。それから、何をするといい？　まぶたをくっつけてしまう呪文？　そう、それはいいね。話すことも、見ることもできなくなる。耳も聞こえなくするといいかもね。そう、足の指も手の指もなしで、髪は燃え残りの灰、靴には指のない足。

それからあいつらに何をしてやろう、姉さん？　それから何をしよう？　教えて、教えてよ——。

そこで終わっていた。だけどそれだけでじゅうぶんだった。それを読むだけで、わたしは、今まで味わったことがないほどの激しい怒りと恐れでいっぱいになった。母さんと父さん——魔女たちが計画していること。十三カ月。十三週。十三日。それだけしかない。それだけの間、魔女たちが体にとどまってしまったら、もう取り返しはつかない。そして魔女たちはすべての力を取りもどす。メレディスの体にいる魔女は——そう、すでにかなりの間とどまっているはずだ。すべての力を取りもどす日は近い。その日はすぐそこまで来ているかもしれない。

そして力を取りもどしたら。

もうわたしだけの問題じゃない。わたしやメレディスだけの問題じゃない。母さんと父さんも危険なんだ。母さんと父さんが、一番危険なんだ。

17　雲なく澄みわたること

わたしたちはその本のページをめくって、読み始めた。

呪文だらけだ。あらゆる種類の呪文があった。絹のハンカチを使って姿を消す呪文、小さなろう人形と数本のピンだけですべての敵を呪《のろ》う呪文。自分をひどいめにあわせた人間が自分を愛するように仕向ける呪文もあった。自分の歩いた地面まで崇拝するほど愛するように。そうすれば今度はこっちが手ひどくあしらって悲しませ、復讐《ふくしゅう》をすることができる。

呪文、呪文、あらゆる種類の呪文。すごい魔法から小さな魔法まで。不可能に思えるものもたくさんあった――空を飛ぶ呪文、はげた頭に髪を生やす呪文、イボを取る呪文、そのイボをだれかに――だれかの鼻のてっぺんにくっつける呪文。

ほとんどが邪悪で、気味の悪いものばかりだった。魔女の魔術書だったからしょうがないけど。災いの呪文、復讐の呪文、盗みの呪文、誘拐の呪文、美しい人を醜くし、甘いものをすっぱくする呪文。ワインを酢に変える呪文、作物を枯らし不作を招く呪文、敵を呪う呪文、災害を引き起こす呪文、人の手足を弱らせ、悲しみしか残さない呪文。

体と心を盗む呪文。

「あった！」メレディスが言った。

「どこに？」

「ここよ！　見つけたわ」

「見せて」

わたしたちは自分の年を忘れた。床に本を広げて腹ばいになって、足を上に上げた。暖かい暖炉のそばで本を読んでいる子どもを描いた、古い絵のように。

メレディスが指でさしたところを読んでみた。わたしはそれを知っていた。前に見たことがあった。

「これはあいつらがわたしに使った呪文だよ」わたしは言った。

「でもわたしたちには意味がない。これを使ってやりかえすことはできないよ」

「どうして？」

「盗みたい体――わたしたちの場合は取りもどしたい体ということだけど――の持ち主は、薬を飲まされて、ぐっすり眠っていないといけないんだ。同じ部屋でね。そんなのありえないよ」

「そうね」メレディスも認めた。

「続きを調べましょう。ほかのがあるかもしれないわ」

わたしたちはページをめくり続けた。ページの縁はぎざぎざになっていた。ペーパーナイフで開いたのかもしれない。それに、紙はごわごわとぱさつき、年を経た茶色いシミや点々がついていた。ちょうどわたしの手や肌のように。

「索引《さくいん》を見たらどう」

索引はなかった。それに、呪文は何かの順番で並んでいるようには思えなかった。わたしたちはページをめくり続け、分厚い眼鏡でじっと呪文を見つめた。入れ歯を大きなキャンデーのようにしゃぶりながら。

「これよ！」メレディスが言った。

「これ！　見て」

わたしはメレディスが指さしたところを見た。ページの上の見出しはこうなっていた、

「『相手に意識があるときの、体と心の交換。相手の心が思いどおりにならざるときに』」

それはばかげて思えた。だって、相手の心が思うままにできることなんてあるだろうか――こんなひどいの交換条件のときに、そんなことは絶対にありえない。

わたしは説明を読み進んだ。

「『初めに、夜を定めよ』」

メレディスとわたしは顔を見合わせた。

「これ、どういう意味?」メレディスが聞いた。

「夜を定めよ?」

「読んでいけば意味がわかるかもよ」わたしは答えて先へ進んだ。

「『初めに、夜を定めよ。うるうの夜、空に満月のかかるとき――』」

「うるうの夜って?」メレディスが言った。

「それに書いてあることが難しくて、よくわからない」

「その時代の人はそういう書き方をしたんだと思うよ」わたしは言った。

「うるうの夜っていうのは、きっと、ほらあの、一日多い日の夜のことだと思う――うるう年のね。二月の二十九日」

わたしたちはまた顔を見合わせた。

「急いでカレンダーを取ってきて」メレディスが言った。

急いで?

わたしは立つのもやっとなのに。床に長いこと寝そべって本のページをめくっていたものだから、体が板みたいにカチカチになっていた。

「助けて! わたし、おばあちゃんなんだよ」

わたしたちはなんとか立ち上がった。壁からカレンダーを下ろし、ベッドに座って調べてみた。

「どう？」メレディスが聞いた。

「そうなの？　それとも違うの？　だって、うるう年っていうのは四年ごとにしか来ないでしょ。もし今年がうるう年でなければ、この呪文を使う機会が来るまで、わたしたちはあと一、二年、もしかしたら三年も待たないといけない。それなら、もうだめ。こんな体で、あと三年も生きられるとは思えないわ。明日にも死んでしまうような気がしてるのに」

今は一月の終わりだ。わたしは希望と恐れでドキドキしながら、カレンダーの紙をめくった。

そう！　そうだった！　今年がうるう年だった！　二月の最後に――二十九日がある！　わたしたちは見つめ合い、大声をあげたいと思った。でもまだ喜ぶ気にはなれなかった。

「その呪文については、ほかになんて書いてあるの？」

「本を取ってくるね」

わたしたちは本をベッドに置き、その呪文のところを読み進めた。

「『必ず、まことの満月の夜にて、雲なく澄みわたること――』」

「カレンダーにはなんて書いてある？」

「やった！　満月だよ！　ちょうど二十九日に！　そう！」

「『雲なく澄みわたる』ってところはどうするの？」

「それはどうしようもないよ。ただ幸運を祈るしかない。続きを読んで」

「いいわ」

メレディスが続きを読んだ。

「『されば真夜中を待ち、始めの鐘と終わりの鐘の間に』――どういう意味かしら？」

「夜中の十二時の鐘が鳴り始めたときに魔術を始めて、最後の十二番目の鐘が鳴り終わるまでに終えるということじゃないかな。あとは？」

「もうあまりないわ。読むわね」

メレディスはまた本に向かった。

「『――呪いをかけんとする相手のまわりに、黄金のひもを切れぬようにめぐらせたのち、これらの言の葉を述ぶるべし――』」

そして呪文の言葉がそのまま書いてあった。それはびっくりするくらい短かった――たった数行の、詩のような言葉だった。

メレディスは考えこんで、入れ歯をカチカチいわせている。何かに集中しているときのくせで、舌で入れ歯を動かして音をたてる。あんまり長くそれをやられると、聞いてるほうはすごくいらいらしてくる。

「黄金のひもねえ」とメレディス。

「切れぬようにめぐらせる。そんなもの、どこで手に入れられるかしら?」

メレディスはその文をもう一度読み上げた。

「『――呪いをかけんとする相手のまわりに、黄金のひもを切れぬようにめぐらせ――』わたしたちの相手というのは、あの魔女ふたりよね、カーリー。どうやってあのふたりのまわりに、黄金のひもをめぐらせるの? わたしが持っている金のものって、短いネックレスだけよ。黄金のひもって、どんなものなのかしら?」

わたしはいいことを思いついた。

「こういうのはどう――?」

「何?」

わたしは立ち上がって、洋服だんすのほうによろよろと歩いていった。

「何をするつもり?」

わたしはたんすの扉をあけ、それを見つけた。わたしの編み物の箱。中には、編みかけのマフラーと、毛糸の玉と、編み針が入っている。

「編み物?」

わたしは時間つぶしのために編み物をしようと思って、マフラーを半分編んだところであきらめた。編み物をすると、関節炎の指がひどく痛んだから。その毛糸をくれたのは、バートレイさんだった。

そこには、さまざまの色の毛糸玉があった——緑、紫、霜ふりのグレー、銀、明るい青——そして金。

「金!」

「黄金よ!」

でも、メレディスは疑わしげな表情を浮かべて、がっかりした様子で言った。

「でも、これは本物の金じゃないでしょう? 金色をしてるだけで」

「それだけでいいかもしれないよ」わたしは言った。

「ほら、これには、黄金でできたひもじゃなくて、黄金のひも、と書いてある。大事なのは色じゃないかな? 色さえ合っていれば、本物の金じゃなくてもいいんだよ」

メレディスは半信半疑のようだったけど、認めるしかなかった。

「うーん、そうかもね」とメレディス。

「そうかもしれないわね」

「だめでもともと、そうでしょ？　この魔術がきかなくったっていいじゃない。おばあさんの体から出られないで、このポンポンつきのふわふわの、でかスリッパをはいたままになるってだけのことだもん。少なくとも、やれることはやるんだし」

「わかった。あと——」メレディスはカレンダーを見た。

「——四週間ね」

メレディスは何か思いついたらしい。カレンダーを取り、鉛筆と紙を出して、計算を始めた。メレディスは答えを確かめ、もう一度確かめた。念のために三度目の確認をした。

「それ、何？」わたしは聞いた。

「どうかしたの？」

メレディスは恐ろしいほど青ざめた顔でこっちを見るとわたしの腕をつかんだ。

「カーリー！　わたし、忘れてたの！　困るのはわたしたちだけじゃないわ！　この魔法！　この魔法が今回うまくいかないとだめ。うまくいかなければ——」

「どうなるの？」

「時間切れなのよ！　三月一日で、魔女がわたしの体を盗んでから、十三カ月と十三週と十三日になるの！」

「ええっ！」

「そうなの！　うるうの日の次の日よ。わたしの体にいる魔女は、その日で、待つ期間を終えるの。それからはどんなことでもできる——あなたの両親にね。覚えてる？　指とか手を消しちゃうって話を？　それにわたしは、二度と元にもどれなくなるのよ。二度と！　死ぬまでおばあさんのまま。そして次はあなたの番よ」

わたしの母さんと父さん！　ふたりが魔女の思うがままにされるなんて！　母さんたちは、ガマガエルや奴隷やフンコロガシやゾンビに変えられるかもしれない。脳をほとんど吸い取られ、あやつり人形のように使われるかもしれない。そしてメレディス、かわいそうなメレディスは——希望をまったく失うことになる。

「じゃあ、どうしてもやらなくちゃ」

「やらなくちゃ」

「二月の二十九日に」

「何曜日なの？」

「土曜日だね」

「じゃあ、今度の土曜日から数えて、ちょうど四週間ね」

「あとひとつだけいい？」

「なあに？」

「どうやってここから出るの？　どうやってわたしの家まで行って、このひもでかこんで、魔女の手からわたしたちの体を取りもどすの？　どうやってホーリントンさんの目をごまかすの？」

メレディスは入れ歯をかちっと鳴らした。

「方法はひとつだけよ、カーリー」メレディスは言った。

「あの柵《さく》を乗り越えるしかないわ」

18 柵を越えて

言うは易《やす》し、行うは難《かた》し。でもわたしたちには、計画をたてる時間が四週間あった。ホーリントンさんはホームの廊下をうろうろしているおばあさんたちをいつも見張っている。名前と部屋番号を書いた身分証明バッジまで渡し始めた。

「おしゃれなアクセサリーだと思えばいいんだよ」ホーリントンさんは言った。「すてきな宝石だと考えればいい。これを胸につけている限り、自分の名前や部屋番号を忘れる心配がないし、わたしら全職員が、あんたたちがそれぞれどこにいるか確認できる。うろつきまわってバスにひかれたりしてほしくないんだよ。このメリーサイド老人ホームはすばらしい実績をあげてきたんだからね、それをだいなしにされるのはごめんだ。あんたらの身内の人たちだって怒るだろうよ。それに、もしだれかが死んだら、その家族はもうここの費用を払おうとしないのは確実。そうなるとわたしらみんなが困ることになる。だからいつも目を配っているつもりなのさ」

念には念を入れて、ホーリントンさんはロッティーも使うことにした。ロッティーは、いじわるな感じの大きなロットワイラー犬だ。日が暮れると、ホーリントンさんはロッティーを庭に放した。

「どろぼう防止のためさ。どんな侵入者も入れないためにね」

ホーリントンさんは言った。

だけどわたしたちが心配だったのは、その犬がわたしたちが逃げるのをじゃまをするんじゃないかってことのほうだ。

「あの犬、困ったわね」

メレディスが言った。わたしたちは逃亡計画を練っていた。

「どうする？　あいつにブルマーをかみつかれて、柵を乗り越えられるとは思えないわ。この年じゃねえ。わたしはどう見ても八十五歳にはなっているでしょ。あいつを振り切って走るなんて、わたしたちには無理よね？　それも歩行器を使いながら」

「つえでなぐりつけてやろうか？」わたしは言った。

「もっと怒らせるだけよ。それに、吠えるかも。そしたらホーリントンさんが聞きつけて、見にくるかもしれないわ」

「じゃあ、どうにかしてあの犬を静かにさせておかないと」わたしは言った。

「どうやって？」

「食べ物で。待って、二十九日は何曜日だっけ？」

「土曜日よ」

「じゃあ、お茶の時間にソーセージが出るね。金曜日は魚、土曜日はソーセージ、その他の日がひき肉とキャベツでしょ。あの犬はソーセージが好きだと思うな」

「でもわたしも好きなのに。わたしが好きなのはソーセージだけなのに」

「しょうがないよ。あの犬を黙らせておかないといけないんだから」

「わかったわ。でも、どうやって部屋から外に出るの？」

「そうね、消灯時間まで待って、一番暖かい服を着こむ。老人用の服を全部着る。ウールの帽子をかぶって、一番ぶ厚いサポートタイツと一番暖かいブルマーをはいて、一番はきやすい靴をはく。手袋とマフラーも忘れずに。この年になったら、自分の体を大事にしなくちゃね。危険をおかすわけにはいかないよ」

「それから？」

「それからベッドのシーツをはがして結び合わせて、何か重いもの——ヒーターかベッドに結びつけるの。そして窓からシーツを伝って下りて、犬はソーセージを投げて静かにさせて、柵を飛び越えて、はい、さようなら」

わたしはそのとき、自分の年を忘れ、自分の使っている言葉がどんなに不自然か忘れていたんだと思う。

伝って下りる。飛び越える。走る！

八十歳をとっくに越えてから、伝って下りたり、飛び越えて走ったりするのは、なかなかできるもんじゃない。

でもやってみるんだ。とにかくやってみよう。


その日はすごく寒かった。二月二十九日、土曜日、夜。空には温かい空気をふくんだ雲がひとつもなかったので、寒さはよけいにひどかった。だけどそれはわたしたちの願いどおりだった。空は晴れわたって、満月が出ていてほしかったんだ。そして今、満月はメリーサイド老人ホームの庭を明るく照らしていた。わたしたちの部屋の窓から、ホーリントンさんのロットワイラー犬、ロッティーの姿が見えた。体を温めようと地面を歩きまわっている。

こんな夜に、犬を外に出しておいたりする人なんかいないと思うな。

もちろん、ホーリントンさんは別だけど。

わたしたちは老人用の服を着こんだ。何枚も重ね着した。セーターは五枚、靴下も何足か。肌着とセーターのあいだに新聞紙をはさんだ。

「ソーセージは持った？」メレディスが言った。

わたしはポケットをたたいてみせた。べとべとしたナプキンに包んだ、六本の冷たいソーセージが入っている。わたしたちは力をつけるためそれぞれ一本ずつ食べ、残りはロットワイラー犬用にそっと持ち出したのだ。

メレディスはシーツを結び合わせていた。

「たくさん結び目を作ってね」わたしは言った。

「下りるとき、つかまるところがいるから。はしごのようにするの。結び目がはしご段の代わり」

わたしは窓から下りるのが心配だった。地面までそんなに距離はない。せいぜい三メートルくらいだ。でもそれはパラシュート降下みたいなものだった。落っこちてどこかの骨を折るのが怖かった。わたしの年取った骨は、このごろますますもろくなっているような気がする。自分がくずれていくんじゃないかって気がするほどだ。

「年を取るとそうなることがあるのよ」メレディスが言ったことがある。

「もっとカルシウムが必要よ。ミルクをもっともらったらいいわ」

だけどホーリントンさんは、そんなことは信じようとしなかった。カルシウムをたくさんとると性格が悪くなって、わがままになると考えていた。

メレディスはシーツの端をベッドの脚に結びつけた。

「大丈夫そう？」わたしは不安になって聞いた。

「大丈夫だと思うわ」メレディスが答えた。

「はっきり言って、わたしたち、あまり重くないから」

そのとおりだった。わたしたちは、ときどき見かけるような、大きくて肥《ふと》ったタイプのおばあさんじゃなく、小さくてきゃしゃなタイプのおばあさんだった。鳥のようにやせていて、食べ物はちょっとつつくだけ。

「どっちが先に行く？　わたしから？」

「お好きなように。でも、歩行器はどうするの。必要でしょう？」

「そうね」

わたしたちは歩行器を窓から放り投げた。茂みをねらったので、落ちたときに音はしなかった。

まずわたしの番だ。わたしはびくびくしながら窓わくに座り、結んだシーツをつかんで、慎重に体を下ろしていった。

「大丈夫？」

メレディスのささやき声が、上のほうから聞こえた。

「たぶんね。でもこんなことはすべきじゃないね、この――」

わたしは手をすべらせ、シーツを伝って、下の地面にどしんと落ちた。

「——年で！」

「大丈夫？」

「たぶん」

「どこも折れてない？」

わたしは調べてみた。

「うん、どこもなんともない。息が切れただけ」

「よかった。じゃあ、わたしも行くわね」

「待って、待って、待って！」

「どうしたの？」

「あの本、呪文が載った本！」

「あら——すっかり忘れてたわ」

「このごろかなりぼけてきてるよ、メレディス！」

「わかってる。年のせいよ」

メレディスは窓から体を乗り出して本を渡そうとしたけど、わたしは手が届かなかった。しかたなくメレディスは本を下に落とした。わたしは本を受け止めた拍子に、ひっくり返りそうになったけど、なんとか転ばずにすんだ。また上を見上げると、メレディスがシーツを伝って下りてきていた。わたしはちょうど真下からメレディスを見上げるかっこうになった。メレディスはぶかぶかの下着をはいている。

「早く」わたしはささやき声でせきたてた。

「だれかに見られないうちに」

でも、見られていた――ロットワイラー犬のロッティーに。ロッティーは芝生の上をすごい勢いで駆けてきた。ガゼルを追うライオンみたいに。というより、おばあさんを獲物にしているライオンみたいに。

「ソーセージをやるのよ！」

わたしはポケットをさぐった。あれ？　ない。

「カーリー、早く！　早く！」

どこにあるんだ？　どこにしまったっけ？　このごろ物覚えが悪くなっていた。そのときは自分のやっていることがわかっていても、次の瞬間には……。前は〈子どもの体に大人の頭〉がついていたのに、今では〈老人の脳みそに子どもの心〉が宿っている。そしてその脳は忘れっぽくなっている。

いったいぜんたい、どこにしまったんだろう？　食べてしまったわけじゃないよね？

そうじゃない――もちろん。わたしは違うポケットを探していたんだ。

「カーリー！　急いで！」

わたしはソーセージを引っぱり出し、地面に投げた。ぎりぎりのところだった。ロットワイラー犬は砂ぼこりを舞い上げて急停止すると、ソーセージに飛びついて、かみちぎった。

「これでしばらくは大丈夫。さあ、行こう！」

わたしは歩き出した。でもメレディスが呼びもどした。

「カーリー、歩行器！　忘れないで！」

そうだった！　持っていかなきゃ。

わたしは茂みから自分の歩行器を取り、メレディスも自分のを取った。わたしは脇の下に魔術書を抱え、メレディスといっしょに月の光に照らされた芝生を歩き始めた。空は澄みわたり、雲はほとんどない。わたしたちの老いた目にも、行く手ははっきりと見えた。それだけに心配なのは、ホーリントンさんがたまたま窓の外を見ることでもあったら、見つかってしまうだろうということだ。

犬はわたしたちを無視して、ソーセージを食べている。すっかり、わたしたちを友だちと思っているらしい。でも、その友情がいつまで続くかは、考えたくなかった。おそらく、ソーセージが残っている間だけだろう。

わたしたちは入り口の柵門《さくもん》のそばまで来ていた。柵は低い石段の上に取りつけられている。高さは二、三メートルで、しっかり南京錠《なんきんじょう》がかかっていた。

「あなたの歩行器を貸して」メレディスが言った。

わたしはしっかり魔術書を抱えながら、歩行器を渡した。ちらっと犬のほうを振り返ると、犬はそろそろ、うなり声をあげ出した。ソーセージは半分ほど消えていた。

「早く。あいつが全部たいらげる前に。急いで、メレディス。もしあいつが吠え始めたら、おしまいよ」

メレディスは、ひとつの歩行器の上にもうひとつのせて、柵門のそばに脚立《きゃたつ》みたいなものを作ろうとしていた。

「本は！　どうやって本を向こうまで持っていくの？」

「持っていく必要はないよ」わたしは言った。

「すき間から押しこめばいいもん」

二本の柵の間に押しこむと、本は向こうの歩道に軽い音をたてて落ちた。一瞬、犬はソーセージから目を上げた。耳をぴんと立てた。でもまた食べ始めた。

「カーリー、お先にどうぞ。わたしは歩行器を押さえているから」

わたしは歩行器のほうに一歩進んだ。そして急に立ち止まった。

気持ちが落ちこんだ。靴の底まで。考えられる限り深い底まで落ちこんだ。世界一深い海で一番深くまでもぐったダイバーくらい、落ちこんだ。

毛糸玉！　あの毛糸玉を忘れた！　あの金色の毛糸を！　あれなしじゃ呪文はきかない。毛糸なしじゃ、魔女をどうしようもできない。今からもどれるだろうか？　ソーセージはあと二本しかないし、犬はすぐそこにせまっている。部屋にもどれるだろうか？

部屋は高すぎる。結んだシーツをよじ上っていくのなんか無理に決まってる。関節炎の手で、この年で。

「メレディス――」

「何？」

「メレディス――あの毛糸――わたし、あの毛糸を持ってこなかった」

メレディスのしわだらけの老いた顔に、ぱっと明るい笑みが浮かんだ。月明かりに照らされた入れ歯が、真珠のように白かった。

「大丈夫」メレディスが言った。

「ここにあるわ」

そしてぶかっこうな古いコートのポケットをたたいた。

「さあ、凍えて死んじゃわないうちに行きましょう。ここはとっても寒いわ。わたしたちくらいの年になると、寒さが骨までしみるわね」

わたしは積み上げた歩行器を登り始めた。たいへんだったけど、体は温まってきた。老いた骨は材木のようにきしんだけど、わたしはやりとげた。

わたしは柵の上に座り、おどおどしていた。そんなに距離はないとわかっていたけど、地面がはるか下のように思えた。

「そっちの番だよ！」わたしはメレディスに言った。

「さあ、登っておいで」

メレディスは登り始めた。最初はうまくいったけど、すぐに疲れて、ひと息いれないといけなくなった。

「あんまりゆっくりしていられないのよ、メレディス」わたしは注意した。「真夜中になる前に着かないといけないんだから。でないと手遅れになっちゃう」

メレディスはうなずいて、また登り始めた。まもなく、メレディスも柵の上に着いて、わたしと並んだ。

「さあ、これからがたいへんよ」わたしは言った。「下りなくちゃ！」

反対側の歩道に下りるまでが、遠い道のりだった。飛び下りるなんて危険をおかすことはできなかった。そんなことをしたら、陶器のお皿みたいに粉々になってしまうだろう。

「ようし、じゃあ行くよ。幸運を祈ってて」

わたしは柵の反対側に体を移し、柵の一本にしっかりつかまって、すべり下りた。ちょうど、緊急時に非常召集《しょうしゅう》を受けた消防士が、ポールをすべり下りて出動するみたいに。低い石段の上で止まった。そこから歩道までは、ほんの小さな段差があるだけだった。

「大丈夫?」

「うん。やったよ。ゆっくりやれば、メレディスにもできると思う」

またうなり声が聞こえてきた。月明かりの中、犬が食べ物を探してかぎまわっているのが見えた。

メレディスが下り始めた。

「早く!」わたしはせきたてた。

「早く、早く!」

メレディスはわたしの隣に立った、二本の脚をしっかり地面につけて。

わたしは本を拾い上げた。

「用意はいいね？」

「いいわ」

「じゃ、早く。こっちよ」

わたしたちは道を急いだ。老いた脚の許す限り、速く。

「歩行器があったらいいのに」

「わたしもそう思う」

「何か食べ物もあれば」

「そうだね」

「ソーセージとか」

「全部なくなったと思うよ」

「ああ、気にしないでね」

「もうあまり時間がないよ」

「今、何時？」

「十一時五分」

「行きましょう。早く！　行くのよ。無駄にする時間はないわ」

わたしたちは突き当たりの角を曲がった。メリーサイド老人ホームのほうを振り返ると、明かりはほとんど消えていたけど、ひとつだけまだついていた——ホーリントンさんのオフィスだ。犬の吠え声が一、二回聞こえた。たぶんソーセージをねだってるんだろう。

19 それから

寒かった。歯がガチガチ鳴るほど寒かった。入れ歯の場合、そのガチガチいう音は最低最悪だった。わたしたちは、おばあちゃんとしてはかなり急いだ。

「どっちへ行くの？」メレディスがたずねた。

「こっちだよ。町の真ん中を抜けて近道をしてから、公園の中の道を通ろう」

わたしは今までこんなに遅くに外に出たことはなかった。しかも土曜日の夜に、母さんや父さんがいっしょにいないのに、町にいることなんて一度もなかった。

わたしはびっくりした。町の中心は、光と車があふれ、にぎやかで活気に満ちていた。だれもが若かった。若くて元気で騒々しくて上機嫌で、楽しんでいる。パブやクラブのドアから人がどっとあふれ出てきては、次の店に行く。車のクラクションと人々の笑い声が響いた。ビールとフライドポテトとハンバーガーのにおいがただよっている。映画館から人が波のようにあふれ出てきた。ナイトクラブの前の歩道には行列ができている。白いワイシャツにダークスーツの男の人たちが、ドアのそばに立っていざこざが起きないよう見張っている。

びくびく、おどおどするばかりだった――おばあちゃんには。

「気をつけろよ！」

「ごめんなさい！」

「失礼！」

ハンバーガーを売るバンのまわりに人だかりができていて、その通りの少し先では、シシカバブ（串焼き）の店に人が集まっていた。食べ物のにおいがして、おなかがとてもすいてきた。でもわたしはお金を持ってなかったし、時間もなかった。

若者が立ち止まってわたしたちをじろじろ見た。夜のこんな時間にこんな場所にいるわたしたちの姿はとっても異様だったんだろう。

「おい見ろよ！　ばあさんふたりだぜ！　クラブに来たのかい、お嬢さん？　パーティーかな？　踊りに来たのかい？」

「教会に行くには時間が早すぎるよ、おふたりさん！」ほかのだれかが声をかけた。

「明日の朝まで始まらないよ。早めに来たのかい、いい席を確保するために？」

危害を加える気はないとは思ったけど、それでも怖かった。

「無視すんのよ」

わたしはメレディスに言って、先を急いだ。

「その本、ちょっと見せてくれよ?」という声がした。

どこからか手があらわれたかと思うと、魔術書を取ろうとした。わたしは本にしがみついて、取られないようにした。

「うーん!」

その声は残念でたまらないってふりをしてみせた。

「ちょっと見たかっただけなのにな」

わたしたちは、町の中心街のネオンをあとにして、間もなく暗くて静かな森の中に入った。

歩きやすく作られた靴は、小道でかたかた音をたてた。でもほかにも音が聞こえた。がさがさという音、忍び足でつけてくるような音。だけど振り向くと、だれもいない。ただの想像だ。わたしは怖かったし、メレディスも怖がっているのがわかっていた。年を取りすぎていたから。もし何かが起きても、走って逃げることさえできないとしたら、だれでもそんな気持ちになると思う。

「今、何時?」

「十一時半かな?」

「あとどれくらいあるの?」

「もうそろそろ着くよ」

芝生や木々や休憩所の屋根に、霜がおりていた。注意しなくちゃ――凍ってすべりやすい歩道で転んで腰の骨を折ったら、もう二度と――。

「こっちよ、メレディス。近道なの――こっちへ来て」

わたしはすっかり思い出していた。まるで一度もここを離れたことなどなかったみたいに。この小道があって。角に郵便ポスト。ここがうちの通りだ。これがわたしの家。そしてうちの――。

ない！

家がないんじゃない。家はちゃんとあった。ないのは車だった。母さんと父さんの車。車がどこにもない。留守なんだ！　家にいないんだ。そんなことは考えもしなかった。計画を立てている間ずっと、一度も思いつかなかった。どうして考えておかなかったんだろう？　家に帰って呪文をかけようとしたら――魔女たちがいないなんて。

わたしは立ち止まった。顔色は死人みたいに真っ青に違いない。メレディスがわたしを見つめた。

「どうかしたの？　何？」

「だれもいないんだよ。車がない。家は真っ暗だ。だれも中にいない！」

そのとき、救いが来た！　角を曲がって、来た！　買い替えてはいない。前と同じなつかしい車だ。少しだけ前よりくたびれているけど。前と同じなつかしい母さんと父さん——たぶんふたりも少しだけ前よりくたびれてはいるんだろうけど。

そしてわたしは自分を見つけた。前と同じなつかしいわたしを。バックシートで眠ってる。わたしの隣にはメレディスがいて、やっぱりぐっすり眠っていた。

一日じゅう出かけていたようだ。どこに行ってたんだろう？　たぶん、どこかすてきなところ、どこか特別なところだ。どこかに遊びにいったのかも。オールトンタワーズ遊園地だ。ぐっすり寝ているわたしは紙の帽子を頭にのせたままだったけど、その帽子のてっぺんにオールトンタワーズって書いてある。

たぶんそれはふたりのアイデアだったのかも——魔女たちの。ふたりは、この呪文、二月二十九日にだけ効き目がある呪文のことを知っていて、一日じゅう外出して、真夜中過ぎまで帰ってこなければ大丈夫だと思ったんだろう。

そう、それがうまくいかなかった、少しだけね。まだあと二十四分残ってる（二十四分？　たったそれだけ？）。

わたしたちは暗がりから見ていた。隣のうちの庭の木の下に立って。まるで——なんていうか——魔法にかかったように。

車は砂利《じゃり》をきしらせて止まった。父さんが車のドアを開けて、何か母さんに言ったけど、なんて言ったかは聞こえなかった。それからふたりはバックシートに行って、眠そうなふたりを起こした。メレディスは目を開いてこすると、車から降りて家に向かった。でも〈わたし〉はそうしなかった。とても疲れてたんだろう。だから、父さんは手を伸ばしてシートベルトをはずすと、片手を〈わたし〉の体の下に入れ、もう片方の手で〈わたし〉を抱き抱えるようにして、車から降ろし、家まで運んだ。昔よくやってくれていたように。わたしが〈わたし〉だった、あのころのように。そして運ばれながら、〈わたし〉は半分目が覚めて手を伸ばし、腕を父さんの首にからめた。

いつもそうしていたように。

その光景を見て、わたしの心は悲しみでいっぱいになった。

そして玄関がわたしを残して閉まり、みんなは中に入ってしまった。わたしは泣きたくなったけど、今は泣いている時じゃない。行動の時だ。しなければならないことがあるんだ。

「毛糸、持ってる?」

「ここにあるわよ」

メレディスはポケットから金色の毛糸玉を三つ出した。ひとつはわたしが持ち、ひととつはメレディスが持った。あとのひとつは予備。

「行こう」

わたしたちは庭にしのびこんだ。姿を見られないように、いつも暗がりにいるよう気をつけた。中にいる人たちがキッチンでミルクを飲んで、洗面所で手と顔を洗い、歯みがきをして、パジャマに着替えるにつれて、家の中では電気がついたり消えたりしている。だれかがベッドに入ってから、お湯のポットを取りにまた階下に下りたので、また明かりがついた。

わたしたちはそれぞれの毛糸玉の端を結び合わせ、その毛糸の一部分を玄関のドアノブにまきつけた。それから家を囲み始めた。メレディスはこっちから、わたしは反対側から。

わたしは腕時計を見た。もう時間がない。あと十分。

キッチンの前を通るとき、窓よりずっと低くなるようかがんだ。キッチンを通り過ぎてしまうと、背中を伸ばして腰をさすった。

バン！

突然の音に、わたしはびっくりして振り向いた。でもそれはスパッツ――うちのネコだった。スパッツがネコ用の出入り口をぐいっと押して出てきたんだ。この夜、何かおもしろいものがないか見に。

それはどうやら、毛糸だったらしい。

スパッツはちらっとわたしを見ると飛び上がり、わたしの手から毛糸玉をたたき落とした。そして次にわたしが気がついたときには、毛糸玉といっしょに庭じゅうを暴れまわっていた。糸をバラの茂みにからませ、木のまわりに巻きつけながら。

「スパッツ！　スパッツ！」わたしは小声で怒った。

「やめなさい！」

だめだった。スパッツは毛糸でぐるぐる巻きになりながら、物置小屋のまわりを駆けめぐった。

「カーリー！」

メレディスの声がした。毛糸を手に家をまわって、半分のところでわたしと会うはずだったんだ。

「ネコが！　毛糸を取っちゃったの！　見て！　完全に悪夢だよ！　ちゃんとできるはずないよ！」

「その毛糸は切っちゃって、予備のを使えばいいじゃない」

わたしはその毛糸を切った。スパッツは隣の庭に走りこんだ。月の光に輝く金色のひもを後ろになびかせながら。

わたしたちは予備の毛糸玉を出して、メレディスの毛糸の端を、わたしの手に残った毛糸の端に結びつけた。

「これでよし」メレディスが言った。

「黄金のひもを、とぎれないようにめぐらせたわ」

「次は？」

「呪文と、それを唱えるタイミングね。待たないといけないわ。呪文は、真夜中の最初の鐘と最後の鐘の間にすませないといけないの。でも、どうやったらわかるのかしら？」

「教会の鐘を聞いてればいいよ」わたしは言った。

「聞いてるだけでいいんだ」

わたしたちは寒く暗い場所に立って、耳をすませた。あたりはしんと静まりかえっている。完全な、まったくの静けさ。母さんと父さんが呼びかける声が聞こえた。

「おやすみ、メレディス。おやすみ、カーリー」

わたしはもうちょっとで返事をしてしまうところだった。

寝室の明かりが消え、ふたりの女の子のささやきかわす声が聞こえてきた。その声はかすかだったけど、あたりがしんとしていたので、そのささやきまで、開いた窓から流れてきた。わたしが聞いたのは自分の声だった。

「もうすぐだね」〈わたし〉の声が言った。

「そう、もうすぐだ」メレディスの声が返事をした。

「この体に入ってから、もうすぐ十三カ月、十三週、十三日がたつ。あと少しだ。そうすれば、この体は永久に自分のものになる！　すばらしい力がもどってくる！　そうすれば——」

「うっとうしいやつらを片付けてしまえる！」

「母さん、父さんって。はは！　甘ったるいものを全部ね。ほんと、気分が悪くなるよ」

「むかつくね」

「あいつらをどうしてやろう？」

「なんでもいい。すごく不愉快なことならなんでもいいさ」

「ねえ、わたしらの昔の体はどうなったのかって考えることあるかい？」

「あの老人ホームさ！　ヒ、ヒ、ヒ！」

「もう死んでしまったかねえ？」

「そうだとしても驚かないね。死んだか、ぼけたか。それは、やつらの話。こっちは関係ないさ」

「まったく同感だね」

「じゃあ、おやすみ」

「おやすみ」

そのとき恐ろしいことが起きた。

雲が月にかかった。月が見えなければ、呪文は働かない。ぜんぜん。効き目がないんだ！

カァァァァァァン！

真夜中の最初の鐘が鳴った。

だめだ。なんにもならない。月が隠れた。呪文はきかない。ようやくここまできて、こんなにがんばったのに、こんなに努力したのに。なんにもならなかった。わたしたちの負け。もうだめ、終わりだ。魔女たちの勝ち。わたしたちはもう永久に年寄りだ。いや、違う。長くはないだろう。わたしたちは間もなく死ぬ。そしてこの体を離れる。それが一番いいのかもしれない。

とても悲しくなった。悲しい。そしてあきらめてもいた。終わった。必死にがんばって、自分の人生を取りもどそうとしたけど、失敗した。やつらが勝った。正義がいつも勝つとは限らない。それが現実だ。ときには、悪が最後に勝つこともある。わたしの人生は終わった。ほとんど何も経験しないまま、わたしの人生は去っていった。

真夜中のふたつめの鐘が鳴った。澄んだ音が、寒々とした冬の冷たい夜に響きわたった。

「残念だよ、メレディス。すっごく残念」

「わたしもよ、カーリー、わたしも」

わたしは老いた腕で親友を抱きしめた。わたしの大事な友だち。わたしの初めての女きょうだい。

真夜中の三つ目の鐘が鳴った。澄みきったきれいな音が、星明かりの下にこだました。そして——。

奇跡が起きた。信じられないような、本物の奇跡が。いきなり強い風が起こって、月にかかった雲を吹き飛ばしたんだ。月は信号灯のようにはっきりと、灯台のように明るく輝いた。

「カーリー、呪文よ、早く!」

わたしはあの本をつかみ、呪文の場所を探してあわててページをめくった。ページの角を折ってなかったっけ? どうしてちゃんと準備しておかなかったんだろう。ああ、どこ、どこ、どこだっけ?

見つけた。

「いっしょに、メレディス。いっしょに唱えようよ」

真夜中の四つ目の鐘。その鐘は、まるで墓に眠っている死人を呼びさますような音で鳴りわたった。わたしたちは呪文を読み上げた。

黄金のひもの中に横たわるものに
まさにわれは変わらんとす
わが体と魂を入れ替え
わが心を解き放つ
かつての姿のそのままに
再びわれがよみがえるため
今名を呼ぶものの姿にわれを変えたまえ
そのものをわが姿に変えたまえ

そしてわたしたちは名前を呼んだ。

「カーリー!」わたしは言った。

「メレディス！」

すると――。

――何も、何も起きなかった。鐘が鳴り続けた。真夜中に響き続けたけど、だんだんゆっくりと鳴るように思えた。ゆっくり、ゆっくり、ゆっくりと。今日の日がしだいにおとろえ、力尽きて、その歩みが止まってしまいそうになった。

真夜中の最後の瞬間には、最後の鐘を鳴らす力も残っていないように思えた。

カァァァァァン！

もう一度鐘が鳴った。それはもう遠い響きではなくて、大きく長く、すぐ肩のうしろで鳴っているようだった。時間そのものが、忍び足で影の中からゆっくり近づいてくるような気がした。

わたしは隣に立っているおばあさんを見た。窓を見上げている。わたしも見上げると、やつらの姿が目に入った。わたしたちの体に入った魔女たち。カーリーとメレディス。ふたりは寝室の窓辺から、わたしたちを見下ろしていた。その顔は、恐れと怒りと驚きと疑いが入りまじって、ゆがんでいた。ふたりは気がついたんだ。たぶんわたしたちの声が聞こえたんだろう。でも、ふたりにはわかっていた。呪文はすでに唱えられ、ふたりを囲む輪は完成し、すべてが正しい方法で、正しい時に行われていた。二月二十九日、うるう日の夜の満月の光のもと、真夜中の最初の鐘と最後の鐘の間に。

もう手遅れだ。

「だめ!」わたしは〈わたし〉の声が叫ぶのを聞いた。

「だめ、だめ、だめだ!」

カァァァァァァン!

また鐘が鳴った。十二回目だろうか? わたしにはわからなかった。数がわからなくなっていた。わたしは棒立ちになって見ていた。〈わたし〉の感じていることが手に取るようにわかる。脚は鉛のようで、体は急に重くなり、老いを感じている。普通の老いではなく、何世紀も積み重なった老い、あの魔女たちが盗んで生きてきたすべての時間、すべての人生が、今、魔女たちに仕返しをしている。

だけどほかのことも感じていた。どこからかうれしそうな声が聞こえてくるような気がした。何百年にもわたって、魔女たちにだまされ、若さと人生を奪われた人たちみんなからの。

そよ風が吹いて、芝生がさらさらと音をたてた。

「そうさ」とささやいているようだ。

「そう、そう、そうだよ。ついにね。さあ、おいで。ここに来るんだ。この瞬間を、長い間待ってたんだ。ここにおいで。用意はできている。ずっと待っていた、復讐のときをね」

カァァァァァン！

最後の鐘の音に違いない。真夜中の最後の鐘。それとも、時間自体がおかしくなったんだろうか？　教会の鐘は十三回目を鳴らしているんだろうか？　違う。そんなことはない――あるんだろうか？　今、何が可能で何が不可能なんだろう？　何が。すべてが。

「見て――」

わたしの隣のおばあさんが言った。窓辺のふたりの少女に、何かが起きていた。何かがふたりを離れ、飛び立とうとしている。天使の粉のようなものが。ごくうっすらとかすかな、遠くの虹を形づくっているようなもの。それからいきなり、金色の糸の輪が明るい炎の輪に変わり、祭壇のろうそくのような金色の炎をあげた。

そしてわたしにも何かが起きていた。わたしは大きな渦に巻きこまれた小さな紙の船のようにくるくるまわっていた。くるくるまわりながら、どんどん下がっていく。流れに逆らって泳げるほどの力はなかった。逆らいたくもなかった。でもわたしは思わずそうしていた。自分を抑えられず、連れていかれまいと必死になった。なじみのあるものを捨てて、引き離されようとしている――いったいどこに？

恐ろしい未知の場所に。

この旅に最終目的地はないのだとしたら？　わたしは永久に呪われ、再び体を手にいれることはないのだとしたら？　雲と嵐のあいだをただよい、決してもどれない地上の世界を見下ろしながら。

そして、信じられないほどの闇が訪れた。夜に部屋の物の形が見分けられない程度の暗さじゃない。真っ暗闇だ。目が見えなくなっちゃったみたいな暗さ。手の感触もない。息もしていない。においも、味も感じない。

そして！

そして、そのとき！

わたしは子どもになっていた。

子どもに！

羽根のように軽く、鳥のように自由。バッタのように身軽で、ツバメのようにすばやい。わたしは渦から出て、乾いた大地にもどっていた。そして高いところから、ある光景を見下ろしている。

それは月の光に照らされた庭だった。しかし雲がしだいに月を隠そうとしている。わたしの隣には、背が高くて濃い色の髪をした、柳の木のようにほっそりした女の子が立っていた。そしてわたしたちの下、月の光を浴びた庭には、ふたりのおばあさんがいた。感じのいい、優しそうなおばあさんではなく、見たこともないほど醜く、不気味な老婆だった。

その顔は憎しみと怒りでゆがんでいる。古い言葉でわたしたちに毒づき、ののしった。その声はしゃがれていて耳ざわりだった。腕を伸ばし、かぎのように曲げた指でこちらをさしている。ののしり続けているうちに、真夜中の最後の鐘の響きも薄れ、昨日の名残も消えていった。

新しい日が来た。明日だ。明日が今日になり、昨日は永遠に去った。ただ、ちりのようなものが風に吹かれているだけ。

「見て」メレディスが言った。

「見て！」

見るなと言うほうが無理だ。わたしは目を離せなかった。

魔女たちはわたしたちの目の前で、もっと老いていった。もっと老いて、もっと醜くなり、大きなイボや吹き出物や水ぶくれやおできが顔にできていった。握りしめた両手はかぎ爪のようにねじ曲がり、腕の先がくずれてかたまりに変わった。切り株か棒みたいだ。

「埋め合わせをしているんだよ」わたしはささやいた。

「今まで生きてきた時間のすべての埋め合わせを、今、しているんだ。時間をだますことはできない――結局はね」

魔女たちは体を折り曲げ始めた。背中はこぶになり、顔は地面を向いた。叫び声が大きくなる。ののしりと呪いの声は、絶望の悲鳴と、助けを求める声に変わった。でも、今となってはだれに助けることができるだろう?

魔女たちはひざをついた。祈りをささげるかのように。わたしのところからは、ふたりの頭のてっぺんと顔しか見えなくて、半分は陰に隠れていた。

もう肉体は残っていないように見えた。わたしたちは頭がい骨を、骨を見ていた。そして、びゅうっ! と大きな音がした。まるでだれかが世界中のクモの巣を払おうと新鮮な風を送ったみたいに。

次の瞬間、ふたりはちりになっていた。

ただのちりに。それだけ。服の小さなかたまりがふたつ。老人用の歩きやすい靴が二足。

そして、ちり。

風がそれをとらえ、夜の中に吹き飛ばした。ちりは小さなふたつの渦の柱となって、闇の中を、踊るように消えていった。

魔女たちはいなくなった。

終わった。

やつらが残したものは、庭の古い服だけ。バーゲン品のぼろ服の小さなかたまりがふたつ。

「メレディス！」

「カーリー！」

わたしはうれしくてメレディスを抱きしめた。

「あなたを見せて！」

「とっても若いね！」

「あなたもね！　また子どもにもどったのね。子どもに、子どもに、子どもにね」

わたしたちは若かった。自分自身だった。子どもだった。ずっとなりたかった、もともとの姿にもどった。世界のどんなお金持ちでも買うことができないものを、もう一度堂々と手に入れたんだ。

若さ。子ども時代。

わたしたちはまた若くなった。そして幸せに。すごく幸せ。わたしたちは、うれしくてうれしくて泣きじゃくった。

20 もどって

「何をしてるんだ？　ふたりとも、ベッドで寝てないとだめじゃないか！」

父さんだ。

わたしは窓から駆け寄って、父さんを抱きしめた。苦しいほどきつくしがみついて、決して離そうとしなかった。

「ああ、父さん、父さんね！　父さん、父さん！　会えてうれしいよ。本当。信じられない。また帰ってきたなんて。わたしの家に、わたしの部屋に。父さんがいるなんて信じられない。指も全部そろっているし！」

父さんはちょっと、とまどっているようだった。

「ああ、それは、そうだ。もちろん――父さんはいつだってお前といるのはうれしいさ。ただ――そう――ついさっき、数分前におやすみを言ったばかりじゃないか。そんなに長い間離れていたわけじゃないだろう？」

「父さん、わたしはね、ただ、父さんに会うのがどんなにすばらしいことかわかってほしいだけなの。本当にすてきなの。とってもとっても愛してるよ。わたしを老人ホームに放りこんだことは、許してあげる。あと、わたしを信じてくれなかったこともね」

「なんだって？　まあ、お前がそんなに愛してくれるのはとてもうれしいし、もちろん父さんも、お前をとってもとっても愛しているよ、カーリー——それにもちろん、メレディスもだ。しかしもう、寝る時間だぞ！」

わたしはまだ父さんを離さなかった。メレディスも窓のところから来て、父さんに抱きついた。ただわたしが父さんにしがみついていたので、メレディスは父さんの脚に抱きつくしかなかった。

「ああ、会えてうれしいです、テイラーさん！」メレディスが言った。

「わたしを引き取ってくださって、家族にしてくださってありがとうございます」

「あ——そう——わかったよ、メレディス——それに、ぼくは〈ジョン〉だ。覚えてるかい？〈シェリー〉と〈ジョン〉だ。〈テイラーさん〉じゃない。なんで今さら、そんなかたくるしい呼び方をするんだ？」

そのとき、母さんが入ってきた。

「どうしたの？　何の騒ぎ？」

母さんは怖い顔で父さんを見た。

「あなた！　何をしているの？　悪ふざけやばか騒ぎをする時間じゃないでしょう。今日は朝からずっと出かけてたんだし、もうとっても遅いのよ。カーリーとメレディスは寝かせてやらないと――こんなふうに興奮させちゃだめでしょう」

「ぼくが？」父さんは泣き言を言った。

「やめてくれよ！　ぼくはただ、のぞいてみただけなんだ。どうしてふたりが――」

「母さん、母さん！」

わたしは父さんを離し、部屋を突っ切った。

「母さん、もどってきたのよ。わたしたち、ふたりとも。わたしとメレディスは、また自分にもどったの。こちらがメレディスよ。本物のメレディス。前に会ったことないでしょ？　本物にはね！」

わたしは母さんに抱きついた。

母さんは抱きしめられても、あまり喜んでいるようには見えなかった。

「カーリー、何を考えているの？　何をしているの？　本物のメレディスって、どういうこと？　本当に、みんなどうしちゃったの？　一日外出するたびにこんなことになるんなら、これからはずっと家にいたほうがよさそうね」

「それでもいいよ、母さん。ちっともかまわない。死ぬまで家にいたって幸せだよ！本当に、もうどこにも行きたくないと思ってるんだ」

「カーリー、メレディス——もう、とても遅いの」

そして——。

「あれはなんだ?」

父さんが言った。父さんは窓から裏庭を見下ろしていた。そこには、古ぼけた服のかたまりがふたつ重なっていた。

「ほら、だれかが塀ごしに、ボロを投げ捨てていったらしい。ちょっと見てきたほうがいいかな——」

「今はやめて。お願い」

母さんが言った。わたしをなんとか引きはがそうと無駄な努力をしながら。

「朝までそのままにしておきましょう。もう遅いわ。みんなベッドに入らなきゃ」

そしてわたしは突然、ものすごい疲れを感じた。完全に、徹底的に疲れていて、言われたとおりにするしかなかった。

わたしたちはおやすみを言って、メレディスはベッドに入り、わたしも自分のベッドに入った。そしてわたしは自分のベッドで眠りに落ちた、ずいぶん久しぶり。でも、自分のベッドにもどっただけじゃない。久しぶりにやっと自分の体にもどったんだ。

朝には、あの衣服は庭から消えていた。わたしは伸びをしてあくびをしてから、メレディスをつついて起こし、それを教えてやった。メレディスも伸びをしてあくびをした。それから服を着た——若者の服を——そして朝ごはんに下りていった。

もちろん、のちのち影響が出てくるのは当然だった。いろいろとね。でもなんとか、面倒なことにはならずにすんだ。

わたしは、だれかがメリーサイド老人ホームからやって来て、メレディスのおばあちゃんがいなくなったことを告げるだろうと思った。

でも、だれも来なかった。たぶん、ホーリントンさんは面倒を起こしたくなかったんだろう。おそらくふたりのおばあさんがいっしょに逃げたのを喜んだだけだ。そうすれば入居費用を値上げできるし、ふたりの部屋をだれかに貸すこともできる。たぶん今度は三人、いや四人のおばあさんにね。二段ベッドを入れたと聞いてもわたしは驚かない。おばあさんたちをイワシみたい積み重ねてるって聞いてもね。バークレイさんやほかの入居者には、わたしたちが親戚と暮らすために退所したって言ったんだろう。やっかいな質問をされなくていいように。

それからあの服。父さんがあの服を拾って捨てたんだろうか？　もしそうだったら、なぜそのことを言わなかったんだろう？

それに、あの本。金属の留め金がついて、薄れた金箔で『ネクロマンシー』って表紙に書かれた古い本。あの魔術書はどうなったんだろう？　あれも魔女たちといっしょに、ぼろぼろにくずれてちりに変わったんだろうか？　それとも金色の輪といっしょに燃えてしまったのかな？　わたしには見当もつかなかったけど、その本を二度と見ることはなかった。だれかの手に渡ったのかもしれない。もしそうなら、その人がよい人間であることを祈るばかりだ。

そう、わたしは本当にそう願った。

それから、わたし自身のこと。わたしの体は、わたしが離れたときよりも年を取っていた。その間の授業もぜんぜん受けていない。わたしは当然知っているべきことの半分も知らなかった。

メレディスもだ。わたしたちはひどい点数を取って、先生たちはどうしたんだろうと首をかしげた。それにクリスマスから、クラスにはまた新しい子たちが増えていたけど、わたしたちはその子たちを知らなかった。まるで記憶を失ったかのように。

母さんと父さんはわたしたちのことをとても心配して、お医者さんに診せた。でも、お医者さんにはこれといって悪いところを見つけられなかった。だから、母さんはわたしたちがお芝居をしているんだと考えた。みんなを困らせようと、知っていることも全部忘れたふりをしているんだって。いたずら半分にね。

いたずら半分かあ。

それから母さんは、わたしたちを児童心理学者のところに連れていった。その人は、「わたしをお友だちだと思って悩みを全部話してね」と言った。でもわたしは、「ありがとうございます。でも、悩みなんかありません、問題は全部解決しましたから（少なくとも大きな問題は）」と言った。その人は「あらそう！」とだけ言って、眼鏡越しにわたしをじっと見ると、ノートにメモを書いて、こう言った。

「おもしろい例だわね」

その先生は母さんにこう言った。

「〈集団健忘症《けんぼうしょう》〉（それがなんだかは知らないけど）でしょう。治療法は何もないので、おさまるまで待つしかありませんね」

わたしたちはすぐに授業にもほかのことにも追いついて、普通の生活にもどった。

でもその間、わたしはずっと迷っていた。母さんと父さんに、本当のことを話すべきだろうか？　本当は何が起きたか、わたしが本当はどこにいたか、魔女がどんなふうにわたしの体を盗んだか。そしてふたりがわたしだと思ってた人間が、実は魔女だったということを話すべきだろうか。

わたしはメレディスにたずねてみた。

「試してみてもいいけど」メレディスは答えた。「だれも信じてくれないわよ。ふたりは絶対に信じてくれないと思う。だれでもそうよ。少なくとも、わたしはそう思う。でも、話したければ、話してみたら？　もしお母さんがわたしにたずねたら、ちゃんと説明してあげる。だけど、わたしはまたわたしにもどれて、家族ができて、あなたという友だちができただけでうれしいの。このままで満足よ」

ある日の午後、その機会が訪れた。母さんはひとり、キッチンで新聞を読んでいた。そこへ、わたしは飲み物を取りにいった。母さんがこっちを見ているのに気がついたので、わたしは振り向いた。母さんはにっこりした。

「カーリー、このごろ変わったわねえ」母さんは言った。

「えっ、そう？」とわたし。

「そうよ。前のあなたにもどったみたい。少し前の」

「どういうところが？」

「優しくなったし、親切になったわ。よくわからないけど――あなたらしくなったような感じ。ここ数カ月は、あなたはときどきどこか――違う感じがしたわ。まるで母さんの知らない人みたいだった。だれか違う人みたい。筆跡まで変わってしまったみたいだったし。でも今はまた前のあなたにもどったみたい。ああ、わからないけど――たぶん、母さんがそう思いこんでいるだけでしょうね。とにかく――あなたが幸せならそれでいいわ」

「とっても幸せよ、母さん」わたしは言った。

そのとおりだった。

そして今もそう。わたしは、母さんには話さないことに決めた。

わたしは赤毛でそばかすだらけで、名前はカーリー――本当はスカーレット《真っ赤》だけど、カーリーという名前を使っている。少しでも赤毛の印象をやわらげ、注意を引きつけないようにね。

わたしはちょっとぽっちゃりしてるけど、前ほどじゃない。たぶん成長期だからだと思う。

もう赤毛のことはそんなに気にならない。またスカーレットって名前を使うかもしれないな。

わたしは母さんと父さんと、新しく家族になったメレディスといっしょに暮らしている。メレディスはわたしの女きょうだいってだけじゃなくて、親友でもある。わたししたちはめったにけんかをしない。とっても仲がいい。昔、本物の妹がいたことがあるけど、あの子とはほんの短い間しかいっしょにいられなかった。わたしたちがあの子につけた名前はマーシャ。とにかくかわいくてたまらなかった。あの子を失ったときはみんなさびしかったし、何もかもが変わってしまった。

そう、わたしには話す機会があったけど、わたしは母さんに話さなかった。魔女のこと、わたしの体が盗まれたこと、おばあさんとして生きたこと、どうやって逃げ出してまた元の自分にもどったかということを。

メレディスの言うとおりだ。母さんは決して信じてはくれないだろう。それも当然だと思う。わたしだって、こんな話をだれかに聞かされたら、絶対信じないもん。

「へえ、盗まれたの！」とわたしは言うだろう。

「魔女にねえ！　まったく、もう少しましな話をしてよね。幼稚だよ。お子さま向けだね」

だけど、そういう世界は本当にあるんだ。大人が忘れているだけ。大人になっちゃったらね、頭の中から消えちゃって、二度と思い出せないんだ。魔法も、不思議も、神秘も、恐怖も。

わたしもいつかそうなるかもしれない。

わたしも大人になる。そして自分に、ばかみたいなこと言わないでよって言うようになるかもしれない。自分自身の言葉も信じなくなり、わたしが本当に経験したことも否定するようになるかもしれない。

でも、そうならないように努力しよう。本当にそうしよう。先のことはだれにもわからないけど。だって、これから先どうなるかなんて、わかる人がいる?

だけど、ひとつだけは言っておきたい。うちの通りの端の、お店の並んでるあたりに、何もすることのない子どもたちがぶらぶらしてるところがある。ときどきその子たちは、道を通り過ぎるお年寄りたちをからかって遊ぶ。

でも、わたしは絶対にそんなことはしない。そんな子どもを見たら、どなりつけてやる。それはこの赤毛のせい――火のような気性を表すこの髪のせいだとみんなは思うかもしれない。

だけどそうじゃない。違う。そうするのはただ、みんなが知らないことをわたしは知ってるからなんだ。わたしはみんなが見たこともないものを見たし、みんなが知らないことを知っている。

おばあさんの中には、女の子がいるかもしれないんだ。ほっそりして身の軽い、かわいい女の子が、友だちに呼びかけているかも。おじいさんの中には、スケートボードに乗った男の子がいるかもしれないんだ。

その人たちは、飢えたような目で見ているのかもしれない。まわりで子どもたちが遊んだり、笑ったり、走ったり、サッカーボールをけったり、逆立ちしたり、側転をしたりするのを。

ついさっきまで自分も若かったこと、その若さがあまりに短かったことを思い、切ない気持ちで見つめているのかもしれない。

一生を魔女に奪われ、二度と取りもどせないでいるのかもしれない。それはだれにもわからないよ。いつか元どおりになる時を待ち望んでいるのかもしれない。わたしがそうだったように。もう一度若くなれる呪文をだれかが見つけ出してくれるのを、待っているんだ。

だからわたしはいつも、出会うお年寄りみんなにできるだけ親切にしようと思う。だって、本当のことはだれにもわからないんだから。

決して。

もしかするとあの人たち、心はわたしと同じくらい若いのかもしれない。

そう、本当のことはわからないし、決して知ることはできないんだ。

だれのこともね。

この世界中のだれのことであれ、その人の心を知ることはできないんだと思う。

著者あとがき　――日本の読者のみなさんへ――

わたしたちはしだいに年を取っていきますし、それがあまりありがたくないこともあります。ところが、その事実を見逃していることがよくあります。老いていくことに気がつかないのです。ほかの人は年老いていくけど、自分は違うと思ってしまうのです。まわりの人たちの顔はふけて、しわが増えていくのはわかるのですが。

人は家を出て、恋に落ちて、子どもができて、その子どもが成長していく――けれども、自分はまだ若いと思い、そんな誤った思いのまま生きていくのです。しかし遅かれ早かれ、厳しい現実に直面し、いやおうなくそれを認めなくてはならなくなります。その事実を受け入れなくてはならなくなるのです。もし自分からそうしなければ、事実のほうから遠慮なくやって来るでしょう。そしてようやく、自分が子どもだったころの親の年になっていることに気づかされるのです。もう決して若くはないということに。

わたしは列車でロンドンから旅をしていたときに気づきました。自分はもう若くないし、若いと言えるようなものは何も持っていないということに……。

わたしは〈静かな〉客車、つまり携帯電話の使用が禁止されている客車に座っていました。この規則を破る人はよくいますが、イギリス人は、こういう場合ほとんど文句を言いません。

目的地は遠く、列車は遅く、中は混んでいました。わたしの向かいに女の子が座っていて、ひっきりなしに電話をしたり受けたりしていました。ほとんどの乗客が腹立たしく思っていたはずです。しかしだれひとり文句を言いません。わたしはたまりかねて、身を乗り出してこう言いました。

「ちょっといいかな。知らないのかもしれないけど、この車両は、携帯電話は使用禁止なんだよ」

かなり丁寧に、にこやかに言ったつもりです。

しばらく女の子は何も言わなかったのですが、乱暴に携帯電話を閉じると、むっとして座っていました。どうやら機嫌を損ねてしまったらしく、ちょっとしてから激しい口調でこう言いました。

「そんな規則どうでもいいわ」

わたしもかっとなって言い返しました。

「たしかに、自分のこと以外はどうでもいいようだな」

すると女の子は立ち上がって、荷棚からバッグを下ろしました。

「ふん、ダサいじじい！」

そして女の子は、ほかのところに電話をしようと、その車両から出ていきました。

彼女に言われた言葉が、わたしの頭にこびりついて離れませんでした。

「ダサいじじい！」

わたしが？　まさか！

いや、〈ダサい〉について文句はありません。見た目はダサいかもしれませんが、本人はいっこうに気にしていませんから。気になってしょうがなかったのは〈じじい【old codger】〉という言葉です。

日本語にこれにあたる言葉があるかどうかは知りませんが、きっとあると思います。なぜなら、こういう言葉は世界中どこでも使われるからです。足を引きずって歩き、せきをして、文句を言って、体のあちこちが痛み――そしてときにはつえまで持っている。それが〈old codger〉です。

わたしはまだ〈じじい〉の半分ほども年を取っていません。

それは本当です。

しかしそんなことはどうでもいいのです。ここで言いたいのは、わたしたちが相手をどうとらえているかということなのです。わたしはおそらく、あの女の子のお父さんと同じくらいの年なのでしょう。あの女の子は自分のお父さんのことも〈じじい〉と考えているのかもしれません。その一方で、わたしはあの女の子のことを思いやりのない不作法な子だと思ったのですが、あの子はたぶん自分のことを、友だちのたくさんいる優しい人間だと考えているのでしょう。いや、事実、そのとおりなのかもしれません。

家に着くころ、わたしの頭の中には『十三ヵ月と十三週と十三日と満月の夜』のアイデアがほぼできあがっていました。この本のテーマは、人というものは、決して見た目で判断できないということです。年老いた人でも、中身は若いこともあります。そして若く見える人でも、中身はずいぶん年寄りじみているということもあります。わたしたちは人を見て、幸せそうだなとか、悲しそうだなとか、お金持ちみたいだなとか、自信がありそうだなとか、成功していそうだなとか、満足そうだなとか思うのですが、見かけどおりの人なんているのでしょうか？　いいえ、自分の秘密を知っているのは自分だけなのです。

人は決して見かけどおりではない。これはちっとも目新しい考えではありません。もう言い古されてきたことです。しかし、だからといって真実でないとは言えません。

若い人たちがどれほど年老いているか。お年寄りがどれほど若いか。もし見かけですべてが判断できるなら、仲間や身近な人々の判断をたびたび誤ることなど、ないはずではありませんか？　人は決して見かけで判断できるものではありません。この本の主人公カーリーは大きな発見をします。外見を見るだけでなく、相手の心の言葉に耳を傾けてこそ、その人を理解し、信じることができるようになるのです。しかしわたしたちは、なかなか子どもとお年寄りの心の言葉に耳を傾けられません。

残念なことに、わたしは祖父も祖母も知りません。両親の結婚が遅く、わたしが生まれたときにはすでに亡くなっていたのです。しかし祖父や祖母の話はよく聞かされました。それに写真もあります。しわのできた、色あせた白黒写真です。そのうちの一枚は両親の結婚式の披露宴に出たときのものです。祖母はちょっとお酒がまわっていて、帽子が落ちかかっています。

おばあちゃんがいたらなあと、わたしは今でもよく思います。

わたしは子どものころ、魔女なんてそう恐ろしくはありませんでした。しかし怖い夢を見ることや、ぎょっとすることはよくありました。ベッドルームのすみにあるワードローブのそばに、大きな黒い影や不気味な形が浮かぶのです。日によって、見えることもあれば、見えないこともありました。しかしそれは魔女だったのかもしれません。そう思いませんか？　もし本当に魔女だったとしたら、いったい何をしに来ていたのでしょう?

わたしは自分の書いた本を自分の子どもたちに読み聞かせたことはありません。しかし少しでも興味がありそうなときには、原稿を渡して読ませることにしています。

ある日、この作品がまだ本になる前のものを娘が持っていきました。そして読み終えてやって来ると、その原稿をわたしの机の上に置いてこう言いました。

「すごくよかった」

「ダサいじじい」と言われるより、ずっとうれしかったのをよく覚えています。

二〇〇三年三月

アレックス・シアラー

訳者あとがき

『青空のむこう』（二〇〇二年、小社刊）に続く、アレックス・シアラーの第二弾、いかがでしたか？

じつはこの作品、『青空』とはちょっと雰囲気が違っているので、読者の反応はどうなんだろうと、ずっと気になっていたのだが、二百人の読者モニターのみなさんのアンケートを読んでほっとすると同時に、驚いてしまった。『青空』のときには、「おもしろかったですか？」という質問に対して、「はい」と答えた方が八十四％。ところが今回、なんと九十四％の方が「おもしろい！」と回答。ちなみに「いいえ」と答えた方はわずか五％だった。そして寄せられた感想を読んで、感動してしまった。読んだ方々の熱い思いがひしひしと伝わってくる。それを並べるだけで、すばらしいあとがきができてしまいそうだ。というわけで、今回は、そういった感想を中心に、この本の魅力を紹介してみたい。

この作品を簡単にまとめてみると、年老いた魔女にだまされて体を奪い取られた少女が、自分の体を取りもどそうと必死になる物語、ということになるだろう。『青空』と同様ファンタスティックな話だが、『十三ヵ月』のほうはストーリーそのものがずっとスリリングで、楽しく仕上がっている。たとえば……。

○テスト勉強を放り投げ、代わりにこの本を読む、私にはそういう魔法がかかったんでしょうか？

（笑）（十四歳・女性）

○こんなにワクワクしながら読んだ本は初めてで、何度も何度も驚いた……あんなに「続きが知りたい!!」「早くあの本を読みたい!!」と思うことは、きっともうないだろう。（十六歳・女性）

しかしそれだけではなく、やはり『青空』と同じように、いや、それ以上にさわやかな感動を与えてくれる。それまで考えもしなかった世界に放りこまれたカーリーは、まったく新しい目でいろんなものを見るようになる。友情、家族への愛……そしてなにより、自分を見つめる新しい目。

○この本は忘れていた何か大切なモノを思い出させてくれました。それに、自信を持たせてくれました。この本は、元気がない時や、何か心に穴が開いてしまった、そんな人々に読んでもらいたい、そんな本です。（十四歳・女性）

○私はよく本を読むと泣いてしまう。しかし、この本は本当に自分がカーリーのように、声をあげて泣いてしまった。（十七歳・女性）

○変な言い方かもしれませんが、私はこの本を読んで、私のまわりにいてくれるたくさんのメレディスたちの存在でとても安心でき、私も誰かのメレディスになりたいと思ったのです。（十六歳・女性）

○ストーリーのどこを取っても楽しくすてきでしたが、最後に印象に残った文章を書きたいと思います。「家というのは、いたいと思う場所、心のすみかだ」毎日、なんともなしに過ごしていますが、家・家族の温かさを改めて感じることができた。（二十五歳・女性）

それからもうひとつの大きなテーマを忘れてはいけない。それは作者もあとがきで書いているように〈老い〉である。この作品は、多くの大人からはとんど耳を貸してもらえない〈子ども〉と〈老人〉をたくみに入れ替えることによって、〈老い〉について〈若さ〉について様々な問いを投げかけてくる。

○入院している私の祖母が「お医者さんが自分につらくあたる」と家族に訴えたとき、みんなで「また、そんなこと言って」とまともに取り合わなかった、つい最近の自分のできごととオーバーラップして、深く考えさせられてしまいました。（三十歳・女性）

○カーリーは言う。「母さん、心配しなくていいよ。母さんが年を取ったら、わたしが面倒を見てあげるから」まだ若い母親に、年老いたグレースを重ねて思わず発した言葉。私は、この母親といっしょに目頭が熱くなった。（二十八歳・女性）

○どれだけ顔がしわくちゃになっても、おおらかな気持ちをもち続け、子どもの笑い声や小鳥のさえずり、暖かな日の光に、真っ直ぐ笑顔を向けられるおばあさんでいたい、と思いました。（女性）

○子どもだからって何もわからないと思ってほしくない。感じる心は大人も子どももいっしょなんだから。それに自分たちだって子どものころがあったわけだし、そのころの純粋で好奇心たっぷりだった気持ちを心の貯金箱から引き出してはしいな。そうすれば、みんな優しくて幸せな世の中になるんじゃないかな。自分たちが思っている以上に、人ってつながっているんだよね。カーリー、メレディス、ありがとう。（三十六歳・女性）

そしてとくに強調しておきたいのは、やはり主人公の魅力だ。魔法使いでもなければ、英雄でもない、ごく平凡な女の子が、自分と友だちだけを頼りに大きな敵に立ち向かっていく後半は、とても感動的だ。

○今では『ハリー・ポッター』や『ロード・オブ・ザ・リング』など有名なファンタジー作品がたくさんあるけど、何の力ももたない女の子が一生懸命に魔女と戦う描写は、読んでいてのめり込むことができた。(十八歳・女性)

○最初から最後まで主人公が全力で乗り切っていくところに、私自身にもパワーが伝わってくるような気がしました。(女性)

○読み終わって、「ああ、やっぱりね」って感じにはならなかった。それよりも、「よかったね～ホント、ほ～んとよかった」って思った。(三十歳・女性)

最後に、『青空』とこの本の両方に共通して流れている、作者のメッセージを本文中から抜き出しておこう。ここの部分がとても印象的だと書いてくださったモニターの方も何人かいた。

『メレディス、今あるものをすべて当然だと思ってはいけない。すべてが永久にこのままだなどと考えてはいけない。決して変わらないものなどないんだから。……われわれにできるのは、最善を祈ること、そして今、目の前にあるものを楽しむことだけだ。今のために生きるのではなく、今を生きるんだよ。確実なのは今だけなのだから』

そして、最後の最後に、もうひとつ。

○この一冊で私の日々の生活までが変わりそうな……本当にありがとうございました。（十四歳・女性）

なお、読者モニターの方々、編集の深谷路子さん、翻訳協力者の菊池由美さん、原文とのつき合わせをしてくださった桑原洋子さんに心からの感謝を。

二〇〇三年三月二十五日

金原瑞人

●著者紹介　アレックス・シアラー　Alex Shearer

見かけはもうオジサンなのに子どもの気持ちがよくわかる、とてもピュアな心をもったイギリスの作家。1949年生まれ。

30以上の仕事を経験したが、29歳のときに書いたテレビのシナリオが売れて作家活動に専念。14年間ほどテレビ、映画、舞台、ラジオ劇の脚本などを書いた後、小説を書こうと決心する。処女作は"The Dream Maker"。イギリスのサマセット州に家族と在住。16歳の息子と13歳の娘がいる。

翻訳書に、『青空のむこう』(シアラーを日本で紹介することとなった2002年度ベストセラー、求龍堂)、『魔法があるなら』(PHP研究所)がある。

●訳者紹介　金原瑞人(かねはら・みずひと)

法政大学教授。翻訳家。

大学のゼミで創作のためのワークショップを担当。翻訳作業の合間に愛用の辞書で筋トレをして、日ごろの運動不足を解消。

主な訳書に『ゼブラ』(H・ポトク著、青山出版社)、『サラ：神に背いた少年』(J・T・リロイ著、角川書店)、『難民少年』(B・ゼファニア著、講談社)、『ウィーツィ・バット　ブックス(5冊シリーズ)』(F・リア・ブロック著、小川美紀と共訳、東京創元社)、『マインド・スパイラル1　スクランブル・マインド』『マインド・スパイラル2　ミッシング・マインド』(C・マタス、P・ノーデルマン著、共に代田亜香子と共訳、あかね書房)、『プリンセス・ダイアリー』(M・キャボット、代田亜香子と共訳、河出書房新社)、『青空のむこう』(A・シアラー、求龍堂)などがある。

◆編集部より
本作品の中には、老人に対する差別的表現ととられかねない箇所がありますが、これは物語内の悪役である＜魔女＞を演出するためのものです。物語の展開上必要な箇所でしたので、削除せず掲載いたしました。読者の皆様のご理解をお願いいたします。

13ヵ月と13週と13日と満月の夜
発行日　2003年5月26日
著　者　アレックス・シアラー
訳　者　金原瑞人
発行者　足立龍太郎
発行所　株式会社 求龍堂
〒102-0094　東京都千代田区紀尾井町3-23
文藝春秋新館7階
電話　03-3239-3381（営業）
03-3239-3382（編集）
装　丁　求龍堂デザイン工房部
印刷・製本　公和印刷株式会社
落丁本・乱丁本は、求龍堂編集部にお送りください。
送料小社負担にておとりかえいたします。

ISBN4-7630-0307-0 C0097

Within the golden band there lies
The one that I would be
My body and my soul exchange,
And set my spirit free.

For I would now be young again,
As I once used to be
So let me be the one I name,
And let that one be me.

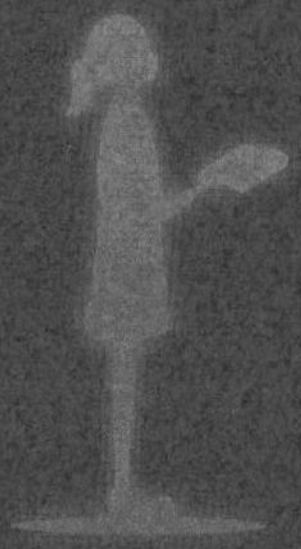